七菜なな
イラスト／Parum
デザイン／伸童舎
男女の友情は成立する？
いや、しないっ!!
Flag 1.
じゃあ、

「あ、やっと帰ってきた」
中学2年生
「この背中《ココ》はアタシの特等席だし」
高校2年生

あの日、友情に落ちた二人は
２年経っても親友同士――!?
「いい加減、離れてくんね？」
アタシと親友だけの青春やってようぜ！

「いつもアタシの悠宇と遊んでくれてありがとねー？」
「あっ」
犬塚日葵
Himari Inuzuka
悠宇の中学時代からの親友。手のひらで転がすように人を操るおねだり上手で、学校では優等生な良家のお嬢さまで通っている。
夏目悠宇
Yu Natsume
フラワーアクセサリーのクリエイターを目指している高校2年生。自分の店を持つという夢がきっかけで、日葵と運命共同体《しんゆう》に。

「それはよかった。オレのナツを借してやっているだけはある」
「……どうも」
真木島慎司
Shinji Makishima
悠宇の日葵以外の唯一の友だちにして、生粋の遊び人。
榎本凛音
Rion Enomoto
クール系美人な慎司の幼馴染みで、日葵とも小学生以来の昔馴染み。

「『恋』のアクセ、作るんでしょ？
アタシで経験しとこ？」
「……っ⁉」
俺の腕を掴む手に、
きゅっと力がこもった。
それを振り払うこともできず、
俺はふと腰をかがめる。
……いやいや。俺、何してんだ？
俺たち、親友だろ？

contents

男女の友情は成立する？

いや、しないっ!!

七菜なな
イラスト／Parum

Prologue

二輪の花

恋《こい》に落ちる瞬間《しゅんかん》があるなら、きっと友情に落ちる瞬間《しゅんかん》もある。

それは中学二年の文化祭だった。

田舎《いなか》の中学の文化祭にしては、うちの学校の文化祭は盛況《せいきょう》なことで有名だった。各部活動ごとに近くの農家や飲食店と提携《ていけい》し、物産展や飲食の屋台が出る。毎年、他校の生徒や来賓《らいひん》の数も多かった。

科学部の出し物は『フラワーアレンジメント展覧会』。市内の大きな生花店と提携《ていけい》して、生花を加工した女性向け小物グッズを販売《はんばい》する。

二日間に渡《わた》って行われる文化祭の一日目。現在……16時の少し前。

俺はアクセサリーケースを持って、校内をふらふらと彷徨《さまよ》い歩いていた。

「か、科学部でーす。フラワーアクセの販売《はんばい》をしてるんですけど……」

「それでさー。昼間の先輩《せんぱい》のライブが最高でー」

「あーっ！　わたし見《み》逃《のが》した！」

……どスルーだった。

いや、わかってる。声が小さすぎて、相手に聞こえていない。

俺は焦《あせ》っていた。販売《はんばい》のノルマが、一割も達成できていなかったのだ。

とうとう一日目が終わる一時間前に、やっと校内を売り歩くことを思いついた。……問題は、彷徨うだけで一つも販促《はんそく》活動ができない点だけど。

友だちのいないやつが、土壇場《どたんば》で他人に声をかけられるか？

俺が途方《とほう》に暮れていると、アクセに興味を持ったカップルが近づいてきた。

「何これ？　本物の花？　すげえ綺麗《きれい》じゃん」

「あ、プリザーブドフラワーの、アクセサリーになります。収益は、ボランティア団体に寄付になります……」

プリザーブドフラワー。

生花をエタノールなどの薬品で加工して枯《か》れづらくしたものだ。熟練者が加工したものは、一年も二年も瑞々《みずみず》しさを失わないと言われる。

そういう加工した花を、アクセサリーにあしらって商品にしていた。

「へー。こういうの、普通《ふつう》に作れるんだねえ。いくら？」

男子のほうが、商品のイヤリングを手に取った。

やっと買う意思を見せてくれた。俺は勇んで料金を告げる。

「一個、500円です！」

「え、高っ！　じゃあいらない」

食い気味に拒否《きょひ》され、アクセは乱暴にケースに戻《もど》された。

……俺は初めて、販売《はんばい》業というものが難しいと知った。

中学生の500円は、決して安いお金じゃない。マックで食事はしても、同級生の自作アクセに出す金額じゃないんだ。

最終的に、5個売れた。丸一日かけて、100個中5個だ。

(残り、あと一日。……いや、無理だろ)

アホみたいに在庫を詰《つ》めたアクセサリーケースを持って、俺は科学室に戻《もど》った。


そこにいたのが、日葵だった。


白い肌《はだ》で、ほっそりとした体躯《たいく》。

アーモンドのような大きな瞳《ひとみ》は、瞳孔《どうこう》が透《す》き通《とお》るようなマリンブルー。

流れるようなロングの美しい髪《かみ》は、やや色素が薄《うす》めで緩《ゆる》いウェーブがかかっている。

どこか透明《とうめい》感のある、妖精《ようせい》のような美少女。

彼女は無人の科学室で、俺の準備したフラワーアクセを熱心に眺《なが》めていた。展示用の色とりどりの生花に囲まれて、その存在感はより際立《きわだ》つ。

彼女は商品のカチューシャを、頭の上に乗せていた。丸い花のつぼみを三つ、ぽんぽんぽんとあしらったものだ。卓上《たくじょう》の鏡を覗《のぞ》き込んで、「ぷはっ。頭の中お花畑って感じ。かわいー」と呟《つぶや》いて、一人でクスクスと笑っていた。

『絵になる』

率直《そっちょく》に、そう思った。

これがインスタだったら、迷わず「いいね」を100回押すだろう。……いや、実際には100回も押せないんだけど。

そんな馬鹿みたいなことを考えていると、彼女が振《ふ》り返《かえ》った。

「あ、やっと帰ってきた。きみ、科学部の夏目悠宇《なつめゆう》くんだよね？」

いきなり名前を呼ばれてビビった。俺にとっては完全に初対面だった。美人は声も綺麗《きれい》だなあとか、そんなしょうもないことを思った。

「そ、そう、です、けど……？」

上級生か下級生かもわからないので、つい返事がキョドる。なんでこの学校、刺繍《ししゅう》の色とかで区別しないのか。

「お店、空っぽにしたらダメじゃん。さっき、ビラ持った女の子たちが見にきたよー」

「えっ⁉」

しくじった。科学部は、俺一人しかいない。もちろん店番もいなかった。それじゃあ、売れるものも売れない……。

「……いや、いいや」

「どうして？」

日葵《ひまり》は不思議そうに聞いた。

そこで素直《すなお》に悔《くや》しがるには、俺の自尊心はすでにズタズタだった。

「……どうせ売れなかったし、いてもいなくても一緒《いっしょ》だ」

「…………」

日葵《ひまり》は紙パックのジュースを持っていた。ヨーグルッペだ。俺も小学生の頃《ころ》は、よく飲んでいた。そのストローに口をつけ、ちゅーと飲む。

「いやー、売れたんだけどなー？」

「え……っっ⁉」

変な声が出た。もはや奇声《きせい》だ。

からかわれているのか。いや、そんな感じではない。

「いや、なんで……てか、俺はいなかったんだけど⁉」

「あ、ちゃんと代金はあるよ。アタシが預かっといたからねー」

日葵《ひまり》のヨーグルッペが、ずずっと音を立てた。空になった紙パックを丁寧《ていねい》に畳《たた》んで、ポケットにしまった。育ちのいい仕草が、やけに板についている。

そして、代わりに茶色の封筒《ふうとう》を取り出した。それを差し出して言う。

「はい、15人分だよ」

「じゅ……っ⁉」

慌《あわ》てて開けた。

千、二千、三千……1万1500円。

うわあ。こんな大金、正月のお年玉くらいしか見たことな……。

「いや、待て。これ、えっと……」

「あ、15人で合計27個売れたから」

「け、計算、が……⁉」

「計算がおかしい？」

俺は猛烈《もうれつ》にうなずいた。

「おかしくないよー。えーっと。ゆりりんがイヤリングとヘアピン、まっぴーがブックカバーと栞《しおり》、安住先輩《せんぱい》が三つくらい買ってたなー」

からから笑いながら、次々と購入履歴《こうにゅうりれき》を述べる。

マジで一人がいくつも買っていったのか？　500円ですら、中学生にはけっこう大事な小遣《こづか》いだぞ？

でも確かに、言われた商品が消えてる……。

どうして急に？　今日一日、必死こいて売っても5個だったんだぞ？　それなのに、俺が離《はな》れた一時間で27個も？

……そんなに俺の顔やばいのか？　自信あるわけじゃないけど、めっちゃ傷つく。

「ねえ！」

いきなり顔を覗《のぞ》き込まれた。

真正面から見つめられて、心臓が止まりそうなくらいびっくりした。

……とにかく、顔がいい女子だった。

化粧《けしょう》っ気はない。でも品性というか、根っからの育ちの良さみたいなものが立《た》ち居振《いふ》る舞《ま》いから滲《にじ》み出《で》ていた。

屈《かが》んだ拍子《ひょうし》に揺《ゆ》れる髪《かみ》もさらさらだ。京都の有名なしだれ桜が、風に揺《ゆ》れてるイメージというか……いや、自分でもこの喩《たと》えってどうなのって思うけど。俺にとっては、やっぱり花が一番身近なものだからしょうがない。

「夏目《なつめ》くん。なんでこっち見ないの？」

「べ、別に……」

つい目をそらした。……美人、苦手なんだよ。

「あっ。それより、店番してくれたお礼を……」

「いやいや、別にいいって。アタシも退屈《たいくつ》してるしさー」

「そ、そういうわけには……」

「んー。じゃー、一つ教えてもらおっかなー」

日葵《ひまり》はそう言って、前触《まえぶ》れもなく核心《かくしん》に触《ふ》れようとした。

「なんで100個も売らないといけないの？」

「え、なんで知ってるの？」

「科学部の佐藤《さとう》先生が言ってた」

「お、俺のプライバシーが……!?」

あのオッサン、美少女が相手だからか!?

俺が一人で頭を抱《かか》えていると、また日葵《ひまり》が顔を覗《のぞ》き込んできた。俺が顔を逸《そ》らしても、そっちに回り込んでくる。

「ね。なんで？」

にこーっと笑った。

すげえ綺麗《きれい》な笑顔《えがお》だった。「んふふー。可愛《かわい》いアタシが言えって言ってんだから、諦《あきら》めてさっさと白状しなよ」って感じ。いや、確かに可愛《かわい》いんだけど、無言の圧がすごくて怖《こわ》い。

「…………」

これは正直、言いたくない。どうせ、またバカにされるんだろうし。

けど……この27個はでかい。

「俺、こういうフラワーアクセの店を開くのが夢でさ。中学卒業したら、資金集めるために就職したいって親に言ったんだ。でも、親は公務員になるために高校行けって。それで文化祭で自作のアクセ100個売れたら、思った通りにしていいって条件が……」

「………」

あれ。無言？

日葵《ひまり》は大きな目をぱちくりさせて、感情の読めない顔をしていた。

おい待て。こんな恥《は》ずかしいこと白状させて、まさかノーリアクションはないだろう。ドン引きするのはわかる。でも、それならそれで言うことが……。

「……ぷはーっ！」

「え？」

いきなり日葵《ひまり》が噴《ふ》き出《だ》した。

「アハハハハ！　当たり前じゃん。子どもがそんな無謀《むぼう》な人生設計してたら、普通《ふつう》の親は止めるよー。カリスマショップ店員よりやばいねー」

爆笑《ばくしょう》だった。

なんや涼《すず》やかな美少女が、お腹《なか》を抱《かか》えて笑っていた。さっきまでのクールな印象が一気に瓦《が》解《かい》する。俺は別の意味で圧倒《あっとう》されていた。……でも、そんな仕草すら品がよく見えるのは、なんとなくズルいと思った。

ひぃひぃ言いながら、日葵《ひまり》は涙《なみだ》を拭《ぬぐ》う。

「馬鹿だ」

「う、うるせえな」

「ほんと馬鹿。ばーか」

初対面の女子に軽《かろ》やかに罵《のの し》られながらも、俺は微妙《びみょう》にむずかゆい気分だった。……いや、俺がマゾという意味じゃなくて。

そういう馴《な》れ馴《な》れしさすら心地《ここち》よく感じるのが、この日葵《ひまり》という子なのだと悟《さと》った。

「このアクセ、あと何個あるの？」

ふいに日葵《ひまり》が聞いた。

「えっと、１００個まで、あと68個……」

「それだけ？」

「どういうこと？」

「プリザーブドフラワーとか壊《こわ》れやすいんだし、スペアは用意してるでしょ？」

「一応、スペアは50個……」

「じゃあ、あと１１８個かー。まあ、そのくらいなら大丈夫《だいじょうぶ》かなー」

その独《ひと》り言《ごと》の意味はわからなかった。

「明日、全部売る準備しといてねー」

日葵《ひまり》はそう言うと、手を振《ふ》って科学室を出ていった。

取り残された科学室で、俺は呆然《ぼうぜん》としていた。


……で、その翌日。


文化祭、二日目の16時すぎ。

まさに昨日、日葵《ひまり》と出会ったのと同じ時間。俺は科学室の机に突《つ》っ伏《ぷ》して、ぐったりとしていた。

机の上には、一枚のプラカードが立ててある。

『フラワーアクセサリー、完売しました』

意気揚々《いきようよう》と準備したくせに、昨日はこれを使うことになるとは夢にも思わなかった。この科学室に飾《かざ》ってあった展示アクセは、一つも残っていない。在庫も、空っぽだ。

昨日のように、外に売り歩く時間もなかった。今日はひたすら会計ばかりをしていた。昼飯も食ってない。腹は減ってたけど、何かを買いに行く気力はなかった。

(なんでいきなり売れたんだよ……っ⁉)

理解が追いついていない。

生徒だけを相手にした売り上げじゃない。二日目は日曜日で、校外からの来賓《らいひん》があった。そっちがよく捌《は》けた。特に近くの福祉《ふくし》大学《だいがく》の女子大生たちが多かった。

そういう大人のお姉さんたちが、校内を歩きながら身につけているものは目を引く。同級生の女子たちが噂《うわさ》を聞きつけ、科学室に訪《おとず》れる。その生徒たちがバンドや演劇に出演すると、さらに多くの生徒の目につく。

結果、この完売だった。

「あーっ！　アタシの分もなくなってるじゃん⁉」

騒《さわ》がしい声に顔を上げた。

日葵《ひまり》が呆然《ぼうぜん》とした顔で、空っぽになった展示ケースを見ている。机にぐったりと突《つ》っ伏《ぷ》す俺の背中を、彼女は容赦《ようしゃ》なく揺《ゆ》すってきた。

「ねえ、アレは⁉　あの黄色いやつ！」

「いや、黄色いやつって言われても、たくさんあったし……」

「チョーカーだよ！　泡《あわ》の入ったやつ、あったじゃん！」

「……泡《あわ》の入ったチョーカー？」

覚えがある。在庫の箱から、最後のフラワーアクセを取り出した。

可憐《かれん》な五枚の白い花びらに、黄色い花糸。

ニリンソウ。

野山に自生する多年草。一本の茎《くき》に二輪の花をつけることから、そう名付けられている。これは俺が種から育てたものじゃなく、いつの間にか咲《さ》いていたものだ。

プリザーブドフラワーにしたニリンソウを、さらにレジンという透明《とうめい》な液体で菱形《ひしがた》に閉じ込める。琥珀《こはく》のように加工したそれを、チョーカーにはめ込んだ。

ただ、これは失敗作だった。レジンにすごい量の気泡《きほう》が入っている。正直、売り物としては減点だ。見た目だけはいいので、展示サンプルのみの目的で飾《かざ》っていた。

それを見て、日葵《ひまり》が目を輝《かがや》かせた。

「あー、よかった！　昨日、うっかり買い忘れてさーっ！」

「……それ、失敗作だけど」

「なんでなんで⁉　すっごく可愛《かわい》いじゃん！」

「き、きみがいいって言うならあげるよ。失敗作でお金を取ろうなんて思わないし……」

「ほんと⁉　夏目《なつめ》くん、やっさしーっ！」

「うわっと⁉」

急に後ろから抱《だ》きつかれて、危《あや》うく飛び上がるところだった。

……すげえビビる。陽キャの距離《きょり》感やべえ。

「やっぱり手伝ってよかったな。ほんとラッキー」

「手伝って……やっぱり売り切れたの、きみが何かやったの？」

「んふふー。どうだろうねー？」

日葵《ひまり》は満足げに受け取ると、さっそく首に巻いた。

涼《すず》やかな容姿に、それはよく似合った。むしろ気泡《きほう》が入っているからこそ、彼女の透明感《とうめい》の
あるイメージにぴったりだと思う。

……化学反応というやつだった。失敗作でも、つける人間によっては、ここまで映《は》えるのだ
ろう。俺は素直《すなお》に感心していた。

ただし次の日葵《ひまり》の爆弾《ばくだん》発言で、その感心も消《き》え失《う》せる。

「このチョーカーさ、実は前から狙《ねら》ってたんだよねー。夏目《なつめ》くんが科学室でレジン流してると
き、ずーっと見てたし」

「は？　ど、どこから……」

「廊下《ろうか》の窓から。夏目《なつめ》くん、全然気づいてなかったでしょ？」

「気づかなかった……」

「声かけたこともあるし」

「マジで⁉」

「無視されたけどねー。まさか、昨日まで認識《にんしき》すらされてないとは思わなかったなー」

「そ、それはごめん……」

まったく覚えがなかった。

昔から何かに集中すると、周りが見えなくなるとは言われてたけど。……まさか、学校の生徒に見物されていたとは。

「じゃ、行こうか？」

「え？　どこに？」

すると日葵《ひまり》は、にこっと笑った。

「アタシたちの打ち上げ♡」

……後から知ったことによると。

この日葵《ひまり》という女子は、この学校では大層に有名な同級生だった。

『魔性《ましょう》の女、犬塚日葵《いぬづかひまり》』

男子も、女子も、先輩《せんぱい》も、後輩《こうはい》も、教師ですら。まるで手のひらでコロコロ転がすように操《あやつ》ってしまう人気No.1女子生徒。

その血統も、かなり格が高い。

ご実家は、大正時代から続く大地主。

祖父は元国会議員。父親は現役《げんえき》の外交官。

年の離《はな》れた二人の兄は、それぞれ気鋭《きえい》の地方議員と役所の出世頭《しゅっせがしら》。

昨晩、かなり人気のある読モが、このフラワーアクセをTwitterで取り上げたらしい。ついでに、それがこの文化祭で売られていることも。その読モが日葵《ひまり》の兄の同級生で、それを見た後輩《こうはい》の女子大生たちがこぞって訪《おとず》れたわけだ。

打ち上げ……というか、お礼のために寄ったモスバーガーで、俺は桁違《けたちが》いのフォロワー数を誇《ほこ》るアカウントを見てドン引きしていた。Twitterでの購入《こうにゅう》報告も多かった。「どこで買えるの？」みたいな質問も多い。俺のプライバシー大丈夫《だいじょうぶ》かなって不安になるほどだ。

「すげえ……」

「すごくない、すごくない。アタシ、ちょっとおねだり上手なだけだからなー」

そう言いながら、日葵《ひまり》はへらっと笑っていた。

その笑顔《えがお》がまた非常に自然なもので、まったく反感が湧《わ》かないのがすごかった。

「なんで助けてくれたの？」

「んー？」

シェイクをちゅーと飲み、日葵《ひまり》は変なことを言った。

「助けてないよ。だって、アタシはきみに同情してないからさ」

日葵《ひまり》はTwitterをチェックしながら続ける。

「アタシがこれを売りたいと思った。だからお兄ちゃんにお願いしただけ。夏目《なつめ》くんが可哀想《かわいそう》だから売ってあげたんじゃない。言葉を間違《まちが》えちゃいけないなー」

「…………」

そんなことを平然と言うやつだった。

そして目を輝《かがや》かせながら、とんでもないことを言う。

「やろーよ。フラワーアクセの専門ショップ。アタシも手伝う」

「は？」

何を言ってるんだ？

俺がそんな目を向けると、彼女は少し自慢《じまん》げに言う。

「アタシさ、昔から何でもできちゃうんだよなー。勉強もスポーツもできるし、可愛《かわい》いし。コミュ力も高くて愛されちゃうし、あと可愛《かわい》いし？」

「……犬塚《いぬづか》さん、いま可愛《かわい》いってわざと二回言ったでしょ？」

いや、にこーっと笑われても困るんだけど。

悪いけど、俺はすかさず「そうだね世界一可愛《かわい》いよ」とか返せるタイプじゃないんだ。

「でもアタシがやってるのって、結局は他人の力をちょっと借りてるだけなんだよ。だから、夏目《なつめ》くんみたいに一生懸命《いっしょうけんめい》なのって憧《あこが》れちゃうなー」

「いや、俺の何を知ってんだよ……」

キランッと目が光った。

むしろ聞かれるのを待ってましたとばかりに語り出す。

「園芸部がなくなってから放置されてる裏庭の花壇《かだん》で、夏目《なつめ》くんが毎日お花の世話してるの知ってるよ。あのアクセって、素材からお手製なんだよねー」

図星だった。

さらに日葵《ひまり》は、俺の黒歴史を暴露《ばくろ》していく。

「全部のお花に名前つけてるのも知ってる。文化祭の準備するとき、一本ずつ切り取りながら号泣《ごうきゅう》してたなー」

「み、見てたの？」

「あと、水やりしながらお花に話しかけるのもポイント高いよねー。『今日も可愛《かわい》いぜ』『おまえたちだけが俺の相棒だ』『離《はな》れても愛してる』だっけ？　なんでお花相手だと、そんなイケメンな台詞《せりふ》出てくるの？」

「いっそ殺して……!?」

俺が悶《もだ》えていると、日葵《ひまり》がけらけらと笑う。

「ほんとはアクセ買うだけのつもりだったんだけど、思ったより悲惨《ひさん》なことになってたからさー。こりゃやべえなって、思わずお兄ちゃんに一、生、の、お願い使っちゃったよー」

「一生の、お願い……？」

「そ。一生のお願い。すっごく大事なやつ」

やはり上目遣《うわめづか》いにこっちを覗《のぞ》き込んでくる。

「だから、夏目《なつめ》くんに責任取ってほしいなー？」

「う……っ」

その言葉が、俺のわき腹に重いパンチを打ち込んでくるみたいだった。確かに、あのままじゃどうなっていたか……いや、そんなのわかりきってるんだけど。

今頃《いまごろ》在庫の山の前で、一人でしょぼくれてる姿しか見えない。

「責任って、具体的には……？」

「んー？」

人差し指を顎《あご》にあてて、可愛《かわい》く小首をかしげる。

そして、眩《まぶ》しいくらいの笑顔《えがお》で言い放った。

「その瞳《ひとみ》を頂戴《ちょうだい》？」

ぞわわっと背筋に悪寒《おかん》が走った。

俺が手元のハンバーガーをうっかり握《にぎ》りつぶしたのを見て、日葵《ひまり》が笑いを堪《こら》えながら付け加える。

「スプラッター趣味《しゅみ》じゃなくてね？」

「いや、わかるけど。てか、そうじゃないと困るけど……」

日葵《ひまり》はポテトで、俺のハンバーガーの紙袋《かみぶくろ》から漏《も》れた照り焼きソースをすくった。それをためらいなく口に入れながら「夏目《なつめ》くん、顔には出ないけどリアクション大きくていいよね。すっごくポイント高い」と褒《ほ》めてるのか貶《けな》してるのか、よくわからないことを言う。

それを食べると、シェイクのストローに口をつける。唇《くちびる》についた照り焼きソースと白いシェイクが混ざって……なんか、ちょっとエロいなって思ってしまった。

そんなことはつゆ知らず、日葵《ひまり》が真面目な顔で言った。

「お花アクセ作ってるときの、夏目《なつめ》くんの瞳《ひとみ》が好き。アクセへの情熱でキラキラ輝くんだよ。まっすぐで、すごく綺麗《きれい》」

「瞳《ひとみ》……？」

日葵《ひまり》のシェイクが、ずずっと音を立てる。

そのストローを楽しげにつまみながら「んふふー」と笑った。

「だから、その情熱の瞳《ひとみ》をアタシだけに見せて？　独占《ひとりじめ》させて？　そしたら、アタシはきみのアクセをいくらでも売ってあげる。——そういう運命共同体《しんゆう》になろ？」

「…………」

俺は無言のまま、こくりとうなずいていた。

正直、日葵《ひまり》の言ってることはピンとこなかった。その申し出を受けたのも、彼女のファンシーな言葉に感動したとかじゃなくて……「あ、こいつ断ったら何するかわかんねえ」っていう恐怖《きょうふ》のほうが強かったと思う。

でも不覚にも——日葵《ひまり》と『友だちになりたい』と思ってしまった。

だって生まれて初めて、俺は自分の価値を見てくれる人に出会えた。これまで友だちどころか、家族にすら理解されなかった俺の唯一《ゆいいつ》の情熱の行き所を、彼女ははっきりと「好きだ」と言ってくれたのだ。

その首元のチョーカーが、存在を主張するように光る。

ニリンソウの花言葉は『友情』『協力』――『ずっと離《はな》れない』。

そんなニリンソウは、きっと頼《たよ》りになるイケメンに違《ちが》いないと思ったりしていた。

俺には日葵《ひまり》という女子が、まるでニリンソウが人間として現れたような感覚だった。これで落ちないほうが、どうかしている。

俺が一人で胸を高鳴らせていると「あっ」と日葵《ひまり》は呟《つぶや》いた。

それから、ふと雰囲気《ふんいき》がブレる。……ブレると言うより元に戻ったと言うべきか。さっきまでの真剣《しんけん》な雰囲気《ふんいき》が消えて、科学室で見たようなへらへらとした笑顔《えがお》を浮《う》かべる。

「もちろん恋愛《れんあい》感情はナシねー。やっぱり面倒《めんどう》じゃん？　恋愛《れんあい》ってさ、全部ぶっ壊《こわ》す毒みたいなもんだし。だから、アタシたちにはナシ」

さっきのエモい歌詞みたいな台詞《せりふ》から一転、一気に俗《ぞく》っぽい内容になった。

……まあ、言いたいことはわかる。ビジネスと恋愛《れんあい》は切《き》り離《はな》すべきというのは、一般《いっぱん》的にも大切な理論だと思う。

「夏目《なつめ》くん、どう？　できる？」

テーブルの下で、ツンツンとつま先で脚《あし》を突《つつ》いてきた。……まあ、日葵《ひまり》みたいに可愛《かわい》い女子がこういうこと自然にやっちゃうなら、普通《ふつう》は好きになっちゃうんだろう。なんか距離《きょり》感近いし。サークラ気質っていうのか。

日葵《ひまり》は嬉《うれ》しそうに両手で頬杖《ほおづえ》を突《つ》き、ゆらゆらと頭を揺《ゆ》らす。その綺麗《きれい》な髪《かみ》が、さらさらと左右に揺《ゆ》れていた。

「それとも、もしかして惚《ほ》れちゃった？　もう惚《ほ》れちゃったかなー？」

「……………」

おや、と日葵《ひまり》の眉根《まゆね》が寄せられる。

その意外そうな顔を見て……今日、初めてやり返す場面がきたのだと悟《さと》った。

「俺、美人って苦手なんだよ。うちの姉さんたち、かなり綺麗《きれい》でモテるんだけど……家ではカレシへのやばい本音とか、小学生の頃《ころ》から聞かされてさ。薔薇《ばら》系女子、マジで怖《こわ》い」

「……………」

ぽかんと俺を見つめる。

それから肩《かた》を揺《ゆ》らしながら、我慢《がまん》できない感じで噴《ふ》き出《だ》した。

「ぷっはーっ！　薔薇《ばら》系女子!?　いいね。やっぱり悠宇《ゆう》って最高！」

そう言って、俺の鼻をツンと突《つつ》いて笑った。

どうやら、最後の『確認事項《かくにんじこう》』はクリアしたらしい。……てか、いきなり呼び方が悠宇になっててむずかゆかった。恋愛《れんあい》感情はないにしろ、いきなり女子に下の名前を呼び捨てとか恥《は》ずかしくて死ねる。

「男の子が、みんな悠宇《ゆう》みたいなタイプだったらいいんだけどなー」

「いや、無理でしょ。普通《ふつう》の男子ならここまでで3回くらい惚《ほ》れてるし、その上で5回くらい告ってると思う」

「なんで告った回数のほうが多いし⁉」

「とりあえず美人とは、や、や、やりたいって言うか……？」

日葵《ひまり》は愉快《ゆかい》そうに指を鳴らした。

「あーっ！　いるいる！　そういう人、たまに声かけられるかも。主に上級生と下級生に棲息《せいそく》してる。てか悠宇《ゆう》、恥《は》ずかしいなら言わなくてよくない？」

「いや、犬塚《いぬづか》さん、明らかに陽キャ側だし。そういうノリのほうがいいのかなーって……」

「アハハ。無理しなくていいよー。でも、悠宇《ゆう》みたいな仏頂面《ぶっちょうづら》さんが顔真っ赤にしてやるとか言ってるの、可愛《かわい》くてアタシ好きかもなー」

「そ、そりゃどうも……てか、ここ飲食店だからもう許して？」

俺みたいな男が言うならまだしも、日葵《ひまり》のような美少女がそれを言っちゃうと、マジで周りの視線が痛いから勘弁《かんべん》してほしいのだった。

……でも、なんだろう。この『理想の男ともだち』を前にしているかのような安心感は。

「でも、ぶっちゃけ恋愛《れんあい》感情とか覚える前からモテてたからさー。もうよくわかんないんだよねー。今後、一生恋愛《れんあい》できなさそうな予感すらある」

「ええ。どゆこと？」

「なんか脈アリっぽく見られやすいのかなー。そこから告られまくって『あ、アタシってモテるんだー』っていう自意識だけが成長してさー。たぶん、未《いま》だに初恋《はつこい》がない」

「俺には縁遠《えんどお》い悩《なや》みだけど、なんか大変そう」

「悠宇《ゆう》ってカノジョいたことないの？」

「こんな趣味《しゅみ》で、いるわけないじゃん。あ、でも好きな子なら……」

日葵《ひまり》の目が、キランッと輝《かがや》いた。

ちょっと食い気味に、身を乗り出して聞いてくる。

「いるの？ 誰々《だれだれ》？ アタシ知ってる子なら、取り持ってあげようか？」

「いや、絶対無理。マジで無理。そもそも、俺もどこにいるかわかんないっていうか……小学校の頃《ころ》、旅行で知り合った女の子だし」

日葵《ひまり》が「ぷっ」と噴《ふ》いた。

「純情くんかーっ⁉」

「……純情くんだよ。悪いか」

……これはいけない。

日葵《ひまり》は、相手の弱点を容赦《ようしゃ》なくからかってくる。でも、それにびっくりするくらい悪意がない。まるで積年の友のような妙《みょう》な安心感のせいで、あらゆることを白状させられそう。

「やー。アタシたち、ある意味、すごく似てない？　悠宇《ゆう》って思ったより話しやすいし、運命って感じするなー」

「に、似てるかあ？」

「普通《ふつう》の結婚《けっこん》とかできなさそう」

それなら確かに感じていた。

日葵《ひまり》は感性が浮世《うきよ》離《ばな》れしすぎているし、俺は単純にお花バカ。どうも同級生たちには溶《と》け込めているようで、溶《と》け込めていない。

そんな俺たちが、こうして出会ったのが運命と言われれば、それは案外、しっくりときていた。それほど、俺と日葵《ひまり》は初対面から馬が合った。

「悠宇《ゆう》さ。30になってもお互《たが》い独身だったら、いっそアタシと暮らす？」

「その唐突《とうとつ》なアプローチは置いとくとして、なんで30……？」

「んー。とりあえずのボーダーラインっていうか？　とにかく、それまでは目標まで脇目《わきめ》も振《ふ》らず頑張《がんば》りましょうねーっていう感じ？」

「ああ、そういうこと……」

確かに、物事にはメリハリが必要だ。人生を賭《か》ける以上は、失敗すること……つまり引き返すための準備も視野に入れなくてはならない。

「30まで独身《ひとり》だったら、アタシにしときなよ？」

日葵《ひまり》が思わせぶりな感じで、上目遣《うわめづか》いに俺を見た。その指が、空になったシェイクのカップを弾《はじ》く。

その裏側に潜《ひそ》む期待を容易《たやす》く見破ると、俺は小さなため息をついた。

「……日葵とは絶対やだ。俺、もっとお淑《しと》やかな女性がタイプだし。家に帰ってもこの感じとか、マジで勘弁《かんべん》してほしい」

その返答に、日葵《ひまり》は予想通り「ぷっはーっ」と噴《ふ》き出《だ》した。そして「アタシ、生まれて初めてフラれたかも！」と言いながら、ちょっと呼吸困難になるくらい爆笑《ばくしょう》していた。

何がツボだったのかは知らないけど……どうやら、俺はこの女子の好みを確実に学びつつあったらしい。

こうして、俺は友情に落ちた。

日葵《ひまり》という女の子と、俺は一生、親友として添《そ》い遂《と》げるんだと思った。

その劇的でドラマチックな確信が、まさかたったの二年で砕《くだ》け散《ち》るなんて……いや、マジで人生ってうまくいかねえなあって思うわ。

I

〝ずっと離れない〟

四月の上旬《じょうじゅん》。

高校二年に上がって、すぐのことだった。

田舎《いなか》の春は、穏《おだ》やかだ。てか、田舎《いなか》ってマジでイベント事がカレンダー準拠《じゅんきょ》だから。この時期は、のほほんとしたものだ。

そんな放課後、教室の一角で女子たちがきゃいきゃいと話していた。

「ねー。日葵《ひまり》さんの今朝の、やばくない？」

「わたしも思った。可愛《かわい》すぎでしょ」

二人はスマホを覗《のぞ》いている。

今朝の、というのは、日葵《ひまり》が投稿《とうこう》したインスタの話だ。春休みに10号線沿いにあるカフェで撮影《さつえい》したものだった。

涼《すず》やかなウッドデッキで、新作の日向夏《ひゅうがなつ》ジェラートを持つ被写体《ひしゃたい》。

両耳にはスズランをあしらった、プリザーブドフラワーのイヤリング。

大きいサングラスから覗《のぞ》かせるマリンブルーの瞳《ひとみ》が蠱惑《こわく》的だった。その窓の外には、日向灘《ひゅうがなだ》の青い海が広がっている。

今週になって一気に気温が高くなった。痛烈《つうれつ》に夏を意識させるそのインスタは、非常に鮮明《せんめい》に映ったらしい。

高校に入学して、日葵《ひまり》が始めたインスタ投稿《とうこう》。

もともとの素材のよさもあり、一年足らずでフォロワーが5万人を越《こ》えたのだから驚《おどろ》きだった。

地元でも有名で、新作がアップされた日にはあんな感じでわいわい騒《さわ》ぐ風景が見られる。放課後にイオンに行くと、フードコートで同じような会話をする他校の女子生徒に出くわすほどだ。……さすが田舎《いなか》。どんだけイベントが少ないんだよ。

俺の隣《となり》の席……。

その日葵《ひまり》は、涼《すず》しい顔で鞄《かばん》に教科書を詰《つ》めていた。

相変わらず、妙《みょう》にオーラのある女だ。こんな田舎町《いなかまち》にある学校の野暮《やぼ》ったい制服すら、こいつが着るとブランドの新作のように見えるから不思議だった。

この二年で、ちょっと背が伸《の》びた。それも脚《あし》だけが伸《の》びたのかと思うような見事なスタイルを誇《ほこ》っており、男子たちの視線を悪戯《いたずら》に集めることも多い。

表情に妙《みよう》な色気も漂《ただよ》うようになった。薄《うす》く形のよい唇《くちびる》は淡《あわ》いグロスで照り、ふいに日葵《ひまり》が唇《くちびる》を舐《な》めるたびに周囲をドギマギさせている。

流れるような美しい髪《かみ》は……かなり大胆《だいたん》に切ってしまった。でもナチュラルに乱れたショートボブの髪型《かみがた》は、茶目っ気のある日葵《ひまり》によく似合っている。

あの透《す》き通《とお》るようなマリンブルーの瞳《ひとみ》だけは変わらない。アーモンドのようにぱっちりと大きく……そして変わらず魅力《みりよく》的だった。

二年前の透明《とうめい》感のある美少女は、より大人っぽくもなり、そのくせ以前よりも無邪気《むじやき》な気質も露《あら》わにするようになった。先天的な天邪鬼《あまのじやく》である日葵《ひまり》を、よくよく現している。

例の女子二人が、日葵《ひまり》の机にきて話しかけていた。

「このお店、どこ？」

「10号線を市内のほうに行くと、すぐ見つかると思うよ。このジェラート、秋までの限定メニューだって言ってたねー」

「じゃあ、このイヤリングは？　イオンで買える？」

「それ特注だから、お店じゃ売ってないかなー」

「えー。すごーい。わたしもほしー」

その二人に、一枚の名刺《めいし》を差し出した。

ただ〝you〟とだけ記名された、フラワーアクセのクリエイターのものだ。

「通販《つうはん》では買えるから。名刺《めいし》のQRコードのサイトから注文してね。このキーコード入力すると配達料タダだよ。何回でも使えるし、一つからでもお気軽にどうぞ」

「ほんと⁉　ありがとーっ！」

そんな流れで、放課後の遊びに誘《さそ》われている。

カラオケ行こうって内容だ。というか、この町で放課後に遊ぶには、だいたいイオンかカラオケかスシローがベターだ。

けっこうな人数が参加するらしい。クラス替《が》えで初めて顔を合わせるやつもいる。日葵《ひまり》をうまく自分たちのグループに誘《さそ》いたいのだろう。

……地元の良家のお嬢《じょう》さまの権威《けんい》は、高校でも健在だ。

いや、むしろ二年前より大きいだろう。市役所で働く二番目のお兄さんが手がける地域開発プロジェクト。その一環《いっかん》で進めていた高速道路が、とうとう開通したのだ。これで隣県《りんけん》への移動がしやすくなると、犬塚《いぬづか》家の株は爆《ばく》上がりであった。

その好意120％・打算120％のお誘《さそ》いに、日葵《ひまり》はニコニコ微笑《ほほえ》みながら「うーん。どうしよっかなー」とか言っていた。

その視線が、ふと俺のほうを見たような気がした。

「…………」

俺は鞄《かばん》を肩《かた》にかけると、席を立った。

特に誰《だれ》とも挨拶《あいさつ》を交《か》わさずに教室を出る。廊下《ろうか》には、下校する生徒たちが行《い》き交《か》っている。ジャージ姿で部活に行く生徒もいた。

別棟《べつむね》にある科学室にきた。職員室から借りた鍵《かぎ》でドアを開ける。6人がけのテーブルが6つある。窓際《まどぎわ》の一番前のテーブルに鞄《かばん》を置いた。

科学室の後ろに、大きなスチールの棚《たな》が並んでいる。

右のスチール棚《だな》、一番下の引き戸の鍵《かぎ》を開けた。LEDプランターが並んでいる。室内で害虫の心配なく植物を育てられる優《すぐ》れものだ。

冬咲《ざ》きの花は、すでに収穫《しゅうかく》した。

今は春植えの種や苗《なえ》が植わっている。

アマリリス、ラベンダー、ナデシコ、マリーゴールド……。

すべての写真を撮《と》って、成長の記録を収める。水を入《い》れ替《か》えて、園芸部の仕事は完了《かんりょう》。

後は、個人的な活動の時間だ。

LEDプランターの引き戸を閉めて、鍵《かぎ》をかける。その一段上の引き戸の鍵《かぎ》を開けて、二つの段ボール箱を取り出した。

一つの蓋《ふた》を開けると、百均《ひゃっきん》で揃《そろ》えた密封《みっぷう》ケースが詰《つ》まっている。その一つを取り出して、中身を確認《かくにん》した。

大量の乾燥剤《かんそうざい》と、溶液《ようえき》から取り出したプリザーブドフラワーの花被《かひ》。これはパンジーの花被《かひ》を加工したものだ。

花被《かひ》の色合いを確認《かくにん》する。鮮《あざ》やかな黄色が、やや深い色合いになっていた。いい具合に渋《しぶ》みが出ている。花弁の劣化《れっか》も見られない。あとは乾燥《かんそう》の具合だけど……。

「よっと」

もう一つの段ボール箱を開けた。

こっちには、作業道具をまとめてある。用具箱からピンセットを取り出した。ビニール手《て》袋《ぶくろ》をはめて、密封《みっぷう》ケースの蓋《ふた》を開けた。

ピンセットで、パンジーの花被《かひ》を取り出す。

「……いい感じでは？」

うん。いい感じだ。

というか、かなりいい感じ。ちょっと花弁が薄《うす》いし、外れちゃうかなって思ってたけど。

とりあえず、これは安静に……花弁が取れちゃもったいない。

「よーし。ここからが本番だ」

作業用の卓上《たくじょう》ルーペを準備。

それを介《かい》しながら、フラワーアクセの加工を始めた。

まずは花被《かひ》をリングに通す作業だ。これが一番気を遣《つか》う。花被《かひ》を傷《いた》めてはいけないし、見栄《みば》えにも関わる。

慎重《しんちょう》に作業を完了《かんりょう》し、素早《すばや》く接着剤《ざい》で固定する。

角度、見《み》栄《ば》え、強度……よし。

次はイヤリングの基礎《きそ》。針金やメタルスティックでイヤリングの形に加工する。パンジーは黄色だし、涼《すず》しい印象の青めの金属を使って映《は》えるように。

最後に基礎《きそ》部分と、パンジーを通したリングを組み合わせる。今回は、パンジーの向きを装着したときの使用者の正面に合わせる。耳たぶから、パンジーの花が咲《さ》いているように見えるイメージというか。

通電したはんだごてで、基礎《きそ》部分とリング部分を溶接《ようせつ》する。ここでミスると、これまでの作業が台無し。はんだごての先端《せんたん》が少しでも花に触《ふ》れたら、即座《そくざ》に焦《こ》げてしまう。

シンと静まった科学室。

遠くから、吹奏楽部《すいそうがく》の練習の演奏が聞こえてきた。この静けさが心地《ここち》いい。江戸《えど》時代の剣客《けんかく》が果たし合いするときも、こんな感覚なんだろうか。

……いざ、尋常《じんじょう》に。

はんだごての先端《せんたん》を、接続部とはんだに近づける。微《かす》かに触《ふ》れ、すぐに離《はな》す。……ちょっと弱い印象だ。一回でやりきれなかったか。二回目……ちょっとはんだの玉が大きくなったけど大丈夫《だいじょうぶ》だ。花の印象を脅《おびや》かすほどじゃない。

最後にはんだ部分の腐《ふ》食《しょく》防止と色づけの意味で、パティーナ液を塗《ぬ》る。これで、多少の色の変化は誤魔化《ごまか》せるだろう。

片方が完成した。それをデスクスタンドの光に当ててチェックする。

「……オッケー」

額の汗《あせ》を拭《ぬぐ》った。

このアクセが完成した瞬間《しゅんかん》は、何度味わってもいい。一人の世界というか、外界と隔絶《かくぜつ》された感じというか。

とにかく、こういう一人の時間が好きだった。

姉さんたちには陰気《いんき》と言われるけど、これは生まれつきの性格だからしょうがない。俺はクリエイター。孤独《こどく》を愛してこそ自己と向き合えるというもので……。

「おー。今回も可愛《かわい》くできたねー」

「……っ⁉」

前触《まえぶ》れもなく、俺の静寂《せいじゃく》が破壊《はかい》された。

俺の肩越《かたご》しに、するっと細い両腕《りょううで》が前方に突《つ》き出《で》た。それはぐっと折れ曲がり、俺の首を背後から抱《だ》きしめる。

日葵《ひまり》だった。俺の首に腕《うで》を回して、肩越《かたご》しに手元のアクセを見下ろしている。

「んふふー。びっくりした？」

小首をかしげた拍子《ひょうし》に、さらりとした毛先が俺の頬《ほお》をくすぐる。爛々《らんらん》と輝《かがや》くマリンブルーの瞳《ひとみ》が、まっすぐ俺を見つめ返していた。

中学のときから身につけているニリンソウのチョーカーが、微《かす》かに光る。

「日葵《ひまり》。はんだごて扱《あつか》ってるときは、いきなり抱《だ》きつくなよ。てか、いつからいたの？」

「一時間くらい前だよ。話しかけてもガン無視だしさー」

日葵《ひまり》の手が、はんだごてのスイッチを切った。「ここからはアタシと遊ぶ時間ね？」とでも言いたげに、そっと耳元でささやいてくる。

「悠宇《ゆう》のばーか」

「いや、まだ片方が残ってるんだけど……」

「今日はもう悠宇《ゆう》のキラキラお目々は堪能《たんのう》したので、店じまいでーす。相棒のご機嫌《きげん》取りも頑《がん》張《ば》ってくださーい」

「わ、わかったから。耳元で言うのやめて……」

日葵《ひまり》はヨーグルッペの紙パックジュースを、ちゅーと飲んだ。

ついでにスカートのポケットから、もう一本のヨーグルッペを取り出した。俺の口にそのストローを差し込む。ありがたく頂いておく。

ああ、潤《うるお》う。作業に集中していたせいで、かなり喉《のど》が渇《かわ》いていた。……できれば、乳酸菌《にゅうさんきん》じゃなくてポカリとかのほうがいいけど。

「日葵《ひまり》、さっきカラオケ誘《さそ》われてなかった？」

「あれ？　断っちゃった」

「せっかく誘《さそ》ってくれたのに、もったいねえ。初めて同じクラスになったやつもいたし、遊んでくればよかったろ」

「んー。それも悪くなかったけど、悠宇《ゆう》が嫉妬《しっと》の視線を向けるからなー」

「向けてねえ。俺の気持ちを捏造《ねつぞう》すんな」

日葵《ひまり》はにこーっと笑った。

なんというか「可愛《かわい》いアタシを独占《どくせん》できる世界一の幸運を分けてやってるんだから、もうちょっと喜べよ殺すぞ？」って感じ。いやマジで可愛《かわい》いんだけど、幸運の押し売りとかむしろ詐《さ》欺師《ぎし》の手口ですからね？

「でも、その割に熱い視線くれてたじゃーん」

「中学の文化祭のこと思い出してただけ。おまえの髪《かみ》、あのとき長かったよなあ」

「それなら、悠宇《ゆう》は背が高くなったよねー。あのときはアタシのほうが高くなかった？」

「…………」

試《ため》しに立ち上がってみると、日葵《ひまり》が首にぶら下がったまま「きゃーっ」と騒《さわ》ぎながら脚《あし》をばたつかせる。……確かに日葵《ひまり》があまり伸《の》びなかったというより、俺が伸《の》びすぎだ。

時計を見ると、もう17時をすぎていた。

「てかさ。いい加減、離《はな》れてくんね？」

「それは聞けないなー。この背中《ココ》はアタシの特等席だし」

「ココって……」

まあ、もう慣れきったことだけど。

「……やっぱり平日は進行が悪い。家で作業できれば、もっと楽なんだけど」

「悠宇《ゆう》の部屋、またダメだったの？」

「うちの猫《ねこ》、また作業途中《とちゅう》の花で遊んでやがった。あいつ、場所変えてもすぐ見つけるし」

「アハハ。うちでやればいーじゃん。部屋余ってるし、工房《こうぼう》として使えばいいよ」

「やだよ。おまえの兄さん、すぐ高い寿司《すし》取ってくるもん」

家族総出でウェルカムな空気出されると、思春期男子としては逆に辛《つら》いんだ。……田舎《いなか》の権力者って、もっと怖《こわ》いイメージだったんだけど。

「てか最近、花も間に合わないくらいだしなあ」

「お花も店で仕入れればいいのに」

「やっぱ、そこは自信持ったもの出したいしな」

「……ふーん。そっか」

いや、なんで嬉《うれ》しそうなの？

日葵《ひまり》とも付き合い長くなってきたけど、未《いま》だにこいつの喜ぶポイントよくわかんねえ。

てか、まさか二年経《た》った今でも本当に親友やってるとは思わなかった。日葵《ひまり》って友だち多いし、俺のことなんかすぐ飽《あ》きると思ったのに……。

「どっちにしろ、日葵《ひまり》のインスタのおかげだから」

日葵《ひまり》が紹介《しょうかい》してた〝you〟とは、まあ、つまり俺のことだ。

インスタも趣味《しゅみ》ではなく、俺のアクセの宣伝のためにやってくれている。

今朝のジェラートの投稿《とうこう》のように、すべてのインスタで日葵《ひまり》は俺のフラワーアクセを身につけている。日葵《ひまり》のアカウントで販売《はんばい》するサイトを紹介《しょうかい》し、気に入った人は注文できるシステムだ。

店を出す資金集めと、フラワーアクセの広報を両立した戦法。

中学の間にアレコレと試《ため》した。近隣《きんりん》のバザーに足繁《あししげ》く通ったり、制作過程をYouTubeにアップしたり……その結果、これが一番うまくいってる。結局『美少女×フラワーアクセ』ってのがわかりやすいんだろう。

「そういえば日葵《ひまり》さ。この前、連絡《れんらく》くれた芸能事務所はどうなったん？」

「あー、高校までは地元にいるからって断っちゃった」

「マジかよ。もったいな」

「アハハ。そこまでやると、さすがに悠宇《ゆう》のアクセ宣伝どころじゃなくなるしなー」

「こんな田舎《いなか》まで会いにきてくれるって言ってたのに」

「んー。アタシの可愛《かわい》さが世界に気づかれちゃうとまずいからさー。ほら、アタシに一目惚《ひとめぼ》れした石油王が求婚《きゅうこん》してくるじゃん？　そうなったら、正妻戦争が起こって悲劇になっちゃうよねー」

「そのでかすぎる自信は何なの？　そんな心配、誰《だれ》もしてねえよ？」

俺の手元を楽しげに目で追いながら、日葵《ひまり》の紙パックがずずっと音を立てた。

ついでに俺のほうの紙パックも「飲んだら頂戴《ちょうだい》？」と言って、普通《ふつう》に二つとも畳《たた》んでポケットにしまう。

「いやー。アタシと悠宇《ゆう》は運命共同体《しんゆう》だから、悠宇《ゆう》が結婚《けっこん》できなかったらアタシが責任取ってやんなきゃねー。そちらの親御《おやご》さんに申し訳ないし？」

「それ、やめてくんない？　日葵《ひまり》がそれ口走ってから、おまえの兄さんが『義弟《おとうと》くん！』って呼んできて辛《つら》いんだけど」

「いーじゃん。義弟《おとうと》くんになっちゃいなよー」

「ならねえよ。おまえ一人ですら手を焼いてんのに、同レベルに騒《さわ》がしいお兄さんまで相手できるわけねえだろ」

「大丈夫《だいじょうぶ》だよ。うちのお屋敷《やしき》、すごく広いからさ。3世帯なら余裕《よゆう》でプライバシー確保できるって」

「なんで普通《ふつう》にお兄さんと同居前提なんですかねえ」

そのときはガチでそうなりそうだから怖《こわ》い。おはようからおやすみまで日葵《ひまり》と同じDNAに囲まれてるとか、ただの罰《ばつ》ゲームなんですけど。

「嫌《いや》なら悠宇《ゆう》が先に結婚《けっこん》しちゃえばいいんだよ？　高校入って一年も経《た》ったんだし、好きな子くらいできたんじゃない？」

「……いや、それが」

「えー。まだ初恋《はつこい》のあの子が忘れられないのー？」

「う、うるせえ。忘れられないとかじゃない。あれ以上の衝撃《しょうげき》の出会いっていうか、そういうのがないんだよ」

「衝撃《しょうげき》の出会いねー。確か、植物園で迷子になってるときに助けた女の子だっけ？」

「そうだよ。そのとき、一緒《いっしょ》に見たハイビスカスが綺麗《きれい》でさ。白いワンピースの、大人しくて可愛《かわい》い女の子だった。その子も迷子で、ずっと俺の後ろで袖《そで》を摑《つか》んでるのが可愛《かわい》くてさあ」

「…………」

日葵《ひまり》が、じ〜っと俺の横顔を注視する。

そして何やら深刻そうな感じで、俺の頰《ほお》をツンツン突《つつ》いてきた。

「……ずっと言おうと思ってたんだけどさ」

「な、何だよ？」

日葵《ひまり》は「へっ」と鼻で笑った。

「その子、悠宇《ゆう》の気持ち悪い妄想《もうそう》なんじゃない？」

「ぶっ殺すぞ」

「あるいは、お花が好きすぎて幻覚《げんかく》を見たのか……」

「気持ち悪い妄想《もうそう》と、どう違《ちが》うのか説明してくれませんかねえ」

「ドリーマーな気質は、悠宇《ゆう》の魅力《みりょく》なんだけどなー。でも、そろそろ現実の女の子に目を向けてみたほうがいいんじゃない？」

「な、何でだよ。そんなの、いいじゃん……」

「だって、もしその初恋《はつこい》の子と再会できても、未《いま》だに童貞《どうてい》じゃ格好つかないでしょ？」

ぐさっと言葉が胸に刺《さ》さった。

片付けしていた器材を、うっかり取り落とす。

「いいんだよ！　別に再会したいとか思ってないし！」

「うーん。童貞《どうてい》を取《と》り繕《つくろ》おうともしないとは。悠宇《ゆう》のそういうとこ好き」

「そもそも！　おまえが学校でもベタベタしてくるから、普通《ふつう》にカノジョいるって思われてるんだろ！」

俺、渾身《こんしん》の反論。

でも日葵《ひまり》は口元を隠《かく》して、にやにやしながら俺の胸のあたりをポンポン叩《たた》いた。

「えー？　だって、アタシはちょいちょいカレシできてますし？　悠宇《ゆう》がフェロモン足りてないだけでしょ？　アタシのせいにすんなって」

「そのおまえにフラれたやつらから、変な噂《うわさ》流されてるんですけど？　なんで俺がカレシくんから、おまえを横取りした感じの嘘《うそ》情報が流れてんの？」

「それはアレじゃん？　アタシが、カレシくんの前で悠宇《ゆう》の話しかしないからじゃん？」

「マジで迷惑《めいわく》だからやめて!!　もう学校のどこに地雷《じらい》あるかわかんねえよ！」

「だって別に、カレシくんのこと好きだから付き合ってるわけじゃないしなー」

「じゃあ、なんで付き合うわけ？」

「んー？　暇《ひま》つぶし？」

「うわあ。おまえのそういうとこ、マジで引く」

「アハハ。ちょっと未《いま》だに恋愛《れんあい》感情とかわかんなくてさー」

あの中学の文化祭から、早二年。

恋愛《れんあい》関連に関しては、相変わらずの二人だった。

「ま、今のままでもいっかー。アタシは30になったとき、貰《もら》い手《て》ないと困るしなー」

「おまえ、マジで店を出すまで結婚《けっこん》しないつもりなの？」

「そもそも結婚《けっこん》するつもりないんだけどさー。でも悠宇《ゆう》が先に結婚《けっこん》すると、ほんとにお見合いさせられちゃいそうなんだよなー。それは本気で勘弁《かんべん》して」

「人を隠《かく》れ蓑《みの》にしてんじゃねえぞ。見合いでも何でもいいから、さっさと嫁《よめ》に行け」

「相手、普《ふ》通《つう》にオッサンだよ？　悠《ゆう》宇、アタシがお父さんと同じくらいの歳《とし》の男に嫁《とつ》いでもいいの？」

「え、マジで？」

「うん。アタシの若い身体《からだ》が、オッサンの脂《あぶら》ぎった手で汚《よご》されちゃう……」

「お、おう。おまえ、ときどき男子の俺もドン引きなエロワードぶっ込んでくるよな……」

「えっちな女の子でゴメンね？」

「そういう可愛《かわい》いイメージじゃないんだよなあ……」

どっちかっていうと、寂《さび》れた公園でエロ本拾ってくる男子中学生みたいな。
○○先輩《せんぱい》とそのカノジョが××でセックスしたとか、そういう情報だけやけに耳ざとい男友だちと話してる感覚なんだよ。……こんなに美少女なのに、マジでドキドキしない。
「てかイマドキ、マジでお見合いとかあんの？」

「あるよー。下手《へた》したら、高校卒業してすぐ連チャン。もう写真とか、知り合いの間で出回ってると思う。だからアタシ、進路を何も決めてないわけですし？」

「あー。そういえば一年のときの進路表、おまえ白紙提出して怒《おこ》られてたっけ……」

「とりあえず何でもいいから書けっていうから『悠《ゆう》宇のお嫁《よめ》さん』って書いたのに、逆に怒《おこ》られるし……」

「それは怒《おこ》られて当然だ」

人の名前を勝手に使うんじゃねえよ。

どうりで、あのときから先生によく「ちゃんと携帯《けいたい》してるか？」って謎《なぞ》の確認《かくにん》されるわけだわ。悪いけど、今のところ持ってても特に使用の予定はないです。

「……でも、この令和の時代に金持ち同士のお見合いとかあるのか」

マジで時代遅《じだいおく》れだと思う。そんな人生の決め方、されたくねえよ。

しかも相手は二回りも年上とか……。

「じゃあ、そのときの隠《かく》れ蓑《みの》くらいにはなってやるよ。……親友だしな」

そんな格好いいことを言って、俺はキメ顔で振《ふ》り返《かえ》った。

すると日葵《ひまり》が顔を真っ赤にして、必死に笑いを堪《こら》えている。リスみたいに頬《ほお》を膨《ふく》らまして、ぷるぷると震《ふる》えていた。

さすがに察した。……俺、からかわれた。

「ぷはーっ。うっそぴょーん♪」

「おまえ、はっ倒《たお》すぞ⁉」

「イマドキ、そんなお見合いあるわけないじゃん。エロ小説の読み過ぎかー？」

「脂《あぶら》ぎった手とか言いだしたの、おまえのほうですけどね⁉」

日葵《ひまり》はひとしきり笑うと、俺の髪《かみ》をくしゃくしゃ撫《な》で回《まわ》した。

「心配しなくても、途中《とちゅう》で見捨てないって。アタシ、しばらくはこの特等席を満喫《まんきつ》させてもらうつもりだからさー」

俺の首に回った両腕《りょううで》に、ぎゅーっと力がこもる。

俺はその二《に》の腕《うで》をぺしぺし叩《たた》いて抗議《こうぎ》した。

「首ぃ～。その特等席、首締《し》まってる～」

「日本一抱《だ》き心地《ごこち》のいい首を持つ男～」

「その称号《しょうごう》何なの？　一つも嬉《うれ》しくないよ？」

「日本一抱《だ》かれ心地《ごこち》のいい腕《うで》を持つ女～」

「どうだろうなあ。それを名乗るには、おまえちょっと細すぎ……うぐ、おま、ちょ、腕《うで》に力込《こ》めんな!?」

そんな感じでいつも通りに戯《たわむ》れていると、18時のチャイムが鳴った。

運動部は20時まで活動できるが、文化部は基本的にここまで。こっちの別棟《べつむね》は、どんどん鍵《かぎ》がかけられていく。それまでに下校しなければいけない。

「今日はここで切り上げるか」

「そだねー」

「そだねーじゃねえよ。おまえも手伝え」

そんで、いい加減に首から離《はな》れろ。自分の脚《あし》で立ちなさい。ぶら下がってきゃっきゃとハシやぐんじゃないよ。ずるずる引きずると、マジで首が締《し》まるんだけど。

「それじゃあ、日葵《ひまり》さん。帰りの点呼いきます。作業道具オッケー」

「お花オッケー」

「鍵《かぎ》オッケー」

「帰りはマック気分オッケー？」

「うーん。なんか俺、寿司《すし》食いてえかも」

「あ、そう？　じゃあ、お兄ちゃんにライン送っとくねー。『今日は悠宇《ゆう》がお寿司《すし》食べたいらしいので、あのお高いやつ買ってきてねー』っと……」

「帰りにスシローでいいから！　な？　な!?」

「……ハア。義弟《おとうと》くんはつれないなー」

誰《だれ》が義弟《おとうと》やねん。

科学室に鍵《かぎ》をかけ、俺たちは下校した。

これが俺と日葵《ひまり》の日常。

この二年で築いた、俺たちの箱庭。

そして、それは限りなくうまくいっていた。その歯車がちょっとだけ狂《くる》ったのは、その翌日のことだった。

♣♣♣

それから丸一日が経過した、翌日の放課後。

日葵《ひまり》が委員会でいなかった。

こういうことは多い。俺の前ではアレなので忘れがちだが、日葵《ひまり》は優等生で通っている。委員会やボランティア活動なども、割と積極的に取り組んでいた。

……まあ、たぶんご実家の顔を立てる意味が強いんだろう。お金持ちの家庭に生まれるというのも大変だ。

科学室に行く前に、ヨーグルッペを購入《こうにゅう》するために自販機《じはんき》コーナーへ立ち寄った。いつも日葵《ひまり》から飲まされているので、すっかり俺も乳酸菌《にゅうさんきん》の虜《とりこ》になっている。

自販機《じはんき》に硬貨《こうか》を入れて、ボタンを押した。取出し口に、紙パックが落ちてくる。

「たまには静かでいいっすねえ」

日葵《ひまり》といるのは楽しいけど、静寂《せいじゃく》を楽しめてこそ真の男だって父さんが言ってた。母さんに口で勝てない言い訳なのは知ってるけど、その言葉自体はダンディで嫌《きら》いじゃない。

「……ん？」

前方から、女子生徒が歩いてきた。

やや赤みのある黒髪《くろかみ》ストレート。

瞳《ひとみ》は切れ長で、ちょっときつめな印象の子だった。

制服は緩《ゆる》めに着崩《くず》している。胸元《むなもと》も大きめに開けていた。

ネクタイのラインの色から、同じ二年生。

名前は知らない。去年も同じクラスではなかったと思う。

……すげえ美人だなあって思った。

同じ美人でも、日葵《ひまり》は安らぎを感じるタイプだ。例えるなら、静寂《せいじゃく》の森林に住まう妖精《ようせい》というか。ゲームで旅人が出会ったら、体力を回復してくれる感じの存在。

でも、こっちの黒髪《くろかみ》さんは鋭《するど》いナイフって印象だ。噛《か》み砕《くだ》くと、イマドキっていうか。裏ではカレシの悪口とか平気で言ってそう。俺の姉さんたちと同じ雰囲気《ふんいき》がある。

「…………」

じろっと睨《にら》み付《つ》けられた。

いかん。見てたのがバレた。そそくさと視線を逸《そ》らす。……俺は小市民なんだ。

ちなみに、俺は美人が苦手だけど好きだ。

……すげえ矛盾《むじゅん》に感じるんだけど、要は『アクセのモチーフとして参考になるよね』って意味。実際に喋《しゃべ》ったりとかは、マジで怖《こわ》いから無理。美人は黙《だま》ってるときが一番いい。

この瞬間《しゅんかん》も、俺はあの黒髪《くろかみ》さんに似合うアクセをイメージしていた。

ちらっと見た印象では『意識したお洒落《しゃれ》さん』って感じだ。化粧《けしょう》をしっかり決めて、自分を引き立てるためのアクセサリーも忘れない。髪留《かみど》め、ネックレス……顔から上は、これで適正量だ。たくさんつければいいってもんじゃない。

となると、俺のアクセを差し込む余地があるのは首から下だ。淡《あわ》めのネイルも塗《ぬ》ってるし、リングは主張がぶつかりすぎる。となると、狙《ねら》うのは手首か……。

（そうそう。あんな感じの緩《ゆる》いブレスレットとか……あれ？）

俺の目に留まったのは、肩《かた》がけにした鞄《かばん》の上に添《そ》える左手だ。その手首に、俺のフラワーアクセがあったのだ。

月下美人。

花びらが白くて大きくて艶《あで》やかな、美しさの代名詞のような花だ。花言葉も、その美貌《びぼう》に違《たが》わない。『艶《あで》やかな美人』『儚《はかな》い恋《こい》』──『ただ一度だけ、会いたくて』。

……覚えている。

月下美人は花被《かひ》が手のひらほどのサイズになるので、プリザーブドフラワーに加工した後に花弁や花糸を分割《ぶんかつ》してアクセにした。アレは日葵《ひまり》のチョーカーと同じようにレジンでハート型に固め、それをメタルブレスレットに繋《つな》いでいる。

二年前、中学の文化祭で売ったものの一つだ。あの頃《ころ》の渾身《こんしん》のデキだった。花言葉が死ぬほどエモかったのも、記憶《きおく》に残る理由だった。

……日葵《ひまり》以外にも、まだあの頃《ころ》の作品をつけてくれる人がいるのか。

剝《む》き出《だ》しのプリザーブドフラワーと違《ちが》って、レジンで固めたものは手入れさえ怠《おこた》らなければ何年も使える。

でも、所詮《しょせん》はアクセサリーだ。女性にとってのアクセサリーは一期《いちご》一会《いちえ》の存在。言ってしまえば、すぐに飽《あ》きられるもの。結婚《けっこん》指輪みたいな特別なものでなければ、同じものをずっと身につけるなんて日葵《ひまり》くらいの変人だけだと思う。

悲しくはない。それは宿命なんだ。

俺は自分の作品には自信を持つけど、それを買い手に強要するつもりはない。俺が作品に込《こ》めた気持ちを、ずっと色褪《いろあ》せずに持っていてくれなんて傲慢《ごうまん》もいいところだ。

まあ、それでちょっと驚《おどろ》いただけ。

(あんな美人さん、お客さんの中にいたっけ……?)

覚えてないのも無理はないか。あのときは会計で、目が回るような忙《いそが》しさだった。

とりあえず、この月下美人との再会は日常のほっこりエピソードとして、帰って日葵《ひまり》に報告しよう。「まさか惚《ほ》れた? 惚《ほ》れちゃったかなー?」といじられるのは目に見えてるけど。

俺は自販機《じはんき》からヨーグルッペを取り出して、その子とすれ違《ちが》った。

黒髪《くろかみ》さんが、自販機《じはんき》の前で財布《さいふ》を取り出した。部活のときにでも飲むのだろう。

俺は歩きながら、紙パックにストローを刺《さ》した。その後「あ、これ後で飲むやつだった」と思い出す。

二本目を買うか？　でも、ここで戻《もど》ったら、なんか怪《あや》しいし……。

あの黒髪《くろかみ》さん、もうどっか行ってないかな。そんな望みを懸《か》けて、自販機《じはんき》のほうに振《ふ》り返《かえ》った。……まだいた。黒髪《くろかみ》さんは、ちょうど硬貨《こうか》を入れるところだった。

そこで俺は、あることに気づく。

彼女の左手にある月下美人のブレスレットが、忽然《こつぜん》と消えていたのだ。今の間に、鞄《かばん》にしまったのか。そう思いながら、俺は視線を下ろした。

そして黒髪《くろかみ》さんも、購入《こうにゅう》した飲み物を拾うために視線を落とす。

『――あっ』

その声が、どっちのものだったか。

思ったより可愛《かわい》らしい声だとか思ったので、あっちの声だったかもしれない。あるいは同時に発したのかもしれない。とにかく視線だけは同じものを見ていた。

黒髪《くろかみ》さんの足下《あしもと》……。

月下美人のフラワーアクセが落ちていたのだ。

ブレスレットのジョイント部分が切れていた。中学校の部活の予算で買ったものだ。劣化《れっか》するのは当たり前。むしろ、よく持ったものだ。

俺の気持ちは、まあ、そんな感じで冷めていた。

冷静だったというより……そうだ。冷めているというのが正しい。これまで何百というアクセを制作した。そのすべてに情熱は込《こ》めるけど、振《ふ》り返《かえ》ることは少なかった。

だって、アクセは消耗品《しょうもうひん》だ。

一期一会《いちごいちえ》の出会いであり、それが価値だ。

その本質を間違《まちが》えると、商売にはならない。俺と日葵《ひまり》が目指すのは、唯一無二《ゆいいつむに》であってそうではないもの。アーティストではなく職人だ。

でも、その子には違《ちが》ったのかもしれない。

「あ、嘘《うそ》……っ！」

黒髪さんが、慌《あわ》ててアクセを拾い上げた。

レジンの表面を丁寧《ていねい》にハンカチで拭《ぬぐ》って、傷がないか確かめる。その動作だけで、その子がアクセを大事にしているのがわかった。

劣化《れっか》して千切れた部分を触《さわ》って、慌《あわ》てて指を離《はな》した。尖《とが》った部分で、うっかり指の腹を刺《さ》してしまったらしい。彼女は慌《あわ》てて指先をくわえて……でも、視線は壊《こわ》れたアクセに注がれている。

その目が、ちょっと潤《うる》んでいた。

壊《こわ》れたアクセサリーなんて、そこらへんのゴミ箱に放り込みそうなタイプに見える。それなのに、まるで世界の終わりみたいな顔で途方《とほう》に暮れているのが、俺の胸に刺《さ》さった。

だから、つい声をかけてしまった。

「それ、直せるけど……」

「え？」

黒髪さんは不思議そうに俺を見上げた。

でも、俺は黒髪《くろかみ》さんの綺麗《きれい》な顔を、じっと見つめていた。……なんでだろう。俺は美人が苦手だ。ぶっちゃけ初対面の相手なら、視線すら合わせられないのに。

そして彼女は――そんな俺の胸の高鳴りを一瞬《いっしゅん》で鎮火《ちんか》するかのように冷たく言い放った。

「いきなり、何なの？」

うわ、きっつ……っ！

なんかその一言で、すべての雰囲気《ふんいき》を破壊《はかい》するような威圧《いあつ》感があった。

そりゃそうだよ。いきなり知らないやつに「そのアクセ直しましょうか？」なんて言われても不審《ふしん》者と思われるだけだ。学校の外でやったら、警察のお世話になるまである。

てか、直そうと思えば、そこらのアクセサリーショップに行けば直せるし。まあ、個人のオリジナルだから、ちょっと嫌《いや》がられそうだけど。

「あー。ごめん。えっと、すごく大事にしてる感じだったから、つい……忘れて、ください」

そして俺は逃《に》げた。ストローから噴《ふ》き出《だ》したヨーグルッペの道ができているけど、そんなの振《ふ》り返《かえ》る余裕《よゆう》はなかった。

やばい恥《は》ずかしい。

これ日葵《ひまり》に言ったら、すげえ嬉《うれ》しそうに「ぷっはーっ！」されちゃうんだろうな。マジで絶対に言わねえ。墓まで持っていく！

♣♣♣

その二日後の授業中。

古文の授業だったけど、まったく身が入らなかった。てか、最近、ずっとこんな感じ。

……油断すると、あのときの黒髪《くろかみ》さんの冷たい視線がフラッシュバックする。あのゴミ虫でも見るかのような視線。確かに怪《あや》しかったけど、そんなに嫌《きら》うことなくない？

——ぽこんっ。

隣《となり》の席から、メモ帳を丸めたものが飛んできた。それを広げると、『変質者さ〜ん。ちゃんと授業、聞きましょうね〜』と可愛《かわい》らしい丸文字で書かれている。

「…………」

隣《となり》に視線を向けると、日葵《ひまり》がにまにま笑っていた。

俺が無視すると、次のメモ玉がぽこんと飛んでくる。それには『その子、アタシが探してあげよっか？　運命の出会いかもね〜（笑）』と書かれている。

それを畳《たた》んで、ポケットにしまう。最後は日葵《ひまり》の拳《こぶし》が飛んできた。俺の右肩《みぎかた》にクソざこパンチをかましてくる。

「無視すんなっ！」

「いや、明らかに無視案件でしょ。この小学生レベルの挑発《ちょうはつ》に乗ると思ってんの？」

「はあ？　人の厚意を、よくそんな風に言えるよね」

「厚意ねえ。じゃあ、あの子を見つけてきてどうするつもり？」

「んふふー。悠宇《ゆう》がフラれるところ、動画に撮《と》ってあげようかなーって」

「却下《きやつか》だ、却下《きやつか》。そもそも、なんで告る前提だし」

「大丈夫《だいじょうぶ》だって。変質者として捕まっても、アタシがもらってあげるからさー。あ、でもその間にアタシが結婚《けつこん》してたら許してねー」

「無責任ってレベルじゃねえぞ……」

「えー。じゃあ、本気でアタシにしとく？　予約券、発行しとこっか？　拇印《ぼいん》でいい？」

「それは絶対に嫌《いや》だって言ってんだろ……ん？」

ふと気づくと、周りの生徒の視線が俺たちに集中していた。

教壇《きょうだん》で古文のお爺《じい》ちゃん先生が、俺たちをじと〜っと見ている。

「夏目《なつめ》くん。あまり犬塚《いぬづか》さんの勉強の邪魔《じゃま》をしちゃ駄目《だめ》ですよ〜？」

なんでだよ⁉

日葵《ひまり》は外面がいいので、なぜか俺のほうがちょっかいかけてる感じになる。……日葵《ひまり》マジック許《ゆる》すまじ。

「返事は～？」

「すみませんでした……」

古文の授業が終わって、昼休みになった。

コンビニパンの準備をしていると、日葵《ひまり》が後ろから俺の頭に顎《あご》をのせてきた。それから肩《かた》をぺんぺんぺんとリズムよく叩《たた》いてくる。

「悠宇《ゆう》のせいで怒《おこ》られたじゃ～ん」

「おまえ、よく言えるね。どんだけ神経図太いわけ……？」

俺は頭を上下に揺《ゆ》すった。日葵《ひまり》の顎《あご》にゴンゴンゴンとぶつかる。日葵《ひまり》が「あうっあうっあうっ」とアザラシみたいな鳴き声を上げていた。

クラスメイトの女子たちが「あの人ら一日中イチャついてんだけど」「あいつら去年からずっとあんな感じだよ」「マジか爆発《ばくはつ》しろ」とかヒソヒソ話してるのが聞こえる。うちの親友がTPO弁《わきま》えてなくてごめんなさい……。

「てか、悠宇《ゆう》さ。まだ一昨日《おととい》のこと引きずってんのー？」

「引きずってねえし。俺は至って冷静だし」

「その割に、一昨日《おととい》から全然作業進んでないじゃん」

「うぐ……っ」

「気にすんなよー。美少女にちょっと変質者扱《あつか》いされるなんて、むしろご褒美《ほうび》だって」

「そんなわけねえだろ。誰《だれ》情報だし」

「うちのお兄ちゃん。悠宇《ゆう》が美少女に変質者扱《あつか》いされたって言ったら、『代金を払《はら》うから交代してくれ』って言ってた」

「なんであの人、あんな格好よくて性格もいいのに性癖《せいへき》だけ死んでるんだろうなあ」

「アハハ。遺伝かなー」

「遺伝……」

「うちの一族って、みんな一個フェチズム持ってるからなー。お祖父《じい》ちゃんがヨーロッパ渡《わた》ったの、そもそも碧眼《へきがん》フェチだったせいだし？」

「つまり、それがおまえに受《う》け継《つ》がれてんのね？」

「そゆことー。アタシもお目々フェチだからさー。今のところ、悠宇《ゆう》の情熱の瞳《ひとみ》がダントツで一番♡」

「そりゃどうも……」

ちなみに先日の黒髪《くろかみ》さん事件、当然ながら墓まで持っていくことはできなかった。おかげで二日間、日葵《ひまり》の気の向くままにいじられている。

「でも、よかったじゃん。悠宇《ゆう》の初代お花アクセ、まだ大切にしてくれてる人がいてさ」

「そうだなあ。マジで変人だ」

「おーい。アタシ、アタシもチョーカーめっちゃ大切にしてるんですけどー？」

「正直、おまえが一番変人だと思うわ……」

これまで、日葵《ひまり》にはいくつも新しいアクセを作ってきた。それでも、このニリンソウのチョーカーだけは絶対に手放さない。

いや、もちろん感謝してる。……なんとなく、それを意識するとむずがゆいんだよ。

日葵《ひまり》と話していると、クラスメイトが俺を呼んだ。

「夏目《なつめ》くん。お客さんだよー」

俺にお客さん？　珍《めずら》しい。言っちゃ悪いけど、俺は日葵《ひまり》ほど交友関係が広くない。マジで放課後の付き合い悪いし。

廊下《ろうか》に行こうとすると、そいつが教室に顔を出した。

「やあ、ナツ！　オレが遊びにきてやったぞ！」

「……ああ、真木島《まきしま》か」

チャラい感じの、茶髪《ちゃぱつ》の男子が手を振《ふ》っていた。

真木島慎司《まきしましんじ》。

去年、同じクラスだった。ちょうど入学直後の席が前後の縁《えん》で、よく話すようになった。今年は別のクラスになったけど、廊下《ろうか》とか合同授業で顔を合わせれば声をかけ合《あ》っている。

つまり、俺の男子での唯一《ゆいいつ》の友だち。……なんか回りくどい言い方になったけど、つまり日葵《ひまり》以外の唯一《ゆいいつ》の友だちだ。

「どうした、女ったらし？」

「ナハハハ！　いきなりご挨拶《あいさつ》だなあ！　そういうところが大好きだぞ♪」

真木島《まきしま》は、生粋《きっすい》の遊び人。

何人もの女子生徒に手を出し、そのたびに修羅場《しゅらば》を演じている現代の剣豪《けんごう》。こいつが教室に現れた瞬間《しゅんかん》、うちのクラスの女子数名がものすごい形相《ぎょうそう》で舌打ちしたところから、その所業がうかがえる。……こいつ、マジでメンタル強すぎない？

「英語の辞書なら、今日は持ってきてないけど？」

「そっちを借りにきたわけではないのだ。ちょっと、ナツに聞きたいことあるのだよ」

ちなみに、ナツっていうのは俺のこと。夏目悠宇《なつめゆう》のナツね。

俺に聞きたいことって……とか思ってると、俺の後ろから日葵《ひまり》が声をかける。

「真木島《まきしま》くんじゃーん。どしたのー？」

「やあ、日葵《ひまり》ちゃん。ご機嫌《きげん》どうだい？」

「んふふー。おかげさまで、今日も楽しく高校生活送ってるよー」

「それはよかった。オレのナツを借してやっているだけはある」

ぴくっと日葵《ひまり》の眉《まゆ》が震《ふる》えた。いきなり俺の腕《うで》に両腕《りょううで》で抱《だ》きつくと、なんやトゲトゲしい笑《え》顔《がお》で応じる。

「そうだねー。真木島《まきしま》くんも、いつもアタシの悠宇と遊んでくれてありがとねー？」

「……くっ！」

バチバチバチバチ……。

おい待て。何を勝手に俺の所有権を賭《か》けて睨《にら》み合《あ》ってるんだよ。俺は、俺のもの！　そして学費を払《はら》ってくれてるのは両親！

「……おまえら、中学のとき付き合ってたんだろ？　なんでそんなに仲悪いの？」

ちなみに真木島《まきしま》は、日葵《ひまり》が俺と出会う前の元カレらしい。初めて聞いたときは、さすがに驚《おどろ》いた。……いや、マジで田舎《いなか》の人間関係って狭《せま》いんだよなあ。二人とも取っかえ引っかえタイプだし、今更《いまさら》何って感じだけど。

日葵《ひまり》が「フッ」と悟《さと》ったような笑《え》みを浮《う》かべる。

「暇つぶし相手だったとはいえ、この男との過去は思い出したくもないよねー」

「ずいぶんと嫌《きら》うではないか。オレが何かしたかな？」

「真木島《まきしま》くんが五股《ごまた》かけてたせいで、アタシ、女の子たちから逆恨《さかうら》みされてすっっっごい嫌《いや》がらせされてたんだけどなー？」

「ナハハ。好きでもないくせに、興味本位で告白を受けるからそうなるのだよ。このオレを、そこらの男と同レベルと舐《な》めてかかった報いだ。勉強代と思って諦《あきら》めたまえ」

さすが天下のゲス男、開き直り方も熟《こな》れてやがる。

……そういえば日葵《ひまり》がやけに恋愛を敬遠しているのって、真木島《まきしま》のせいだったのか。俺も初めて知ったけど、マジでどうしようもねえやつだ。

「それで、真木島《まきしま》は俺に聞きたいことがあるんじゃないの？」

「ああ、そうだった。オレとしたことが、すっかり忘れるところだった」

そして真木島《まきしま》は本題を切り出した。

「一昨日《おととい》の放課後、自販機《じはんき》のところで女子に声をかけなかったか？」

「女子？」

一昨日《おととい》ってことは、あの黒髪《くろかみ》さんのことか？

それを察すると、さあっと俺の血の気が引いた。

「もしかして、真木島《まきしま》の今のカノジョさん？　いや、確かに声はかけたけど、ナンパしたかったわけじゃなくて……」

「いーや、いーや。そういう意味ではないのだよ」

人差し指で、俺の胸のあたりをツンツンする。

……いや、いいんだけどね？　ちょっと男子に積極的にやられたいコミュニケーションじゃないから戸惑《とまど》っちゃう。

「というか、やはりナツだったか。特徴《とくちょう》を聞いて、もしやと思ったのだが」

「特徴《とくちょう》？　どういう意味？」

俺をツンツンしてた指が、そのまま横向きにスライドする。

教室のドアから廊下《ろうか》に顔を覗《のぞ》かせると、さっき日葵《ひまり》と話題にしてた女子がいた。つまり、あの黒髪《くろかみ》さんだ。

「あっ」

「……どうも」

それだけ言って、黒髪《くろかみ》さんはつんとそっぽを向く。相変わらず素っ気ない。

その子の額に向けて、真木島《まきしま》のツンツン攻撃《こうげき》が炸裂《さくれつ》した！

「こーら、リンちゃんがお願いする立場だろう。ちゃんと挨拶《あいさつ》をしたまえ！」

「い、痛いって。しーくん」

しーくん？

あ、真木島慎司《まきしましんじ》でしーくんか。てか、人の教室の前でイチャつくのやめない？　他のやつらから睨《にら》まれちゃう……あれ？　なんかすげえブーメラン飛んできた気がする。

「真木島《まきしま》。どういう関係？」

「うちの裏にある洋菓子《ようがし》店の娘《むすめ》だ。平たく言うと幼馴染《おさななじ》みというやつだよ。オレが手を出さないと誓《ちか》っている、数少ない女の一人だ。よろしくしてくれたまえ」

「へえ。後半はマジでどうでもいい情報をありがとう」

男女の幼馴染《おさななじ》みって現実にいるんだなあ。

しかも、こんなに美人さんとは恐《おそ》れ入《い》る。真木島《まきしま》も外見レベル高いし、漫画《まんが》みたいなコンビだ。

そんな感じで感心していると、日葵《ひまり》のほうが反応した。

「あれー。えのっちじゃん。もしかして悠宇《ゆう》が言ってたのって、えのっちのこと?」

「えのっち?」

黒髪《くろかみ》さんも、日葵《ひまり》の知り合いっぽい反応を見せる。

「……ひーちゃん?」

ひーちゃん? ……あ、日葵《ひまり》でひーちゃんか。

なんか一気に、あだ名戦争みたいになってきた。

……てか、その前にマジで人間関係狭《せま》すぎでは? なんで俺以外全員知り合いなんだよ。ちょっと置いてけぼりだし説明してくんない。

「日葵《ひまり》。どういう関係?」

「悠宇《ゆう》も関係あるよ。ほら、あの文化祭のときにお世話になった読モの妹さん」

それで俺にもわかった。

中学の文化祭で、俺のフラワーアクセが売れる原因になった読モのTwitterだ。

日葵《ひまり》のお兄さんが、あの読モと友だちだった。そのつながりで、日葵《ひまり》と黒髪《くろかみ》さんも面識があるのだろう。日葵《ひまり》もコミュ力の鬼《おに》みたいな交友関係してるし。

「それで、えっと……」

「……榎本凛音《えのもとりおん》」

あ、名前か。

見た目通り、格好いい名前だ。

「それで榎本《えのもと》さん。日葵《ひまり》じゃなくて、俺に用事？」

「…………」

ものすごく嫌《いや》そうな顔だった。俺から呼び出したわけじゃないんだけど……。

これでは話が進まない。それを察した真木島《まきしま》が、先を促《うなが》した。

「リンちゃん。早く用件を言わないと、ナツが困っているぞ？」

「しーくん。その名前、やめてってば……」

ああ、凛音《りおん》でリンちゃんね。

このあだ名をつけたがる癖《くせ》って、真木島《まきしま》と榎本《えのもと》さん、どっちのなんだろう。いや、どっちでもいいんだけど。

「……あの、これ」

榎本《えのもと》さんが、両手を差し出した。

その手のひらの上に、見覚えのあるものがある。

「あのときのアクセ？」

月下美人のメタルブレスレット。やはり留め具が壊《こわ》れたままだ。どうりで、今日は左手に巻いてないと思った。

そう思っていると、榎本《えのもと》さんが用件を言う。

「アクセの店とか、ホームセンターとかに電話したんだけど、メーカー品以外の修理は受けられないって言われて。友だちも、新しいの買ったほうが早いって言うし……」

「ああ、そういうこと」

つまり先日の修理を、改めて頼《たの》みたいってことか。

よかった。真木島《まきしま》から「オレのイロに手え出してんじゃねえぞ」とか言われるかと……って俺のイメージ古すぎでは？　任侠《にんきょう》映画かよ。

「今日の放課後でいい？」

「……ん」

そう言って、榎本《えのもと》さんはそっぽを向いてしまった。

了承《りょうしょう》ということでいいんだろう。

「じゃあ、それは預かって……おおっと？」

アクセを受け取ろうとしたら、手を引っ込められた。

何なの？　どういうテンションで対応すればいいの？　まだ知り合ったばかりでキャラ摑《つか》め

ないから、そういうのやめてほしい。

「……壊《こわ》されると困るから、わたしも見てる」

「あ、そういう……」

信用ないけど、まあいいか。

俺はどっちでもいいし、それだけ大事にしてくれてるってことで納得《なっとく》する。

「じゃあ、放課後に科学室にきてくれる？」

「……ん」

そういうことで、今日はいつもと違《ちが》う放課後になりそうだった。

♣♣♣

その放課後。

科学室で榎本《えのもと》さんを待っている間、日葵《ひまり》から彼女の人柄《ひとがら》を聞いていた。

「結局、日葵《ひまり》と榎本《えのもと》さんは、お兄さんたち繋《つな》がり？」

「そだねー。小学校のときは仲よかったんだけど、今はそんなにって感じかなー。去年もクラス違《ちが》ったし」

「へえ。じゃあ同小ってこと？」

「それともちょっと違《ちが》うねー。小学校のとき、年に何回か遊ぶ感じの友だち？」

「親戚《しんせき》の集まりとか？」

「あ、近いかな。でも親戚《しんせき》じゃなくて、ケーキ配達を頼《たの》んでたの」

「……ケーキ？」

「真木島《まきしま》くんも言ってたでしょ。えのっちのお家《うち》、洋菓子《ようがし》店だからさ」

「ああ、そういうこと」

つまり家業のお手伝いのついでに、日葵《ひまり》と遊ぶ関係だったってことか。

「えのっちのお家《うち》のケーキ、抜群《ばつぐん》に美味《おい》しいよ。近所の評判もいいし」

「へえ。そりゃ食ってみてえかも」

「今もケーキは頼《たの》んでるから、次の誕生日パーティに悠宇《ゆう》もくる？　来月、お母さんの誕生日あるよ？」

「嫌《いや》だよ。なんでおまえのお母さんの誕生日パーティに娘《むすめ》の同級生がお邪魔《じゃま》するんだよ。ちょっと意味不明すぎるわ」

「最近、悠宇《ゆう》がこなくて寂《さび》しがってるからなー」

「むしろ、だから嫌《いや》なんですけど……」

あのお家《うち》の人たちって、なんで俺に対してあんなに「おいでませ！」状態なんだよ。仮に行ったとして、どういうテンションで祝辞を述べればいいわけ？

「えのっちの話に戻《もど》すけど、それからケーキ配達のついでに遊ぶようになってさ。でも、さすがに小学校の高学年くらいになると、ぱったりこなくなったなー。学区も違《ちが》ったし、全然会ってなかったよ」

「うちの高校に通ってるのは知ってたの？」

「うん。一年のとき、何度か話したくらいだけどねー」

関係はだいたいわかった。

でも、よくそんな幼い頃《ころ》の友だちとか覚えてるな。俺なんか、小学生の頃《ころ》に野球したやつなんて一人か二人しか印象には……いや、さすがにヒドすぎるな？

「ってことは、中学校は別なのか」

「そだねー。月下美人のアクセは、お姉さん経由でもらったんじゃない？」

まあ、それがありそうな話か。

どっちにしても、俺と関わりができるような子じゃなさそうだ。

「で、俺が制作者ってのは？」

「言わないほうがいいと思うけどなー。えのっち、あの月下美人のアクセに思い入れある感じなんでしょ？」

「思い入れがあるかは知らんけど、やけに大切にしてくれてる感じではあった」

「じゃあ、変な雑念とか入れちゃ可哀想《かわいそう》だよ」

「おい。俺が作ったという事実は雑念なのか……」

「そういう意味じゃなくてさ。大事な思い出って、綺麗《きれい》なままにしておきたいよね？　その情報が何であれ、思い出を壊《こわ》しちゃう可能性もあるわけじゃん？　わざわざ大切な思い出に水を差すの、空気読めなさすぎじゃないかなーってさ」

ぐう。一理ある。

俺もそれを自慢《じまん》したいわけじゃないし、言うとおりにしておくか。

……とか思っていると、変な方向に勘違《かんちが》いした日葵《ひまり》がうりうりと肘《ひじ》で小突《こづ》いてくる。

「ははーん。さては悠宇《ゆう》さ。コレをきっかけに、美人でおっぱいでかいケーキ屋さんの娘《むすめ》を狙《ねら》ってたなー？」

「んなわけあるか。てか、俺はそういう意味で聞いたんじゃ……え、でかいの？」

日葵《ひまり》が神妙《しんみょう》な顔になった。両腕《りょううで》を組んで「うむ」とうなずく。

遠い目で何かを思い出しながら、しみじみと言った。

「……でっかい。一年のとき、合同体育の着替《きが》えで見たから間違《まちが》いない」

「マジか……」

制服だぼってるから気づかなかった……。

いや、気づいたからなんだって感じだけど。むしろ変なこと吹《ふ》き込むのやめてほしい。

「小学校のときなんか、お人形さんみたいに可愛《かわい》かったんだよー。それが高校になって、あんなグラマラス美人になってるなんて。ハア、ほんとアタシの好みど真ん中……」

「へえ。確かに、日葵《ひまり》ってあのタイプの美人好きだもんな。うちの姉さんたちと同じ雰囲気《ふんいき》っていうか……」

「そだねー。悠宇《ゆう》のお姉ちゃんたちも、アタシかなり好きだよ。美人は世界の宝だよねー」

「でもその割に、おまえから榎本《えのもと》さんのこと初めて聞いたな。仲いいんじゃないの？」

「………………」

スン、といきなり真面目な顔に戻《もど》る。

テーブルの上にぐでえっと身体《からだ》を伸《の》ばすと、悲しい思い出を語るように言う。

「アタシは仲よくしたいんだけど、ちょい避《さ》けられてるからなー」

「え、おまえが？　コミュ力の鬼《おに》のくせに珍《めずら》しいな」

「うーん。高校に入ってすぐの合同体育で、一緒《いっしょ》に着替《きが》えてたんだよねー。それで……」

ぴんときた。

具体的に言うと、日葵《ひまり》の両手がわきわきと動いていたのを見て察した。

「あー、それ以上は聞かなくていいや。嫌《いや》な予感しかしない」

「出来心だったんだって！　あんなご立派なものを鷲《わし》づかみにするチャンス、一生に一度あるかどうか！」

「言わなくていいって言ってんだろ!?　そんなことすりゃ、避《さ》けられて当然だわ！」

「悠宇《ゆう》だってあんなのが目の前にあったら、とりあえずやるでしょ⁉」

「やんねえよ⁉　おまえ、誰《だれ》かに聞かれたらどうすんだ！」

やんやと騒《さわ》いでいると、いきなり科学室のドアが開いた。

もちろん榎本《えのもと》さんだ。冷たい表情で、じっと俺たちを見ていた。……もしかして、今の聞かれてたか？　いや、俺が悪いわけじゃないんだけど。

榎本《えのもと》さんは、クールな表情のまま言った。

「……こんにちは」

「こ、こんにちは……？」

こんにちは……。

この場でそれが適切な挨拶《あいさつ》なのかわからないけど、とりあえず日葵《ひまり》との会話は聞かれてないっぽい？

「あ、真木島《まきしま》は？」

「しーくんは、テニス部あるから」

「あ、そっか。そうだった」

運動部は練習あるからしょうがない。でも正直なところ、会話の緩衝《かんしょう》材としていてほしかった。

「え、榎本《えのもと》さん、部活は？」

「吹奏楽部《すいそうがく》だけど、今日はお休み」

「あ、そう。えっと……」

何か適当な話題は……。

俺がテンパりかけてると、榎本《えのもと》さんは月下美人のアクセを差し出してきた。

「無駄話《むだばなし》はいいから、お願い」

「あ、了解《りょうかい》……」

仲よくなりたいわけじゃないけど、さすがに冷たすぎて泣きそう。

あ、こら。日葵《ひまり》。笑ってんじゃねえよ。そもそも、おまえのセクハラのせいで警戒《けいかい》されてる可能性あるんだろうが。

「じゃあ、やるから……」

榎本《えのもと》さんには正面の椅子に座ってもらい、壊《こわ》れたブレスレットを受け取る。

まずは損傷の確認《かくにん》。想像通り、ジョイント部分の劣化《れっか》だ。簡単に言うと、はめ込んだ輪っか同士が擦《こす》れて耐久性《たいきゅう》が弱くなった感じ。

これはパーツを丸々入《い》れ替《か》えればいい。残念ながら同じのはないけど、似たものならストックしてある。今は百均《ひやっきん》で揃《そろ》えたものじゃないから、耐久性《たいきゅう》も以前より上がるだろう。

……というところまで考えて、さっきの日葵《ひまり》の言葉を思い出した。

「え、榎本《えのもと》さん。一つ、いい？」

「……まさか直せないの？」

信用されてねえ……。

まあ、そりゃ当たり前か。榎本《えのもと》さんにとって、俺は『ただ手先が器用そうな変質者』くらいの認識《にんしき》だし。日葵《ひまり》とか真木島《まきしま》がいなきゃ、たぶんこうやって頼《たの》んでないだろう。

「あ、いや。その、えっと……」

「……はっきり言ってくれない？」

榎本《えのもと》さんは腕《うで》を組み、トントンと指を叩《たた》いている。かなり苛立《いらだ》って……マジで胸でかっ。なんか両腕《りょううで》からこぼれそう……いや、そこじゃねえだろ。日葵《ひまり》、変なこと吹《ふ》き込むなよ。

そのとき、間に日葵《ひまり》が割り込んだ。

「ストーップ、ストーップ。えのっち、ちょっと怖《こわ》いって」

「……ひーちゃん」

やや不満そうだけど、俺への追撃《ついげき》は止《や》んだ。

「悠宇《ゆう》ってビビりくんだからさー。これでも初対面の人には頑張《がんば》ってるほうだし、もうちょっと優《やさ》しくしてあげてくれないかなーって」

「わたしは、怒《おこ》ってるわけじゃ……」

「でも、えのっち、さっきから眉間《みけん》の皺《しわ》すごいよ？　はい、これ見て？」

「……っ⁉」

いきなり手鏡を向けられて、榎本《えのもと》さんがぎょっとする。思わず仰《の》け反《ぞ》った拍子《ひょうし》に、その身体《からだ》がゆっくりと後ろに傾《かたむ》いた。ぐるぐる回した両腕《りょううで》は空を切る。

「あれ。えのっち？」

「あ、ちょ、わ、……ぎゃんっ⁉」

そのまま、どたんと椅子《いす》ご倒《たお》れてしまう。その一連の動作を、俺と日葵《ひまり》はぽかんと見つめていた。

……人って、こういうとき身体《からだ》が動かなくなるんだなあ。

「えのっち⁉」

「ちょ、大丈夫《だいじょうぶ》⁉」

俺と日葵《ひまり》で、慌《あわ》てて抱《かか》え起こした。

幸い、頭を打ったとかではなさそうだ。ただし、もろに肘《ひじ》を強打したせいで、涙目《なみだめ》になってしまっていた。

「……う、うう」

「え、えのっち？　ゴメンね？　大丈夫《だいじょうぶ》？」

途端《とたん》、榎本《えのもと》さんがびゃーんと大声を上げた。

「直せるって言ったんだから、はやく直してよ！」

「わ、わかった。俺が悪かった（？）よ……」

まさか、あんなに豪快《ごうかい》に転《こ》けるとは……。

この子、実はアレ？　なんていうか、えっと……。

「えのっち、相変わらずドジだよねー」

日葵《ひまり》のやつ、はっきり言いやがった！

すると榎本《えのもと》さんが、顔を真っ赤にして言い返す。

「今の、ひーちゃんのせいじゃん!!」

「いやー、だって、さすがに？　……ぷはっ」

「～～～っ!?」

榎本《えのもと》さんの右腕《みぎうで》が、鋭《するど》く日葵《ひまり》の頭を摑《つか》んだ。

そのまま、ギリギリと締《し》め上《あ》げていく。日葵《ひまり》が「もぎゃああ」と鈍《にぶ》い悲鳴を上げながら、ぺしぺしとその腕《うで》を叩《たた》いていた。

「ひーちゃん、ほんと嫌《きら》い！　昔っからデリカシーないし、わたしの好きだったキーホルダーとかお人形とか全部取ってっちゃうし！」

「ギブ！　えのっち、ギブ！　アイアンクローやばい！　お菓子《かし》作りで鍛《きた》えられた腕力《わんりょく》でそれやっちゃダメ！　アタシの頭蓋骨《ずがいこつ》が悲鳴あげてる!!」

「うるさーい！　小学校の頃《ころ》から積み上げた恨《うら》み、ここで晴らしてやる！」

「ゴメン、ゴメン！　ほんと、もうしないからあーっ！」

すっげえ……。

あの日葵《ひまり》が、ここまでやられてるの初めて見たわ。昔馴染《なじ》みなだけあって、榎本《えのもと》さんも日葵《ひまり》マジックが効かない人種なんだろう。……このスタンス、俺もちょっと見習いたい。

日葵《ひまり》を解放すると、榎本《えのもと》さんがギンッと俺を睨《にら》み付《つ》けた。その形相《ぎょうそう》たるや、マジで般若《はんにゃ》のごとき威圧《いあつ》感。

「夏目《なつめ》くん。早く直して！」

「わ、わかりました。すぐやります」

壊《こわ》れたアクセを、慌《あわ》てて手に取った。

榎本《えのもと》さんには悪いけど、多少、空気が和《やわ》らいだ。

相手が日葵《ひまり》に苦労させられたタイプだとわかると、俺の緊張《きんちょう》もほぐれるし。……こういう緩《かん》衝《しょう》材としては機能してほしくなかったわ。

「修理の前に、確認《かくにん》なんだけど。直せるけど、部品を取《と》り替《か》えることになると思う。その点を了承《りょうしょう》してほしいというか……」

「ええ……。そのまま直せないの？」

うわあ。すごく嫌《いや》そう。

「このパーツ、もともと百均《ひゃっきん》で買ったから。ああいう店って、商品の入《い》れ替《か》わり激しいし。さすがに二年前のパーツと同じものはないんだ」

「……百均《ひやっきん》で買った？」

「あ、いや。そんな感じに見えたから」

危ない、危ない。

俺は隠《かく》す必要はないと思ってるけど、日葵《ひまり》とそう決めたから。

榎本《えのもと》さんはパーツの交換《こうかん》に渋《しぶ》っていた。

やはり、何らかの思い入れがあるものなんだろう。日葵《ひまり》もそれを察したようで、どう説得したもんかと困っているようだ。

とはいえ、同じパーツが手に入りづらいのは本当だ。アクセショップやホームセンターで修理を拒否《きょひ》されたのは、その点が大きい。

百均《ひやっきん》に問い合わせて、パーツ生産のメーカーを……いや、生産ラインが終わっている可能性も高い。まさか、この修理のためだけに百均《ひやっきん》のパーツを製造してくれるとも思えない。そもそも海外生産品だろうし、その製造メーカーが残ってるかも怪《あや》しい。

これを修理するには、榎本《えのもと》さんに折れてもらうしかない。それが無理なら、さすがに俺でも修理は不可能だ。

「この月下美人のレジンは、そのまま残すよ。それは約束する。それにもっと耐久性《たいきゅうせい》の高いパーツで組めば、後々も長く使えると思うけど」

「でも……」

「それが無理なら……そうだな。コレクションケースに入れて部屋に飾《かざ》るとか、そういった方法で鑑賞《かんしょう》するのはどう？　できるだけ要望に沿うような装飾《そうしょく》品も作れると思うけど」

「…………」

そのブレスレットと、俺の顔を見比べる。

なんだか、幼い子どもが迷うような表情だ。

第一印象がきつめだけど、もしかしたらけっこう純粋《じゅんすい》な性格なのかもしれない。さっきだって、日葵《ひまり》といい感じに戯《じゃ》れてたし。

そんなことを思っていると、榎本《えのもと》さんは言った。

「……これ、身につけてたい」

「じゃあ、パーツを取《と》り替《か》えていい？」

「ん……」

渋々《しぶしぶ》ながら了承《りょうしょう》だ。

……ここまで、長かったなあ。正直、これだけでめっちゃ疲《つか》れた。俺って日頃《ひごろ》からアクセについて相手の要望を聞くタイプじゃないし、もう帰って風呂《ふろ》に入りたい気分。……まあ、この疲《つか》れの大部分は日葵《ひまり》のせいなのかもしれないけど。

「じゃあ、すぐ準備にかかるよ。少し待ってて」

後ろのスチール棚《たな》の鍵《かぎ》を開け、作業道具の段ボールを取り出した。これには素材のストックをまとめたケースも入っている。

その中から、このブレスレットに近い色と形状を持つメタルスティックを選んだ。色はコーラルで、長さ一cm程度の円柱状のものだ。それをテーブル上に仮置きして、連結させた後のイメージを作る。

「こんな感じでいい？」

「ん……」

「手首のサイズ測らせてもらいたいんだけど」

「……これでいい？」

左の手首に、メジャーを巻く。

日葵《ひまり》とほぼ一緒《いっしょ》か。でも榎本《えのもと》さんのは、少し余裕《よゆう》があったほうが服装の感じと合っているかもしれない。

「じゃあ、作業を始めるから」

「……わかった。お願い」

まずは月下美人のブレスレットの分解。

とはいっても、これは簡単だ。刃《は》の細いペンチでバチンと切るだけ。元々、劣化《れっか》していたから大きな力も必要ない。

ただ、月下美人のレジンに傷をつけてはいけない。簡単だけど、慎重《しんちょう》にやる。まったく、誰《だれ》だこんな細かく連結させたの。いや、俺なんだけど。

……できた。

せっかくだから、このレジン部分もメンテを……いや、俺がベタベタ触《さわ》ると気分が悪いかもしれない。ナイス、俺。気遣《きづか》いができるやつだ。

そしてジョイント部分は……。

「……ねえ、ひーちゃん」

「どしたー？」

「この人と、どういう関係なの？」

「え。気になる？　もしかして、悠宇《ゆう》のことタイプ？」

「ち、違《ちが》うから！　ちょっと気になっただけ！」

「うーん。そこまで力強く否定されるのも可哀想《かわいそう》だなー」

「それで、何なの？」

「中学からの親友だよー」

「親友？」

「うん。なんか変かな？」

「……ううん。それで二人とも、この科学室で何してるの？」

「それは園芸部の活動だよ。こっちの棚《たな》の中でお花を育ててるの。駐輪場《ちゅうりんじょう》の裏の花壇《かだん》にも色々植えてるよ。ほら、棚《たな》の中、見てみて？」

「わあっ。これ、何？　なんか丸くて可愛《かわい》い器《うつわ》に、花のつぼみが並んでる……」

「LEDプランターだよ。日が当たりづらい室内でも観葉植物を育てることができる優《すぐ》れもの。レタスとかの葉物野菜も鮮度《せんど》維持《いじ》できて便利なんだよねー」

「すごい。こんなのあるんだ……」

「そういえば、今日はまだ水やりしてないな。えのっち、やってみる？」

「う、うん。じゃあ……」

「はい、これ如雨露《じょうろ》。お花に名前があるから、それを呼んで『可愛《かわい》いね』って言いながらあげてねー。お花はピュアだからさ」

「わ、わかった」

「こっちから順番に『あかり』『いずみ』『うい』……」

「あかりちゃん。いずみちゃん。ういちゃん。か、かわいいね……」

「うんうん。いいねー。その調子。ここからが『けけけけけ』『こここここ』……」

「個体値狙《ねら》って乱獲《らんかく》したポケモンみたいになってる⁉」

「アハハー。さすがに覚えきれなくてなー。悠宇《ゆう》はばっちり覚えてるんだけど」

「す、すごい……」

「悠宇《ゆう》って自分の興味あることなら、アタシより頭いいからさー。ほんともったいない」

「でも、ひーちゃん。わたし園芸部って聞いたことないんだけど……」

「そうかもねー。去年、アタシと悠宇《ゆう》が作ったからさ。部員の募集《ぼしゅう》もしてないし」

「何する部活？」

「いつもは、お花の育成観察。室内で簡単に育てられるお花をレポートにまとめるんだよ。セラピー効果もあるんで社会福祉《ふくし》になりまーすって名目なんだけど」

「名目……」

「去年の卒業式、校門をお花で飾《かざ》ってたでしょ？　アレも、うちで育てたお花」

「あ、式が終わった後、先輩《せんぱい》たちが記念に毟《むし》ってたやつ？」

「ソレソレ。別にいいんだけど、もうちょっと綺麗《きれい》に取ってってほしいよねー」

……まずはメタルスティックの連結が終わった。

うん。まあ、こんな感じだろう。

あとはレジン部分と連結させて……。

「ひーちゃん。この人、さっきから全然反応しないけど……」

「悠宇《ゆう》はいつもこんな感じだよ。この作業し出すと、隣《となり》で花瓶《かびん》割れても気づかないし」

「……試《ため》したの？」

「アハハ。去年、お花の水を替《か》えてるとき、うっかりやっちゃってさー」

「ふうん……」

「この会話も聞こえてないし、今なら触《さわ》っても気づかないよ。試《ため》してみる？」

「え？」

「こうやって。ここをこうして……」

「ちょ、ちょっと。それはまずいんじゃ……」

「んふふー。あ、写真も撮《と》っとかなきゃ」

「ええ。ひ、ひーちゃん。この人、後で怒《おこ》らないの……？」

……終わった。

とりあえず、こんなもんだろう。もっと時間があれば、細部まで凝《こ》れる……いや、だからシンプルにいこうって日葵《ひまり》と約束したじゃん。

とりあえず、これで納得《なっとく》してもらえればいいんだけど……。

「んん？」

なんか頭の上に違和感《いわかん》がある。具体的に言うと、髪《かみ》の毛《け》が引っ張られてるような気がした。

すると、日葵《ひまり》が手鏡を差し出してくる。

「はい悠宇《ゆう》。鏡どうぞ♪」

「え？」

俺の髪《かみ》の毛《け》が、なぜか無数の赤いリボンで結《ゆ》われていた。

「きゃあああああああああああああっ!?」

あまりの光景に、つい悲鳴を上げてしまった。これ、アクセのパッケージ装飾《そうしょく》用に用意してたやつだ！

「日葵《ひまり》、何してくれてんの⁉」

「きゃあだって、きゃあ……。悠宇《ゆう》、女の子みたいな悲鳴……ぷっはあーっ！」

俺を指さして、日葵《ひまり》が爆笑《ばくしょう》している。

俺はリボンを解こうと、慌《あわ》てて手を伸《の》ばした。でも、髪《かみ》の毛《け》が絡《から》まってうまく外せない。

「うわ。これ、マジで解《ほど》けねえ！　おまえ、どうにかしろよ！」

「わ、わかった。わかった。解《ほど》いてあげるから、悠宇《ゆう》はそっちの作業してていいよー」

そもそも、おまえがやらかしたことなんですけどねえ。

日葵《ひまり》が俺の後ろからリボンを解《ほど》こうとする。そっちは任せて、俺は榎本《えのもと》さんにブレスレットを差し出した。

「えーっと、榎本《えのもと》さん。とりあえず、はめてみてほしいんだけど……」

「ん……」

彼女の手首にブレスレットを巻く。

サイズは想定した通りだ。あとはつけ心地《ごこち》だけ。

ふと視線を上げると、榎本《えのもと》さんと目が合った。一瞬《いっしゅん》、彼女の頬《ほお》が膨《ふく》れたと思ったら……そのまま「ぷっ」と噴《ふ》き出《だ》した。

「笑うなよ⁉　おい、日葵《ひまり》！　早く取ってくれ！」

後ろで日葵《ひまり》が、うーんと唸《うな》った。

「悠宇《ゆう》、ゴメーン。自分でやっといてなんだけど、これ解《ほど》くの難しいなー」

「それマジで言ってんの⁉」

「大丈夫《だいじょうぶ》だって。このリボンが30になっても解《ほど》けなかったら……うーん。坊主《ぼうず》にするか」

「そこは責任取って『アタシにしときなよ？』って言うところだろ⁉　大事なところだけ責任を避《さ》けようとすんじゃねえぞ！」

日葵《ひまり》がポッと頰《ほお》を赤らめた。

「え、悠宇《ゆう》。ほんとに30まで独身《ひとり》だったらアタシにするつもり？　……じゃあ、お兄ちゃんに言っとくね？」

「ちょっと照れながら兄の世話を押しつけんのやめて⁉」

「いやー、あの人、ほんとに結婚《けっこん》できるか怪《あや》しいからさー。アタシが老後の世話すんの、絶対に嫌《いや》だなーって」

「だからって赤の他人に投げちゃダメなやつだろ！」

「悠宇《ゆう》ってときどき、わがままだよねー」

「わがままなの、俺のほうかなあ⁉」

そんなこと話してると、ふいに榎本《えのもと》さんが笑《え》みを漏《も》らした。

「ふっ、はは。ひーちゃん。絶対にひーちゃんのせい……ふふっ」

俺たちは呆気《あっけ》にとられていた。

これまでの警戒《けいかい》なんて嘘《うそ》のように、子どもっぽい笑顔《えがお》だ。俺が日葵《ひまり》を振《ふ》り返《かえ》ると、したり顔で言う。

「ほら、アタシのおかげ」

「……おまえ、絶対、今の適当に言ったろ」

まあ、空気が和《やわ》らいだのはいいことだ。

ブレスレットのサイズを確認《かくにん》すると、最後に留め具をはめ込む作業に移った。

◇◇◇

『ねえ、ひーちゃん。夏目くんと、どういう関係なの？』

えのっちがそう言ったとき。

ほんとのことを言うと……ちょっとだけイラッとした。

この際だから、はっきり言うんだけどさ。

アタシは悠宇《ゆう》のこと、異性としては見てないよ。

てか、恋愛《れんあい》とかよくわからんし。そんなに大事なもの？

『日葵《ひまり》さんって、夏目《なつめ》くんと付き合ってるの？』

悠宇《ゆう》と行動するようになって、もう何百回も聞かれた。耳にタコができそう。

何よりもまずそれ。同級生なら、まあ、ギリ許せる。気になるのもしょうがないよね。でも、たまに他学年の生徒にも聞かれる。名前も知らないような相手から、いきなり「夏目《なつめ》くんとどういう関係？」って問いただされる。

怖《こわ》すぎない？

一昨日の委員会でも聞かれた。

三年生の先輩《せんぱい》……名前は、ええっと、誰《だれ》だっけ？　まあ、いっか。悠宇《ゆう》以外はどうでもいいし。とにかくイケメンらしい先輩《せんぱい》が（アタシと比べたらそこそこ）、前置きもなしにアタシに言ってきた。

「あの背の高い男子と、よく一緒《いっしょ》にいるよね。ちょっと釣《つ》り合《あ》わないいんじゃない？」

アタシは笑顔《えがお》で答えた。

「それ、センパイに関係ある？」

一瞬《いっしゅん》で脈なしだと悟《さと》ったそこそこ先輩《せんぱい》は、そそくさと逃《に》げていった。

ほんと反吐《へど》が出る。

だってさ、それって違《ちが》くない？

まず、悠宇《ゆう》がどんな人なのか聞くのが先でしょ？　悠宇《ゆう》の価値って、アタシと付き合ってるかどうかなの？

アホくさ。

悠宇《ゆう》の価値がわからない人に、アタシの価値を否定する資格はない。同時に、アタシに他の価値を押しつける権利もないよ。

男女の友情は成立する？

するでしょ。

しないなら、この気持ちは何なの？　この悠宇《ゆう》の夢を応援《おうえん》したいって気持ちは、キスしたりとかえっちするための手段なの？

アホらしい。悠宇《ゆう》とキスしたかったら、そんな回りくどいことしてないよ。

そんな輩《やから》にうんざりしていた。その恋《こい》に恋《こい》する姿勢を否定するつもりはないけど、少なくともアタシたちには当てはめてほしくない。

同じ価値観の人ばかりじゃないっていうことも知ってほしい。そして、できれば悠宇《ゆう》のカノジョになる人は、アタシたちのそんな価値観も認めてほしいなーって思うのだ。

だって恋人《こいびと》ができたからバイバイっていうのは、それはそれで寂《さび》しいからね。

そんなことを思っていたら、空が曇《くも》って雨が降り出した。

悠宇《ゆう》がブレスレットを完成させるのと同時だった。三人で科学室を後にして、下足場で履《は》き替《か》えた後、ぼんやりと空を見上げて立ちすくんでいた。

悠宇《ゆう》がこの世の終わりみたいな顔で、パラパラと降る雨を見つめている。

「日葵《ひまり》。今日、ずっと晴れじゃなかった？」

「あ、夜から曇《くも》るって言ってたよ」

「マジか。ちゃんと見てなかった……」

でも雨マークは、日付が変わってからだった。今日の天気予報はニアピンだったらしい。

さて、どうしたものか。いや、こうなると結果は見えてる。

アタシの予想通り、悠宇《ゆう》が動き出した。

「俺、自転車だから先に帰るわ。また明日な」

「一緒《いっしょ》にバスで帰ったら？」

「いや、いい。明日の朝、ちょうどいい時間のバスねえんだよ」

そう言って、さっさと行ってしまった。

ちょっとだけ嘘《うそ》をついてるのはわかってる。

本当は、えのっちがいるから照れているのだ。悠宇《ゆう》は女子への免疫《めんえき》力が低い。よく知らない女子と同じ空間にいるのが耐《た》えられないのだろう。

（この分じゃ、悠宇《ゆう》にカノジョができるのも先のことだろうなあ……）

……だからこそ、悠宇《ゆう》が自分からえのっちに声をかけたというのは驚《おどろ》いていた。さらに珍《めずら》しいことに、悠宇《ゆう》が初対面から目を逸《そ》らさずに話せている。お花アクセの件があるとはいえ、珍《めずら》しいこともあるものだ。

でも、相手がえのっちと知ったら納得《なっとく》はできた。

この子、ガチンコで美人さんだからなー。そこらへんの雰囲気《ふんいき》だけの子とは、ほんとに一線を画している。アタシの次に可愛《かわい》いと言っても過言じゃない。悠宇《ゆう》の『ちょい女子苦手』程度なら、一瞬《いっしゅん》で吹《ふ》き飛《と》ばすポテンシャルがある。

顔よし、スタイルよし。誤解されやすいけど、実は性格も抜群《ばつぐん》に優《やさ》しい。アタシが散々悪戯《いたずら》しても、いつも最後は許してくれる。だから、アタシも安心して付き合える。さらに実家は洋《よう》菓子《がし》店というだけあって、料理とかも上手らしい。まさに嫁《よめ》にしたい女の子って感じ。

（まさか、悠宇《ゆう》に春がきちゃったかなーっ？）

んー。でも、悠宇《ゆう》ってあんな感じだからなー。ぶっちゃけ、ほんとにお花にしか興味がないんじゃ……って思うことあるし。

磁石で言うと、どっちもN極って感じ。どっちかが積極的なら、まあ、ワンチャンなくはなさそう？　えのっちの雰囲気《ふんいき》、完全に脈なしって感じでもないし。この子、ほんとに無理な相手には、昔から何があっても笑顔《えがお》とか見せないから。

「……ひーちゃん？」

一人でうんうんうなずいていると、えのっちが言った。

「ん？　あ、ゴメンゴメン。なんだっけ？」

「バスの時間、調べた。すぐ次のがくるけど」

「あ、そうだね｜。じゃあ、一緒《いっしょ》に帰ろうか｜」

アタシの折りたたみ傘《がさ》を差して、二人で学校前のバス停に向かった。

美人さんとの相合《あいあ》い傘《がさ》だ。フフフ。完全に役得。悠宇《ゆう》に悪いな｜。ほんと申し訳ない。一人で濡《ぬ》れて帰ってくれてありがとう。明日は風邪《かぜ》引くなよ｜。

「ねえ。ひ｜ちゃんってば」

「あ、何々？」

「さっきから、話聞いてないじゃん。どうしたの？」

「いや、悠宇《ゆう》は大丈夫《だいじょうぶ》かな｜って」

ほんとはえのっちを愛《め》でていたとは言えないな｜。またドン引かれちゃうし。

美人は世界の宝。愛《め》でるのに性別は関係ないのだ。持ち帰りたい。アタシん家で、骨抜《ほねぬ》きになるまでもてなしてあげるのに。

……そういえば最近、ほんと悠宇《ゆう》はうちにこなくなったな｜。

思春期だからしょうがないけど、ちょっと寂《さび》しい。

うちのファミリーズも、みんな悠宇《ゆう》が遊びにくるの待ってるし。たぶん悠宇《ゆう》って、犬塚《いぬづか》家のＤＮＡに刺《さ》さる性格してるんだろうな｜。

「……って、……いの？」

「うわっと。えのっち、ゴメン。また聞いてなかった！」

あちゃー。すごく怒《おこ》ってる。

えのっち、昔から素直《すなお》じゃないけど、すぐ顔に出るからなー。あ、でも、このじとーっとした視線が癖《くせ》に……いかん。変な趣味《しゅみ》に目覚めそう。

もう、とぷりぷり怒《おこ》った感じで、えのっちが言い直した。とても可愛《かわい》い。

「ひーちゃんって、ほんとにあの人と付き合ってないの？」

「あの人？」

「……夏目《なつめ》くん」

「ん～～？」

あ、そういう……。

アタシが悠宇《ゆう》とえのっちを勘《かん》ぐっているのと同時に、えのっちも悠宇《ゆう》とアタシの関係を勘《かん》ぐっていたらしい。深淵《しんえん》を覗《のぞ》くとき、深淵《しんえん》もまたこちらを覗《のぞ》いているのだ。

「ほんとに付き合ってないよ。ガチでベストフレンド」

「さっき、結婚《けっこん》するみたいなこと言ってたし……」

「アハハ。あんなの冗談《じょうだん》だって。うちのクラスなら、みんな聞いてるしさー」

「でも男子と女子が、あんなに一緒《いっしょ》にいるのも……」

「それ言っちゃったら、世の中の男女はみんなえっちしてることになるじゃん？」

「……うっ。まあ、そっか」

可愛《かわい》い！

ちょっと「えっち」って言っただけで顔を赤らめてるのがベリーベリー可愛《かわい》い！　おまえ、いかにもイマドキっぽい見た目なのに初心《うぶ》なのか⁉

ああ、持ち帰りたい。一緒《いっしょ》にお風呂《ふろ》とか入りたい。そんな世の男子が羨《うらや》むようなコミュニケーションを、女性という特権を利用して容易《たやす》く行使したい。

いや、別にアタシが同性しか愛せないというわけじゃなくてね？

『美しいものを愛《め》でたいという欲求に、人は素直《すなお》であるべき』

それがアタシのモットー。

そして――アタシが悠宇《ゆう》のお手伝いをしている根本的な理由。

いや、悠宇《ゆう》はお世辞にも美少年とは言えないけど。まあ、普通《ふつう》？　そこそこ？　もう付き合い長くて、そこらへんの評価はよくわかんないや。悪くはないと思う。

そういうんじゃなくて、あの瞳《ひとみ》がいいんだよなー。

お花アクセを作ってるときの、あの虹色《にじいろ》に輝《かがや》く瞳《ひとみ》が好き。よくわかんないけど、死ぬほど好き。犬塚《いぬづか》家のＤＮＡよりもさらに深いところに響《ひび》く。

情熱を全部くべて燃えるビー玉みたいな感じがすごく美しいのだ。でも、下手《へた》に触《ふ》れたら壊《こわ》れそうな儚《はかな》さがあるから、とても触《ふ》れられない。

それが、アタシにとっての悠宇《ゆう》の価値。

たぶんアタシは、ずっと悠宇《ゆう》から離《はな》れられない。永遠に親友なんだろうなって思う。それが終わるのは……きっと悠宇《ゆう》がお花アクセをやめるとき。

だから、アタシはずっと悠宇《ゆう》を手伝い続ける。

この感覚は、たぶん他人には理解されない。だから言わない。人は理解できないものを攻撃《こうげき》する生き物だから。アタシは、このマリンブルーの瞳《ひとみ》のせいでそれを知っている。

この『アタシだけの特等席』に、ずっと座っていたいから。

「ひーちゃん！」

「わあ、ゴメン！　……なんだっけ？　バスきた？　うちくる？　一緒《いっしょ》にお風呂《ふろ》入る？」

「最後の意味わかんないんだけど……」

おっと。つい欲求に素直《すなお》すぎた。

ああ、そんなドン引きしないで。開いた二人の距離《きょり》が寒々しい。大丈夫《だいじょうぶ》だよ、痛くしないから。……全然大丈夫《だいじょうぶ》じゃなかった。

「ひーちゃん。ちょっと相談、いい？」

「んー？」

真剣な表情だった。これは案外、真面目な話かな？

いいよ。このお姉さんにどーんと相談して。お祖父《じい》ちゃんとお兄ちゃんの権力が及《およ》ぶ範囲《はんい》だったら、なんでも聞いてあげる。

「ひーちゃんって、カレシとかできたことあるよね？」

「こりゃまた藪《やぶ》から棒だなー。どうしたの？」

「あ、いや、だって、ひーちゃんってモテそうだし」

「そだねー」

「否定しないんだ……」

事実だから否定のしようがないんだよなー。謙遜《けんそん》しても嫌味《いやみ》だしさ。

しかし、カレシか。……意外な方向で攻《せ》めてきたなー。

「しょっちゅうできるけど、だいたいすぐ別れるからなー。というか、別れるために付き合うようなもんだしさー」

「別れるために付き合う……？」

「ほら、断ってもぐいぐいくる強引《ごういん》な人っているよねー。だから、そういう人はいったん付き合ってあげて、相性《あいしょう》最悪なこと理解してもらって別れたほうが後腐《あとくさ》れないし？」

「それ、大丈夫《だいじょうぶ》なの？」

「経験としては、告白されたときに突《つ》っぱねるほうが危ないことになる可能性高いかなー。だから、それ用のスマホもあるよ。面倒《めんどう》くさい人にはそっちのライン教えて、あとは『夜は親にスマホ没収《ぼっしゅう》されてるんだー』とか言えば、メッセージも返さなくていいし」

「ええ。すごい……」

「すごくないよー。その間、悠宇《ゆう》と遊べないんだもん。ほんとストレス溜《た》まる。下手《へた》に大きなトラブルになるとお兄ちゃんにも迷惑《めいわく》かかるから、アタシも大変なんだよー」

モテる宿命に生まれたものの責務とはいえ、ほんとに面倒《めんどう》くさい。

どんなに早く別れても、だいたい一週間くらいは悠宇《ゆう》成分が補給できないし。しかも悠宇《ゆう》のほうも「また別れたの？　ほんと続かねえなあ」とか言ってくるからちょっと腹立つ。

「そんな感じだけど、えのっちの相談役になれるかな？」

「じゃあ、その、えっと……」

慎重《しんちょう》に言葉を選ぶように、えのっちは言った。

「その中で、ひーちゃんの顔も知らないで告白してきた人って、いる？」

「……はい？」

さすがに予想の斜《なな》め上だった。

その中っていうと、アタシの歴代カレシくん（笑）のことか。もう全員覚えてるわけじゃないけど、アタシの顔も見たことがないのに告白してきたっていうのは……え、どういう状況《じょうきょう》なんだ？

「あ、ネットとかの知り合いってこと？」

「知り合いでもないっていうか……」

んん⁉　知り合いでもない？

つまり一方通行ってことかな。となると……。

「あ、俳優とか、お笑い芸人！」

「感覚としては、まあ、それに近い、かな……」

「でも、顔も知らない相手のことなんだよね？　どういうこと？」

考えれば考えるほど、よくわかんない。

アタシはじれったすぎて、えのっちの背中をぺしっと叩《たた》いた。

「何か言いたいなら、はっきり言う！」

「うっ。……わかった」

えのっちは観念すると、ようやく本題に入った。

「うちって、洋菓子《ようがし》店だよね？　お姉ちゃんは昔から都会に行きたがってたし、わたしが店を継《つ》ぐんだなーって思ってたんだけど……」

おおっと。いきなり恋《こい》バナから健気《けなげ》ないい話になったぞ。

この可愛《かわい》いくせにちょっとコミュ力が低そうなところ、悠宇《ゆう》に似てて好きだなー。えのっちがお店を継《つ》ぐんだったら、犬塚《いぬづか》家はずっと懇意《こんい》にしよう。今、決めた。

「それで？　それで？」

「お菓子《かし》作りとか手伝ってるとき、お母さんがよく言ってたの。『いいものを作ることは、悪い人にもできる。でも人の心に響《ひび》くものを作れるのは、心の優《やさ》しい人だけだ』って。まあ、心の優《やさ》しい人になれって言いたかったんだろうけど……」

あー。なるほど。

なんとなく言いたいことはわかった。

「それで、何か心に響《ひび》くものを見つけちゃったってこと？　そして、顔も見たことないけど好きになっちゃったってことでしょ？」

「う、うん。まあ、そんな感じ……」

視線を逸《そ》らして、照れたように頬《ほお》を染める。

うーん。これは本気っぽいなあ。てか、可愛《かわい》い。いいのか。こんなに可愛《かわい》くていいのか。この瞬間《しゅんかん》のえのっち、アタシを超《こ》えたまであるなー。

悠宇《ゆう》、ゴメンね。さっき脈ありかなーとか思ってたけど、これはないわ。残念だけど、この嫁《よめ》にしたい健気《けなげ》な美人さんには、他に思い人がいます。ドンマイ。きみに恋《こい》は早かった。まだしばらくは、アタシと親友だけの青春やってようぜ！

とか、勝手に脳内の悠宇《ゆう》で遊んでいると、えのっちが言った。

「相手のこと、顔も知らなかった。でも、近くにいるんだろうなあっていうのは、なんとなくわかってて……」

「え、そうなの？　なんで？」

「だって、ひーちゃんのインスタにずっと映ってたから」

……アタシのインスタに映ってた？

え。何それ。どういうこと？　アタシのインスタって、あのお花アクセの宣伝インスタだよね？　それに、誰《だれ》か映ってた？

もしかして、これってホラー系の話だったの？　怖《こわ》っ。ちょっと待って。アタシ苦手。えのっち、そういうの唐突《とうとつ》にぶち込んでくるのはちょっと……。

（——あ、違《ちが》う）

映ってる。ずっと映ってる。

えのっちは「相手の男の子が映ってる」とは言っていない。えのっちの話を整理するなら、相手の顔も知らないんだもん。

でも、相手のアイコンはわかってる。その人が作った、心を奪われる何かだ。

「あの、えのっち？　なんでその話したの？　ほら、アタシのこと嫌《きら》いって言ってたでしょ。学校でも、アタシのこと避《さ》けてたし……」

「…………」

えのっちが、左手を上げた。

その手首にあるのは、月下美人のブレスレット。

一晩で美しく咲《さ》き、一晩で消える花。

花言葉は『艶《あで》やかな美人』『儚《はかな》い恋《こい》』――『ただ一度だけ、会いたくて』。

「……〝you〟って、夏目《なつめ》くんのことなんだね?」

えのっちの言葉は、質問じゃなかった。ただの事実の確認《かくにん》。アタシがどう答えようとも、きっと彼女は自分の直感を信じるだろう。

アタシは傲慢《ごうまん》だったんだと思う。
悠宇《ゆう》のよさを理解できるのは、アタシだけだと思っていた。
アタシのためだけに用意された、アタシのための『特等席』。他に替《か》えなんて利《き》かないし、それは悠宇《ゆう》にとっても同じだと疑わない。

……悠宇《ゆう》とアタシの友情こそが至高だと思う価値観だって、所詮《しょせん》はアタシの独りよがりにすぎないのにね。

Ⅱ

〝ただ一度だけ、会いたくて〟

びっちゃびちゃだ。

途中《とちゅう》から雨足が強まって、プールに飛び込んだ感じになってしまった。こんなことなら、日葵《ひまり》たちとバスで帰ればよかった。

でも、榎本《えのもと》さん苦手なんだよなあ。いや、悪い子じゃないのはわかるんだけど。威圧《いあつ》感あるっていうか、美人すぎて尻込《しりご》みするっていうか……。

……そもそも日葵《ひまり》以外の女子と話したの、いつぶりだ？　そういえば委員会とかで話すことはあっても、雑談とかしたことないな？

そんなこと考えている間に、家にたどり着いた。

二階建ての一軒家《いっけんや》。小さな道路を挟《はさ》んで、向かい側に両親が経営する小さな個人経営のコンビニがある。

家の脇《わき》に自転車を停めて、鍵《かぎ》を開けて家に入った。風呂《ふろ》場に向かっていると、リビングから三番目の姉さんが顔を出した。

夏目《なつめ》咲良《さくら》。三人の姉のうち、唯一《ゆいいつ》、貰《もら》い手《て》がいない大卒三年目だ。

頭からつま先まで濡《ぬ》れた俺を見て、咲姉《さくねえ》さんは露骨《ろこつ》に嫌《いや》そうな顔をした。「この廊下《ろうか》、誰《だれ》が拭《ふ》くんだよ……」とか思ってるんだろう。

「……悠宇《ゆう》。あんた、タオル持ってくるまで待てないわけ？」

「いや、咲姉《さくねえ》さんがいるとは思わなくてさ。コンビニの店番は？」

「今、バイトの子が入ってんの。ここ拭《ふ》いといてやるから、さっさと風呂《ふろ》入ってこい」

サーセンっす。

脱衣《だつい》所に入ると、脱衣《だつい》カゴの中に真っ白い毛玉が詰《つ》まっていた。

「……大福。そこ退いてくんない？」

俺の声に反応して、白い毛玉に動きがあった。

三角形のケモミミが起き上がり、白猫《ねこ》がじろっと俺を睨《にら》んだ。そして欠伸《あくび》をすると、再び丸くなってしまった。

こいつ……。

仕方なく、濡《ぬ》れた服は直接洗濯機《せんたくき》に放り込んだ。

すでに湯船には湯が張ってあった。咲姉《さくねえ》さんナイス。さっと身体《からだ》を流して、温かい湯船に浸《つ》かった。

「極楽《ごくらく》……」

咲姉《さくねえ》さんの入浴剤《ざい》、使っちゃおうかなー。

でも後でめっちゃ怒《おこ》られるしなー。

……ん？　脱衣《だつい》所で大福がなごなご鳴いてる。この文字通りの猫《ねこ》なで声《ごえ》ってことは、咲姉《さくねえ》さんが入ってきたのか。

「あんた。着替《きが》え、ここ置いとくよ」

「うぃー……」

「なんか、やけに疲《つか》れてない？」

「ちょっと、昔のアクセを修理してて……」

「へえ。日葵《ひまり》ちゃんの？」

「いや、別の女子」

……あれ？

なんか静かに……って、うわあ！　いきなり浴室のドア開けんなよ⁉

「あんた、まさか浮気《うわき》しようとか思ってんじゃないでしょうね⁉　日葵《ひまり》ちゃん泣かしたらタダじゃおかないわよ‼」

「違《ちが》うってば！　そもそも、日葵《ひまり》はただの友だちだって言ってんじゃん！」

「ただの友だちが、あんなにかいがいしくフラワーアクセの販売《はんばい》まで手伝ってくれるわけないでしょ！」

「だって本当なんだから、しょうがないだろ⁉」

めっちゃ怒《おこ》ってる。

日葵《ひまり》のやつ、愛想《あいそ》いいからなあ。日葵《ひまり》マジックは伊達《だて》じゃない。家族に紹介《しょうかい》するには、マジで百点満点な女子。うちの姉さんたちも、すっかり骨抜《ほねぬ》きにされているのだ。

「なんか日葵《ひまり》の知り合い？　……の女の子が、アクセ壊《こわ》れたっていうから、その修理しただけだよ」

「あんた、もっとこう、普通《ふつう》のことして遊べないの？　カラオケとか、ボーリングとか」

「余計なお世話……って、いい加減ドア閉めてくんない？」

寒いんですけど。

せっかく風呂《ふろ》で温まったのに意味ないじゃん。

「ふうん。それで、どうしたの？」

「いや、ドア閉めるのはいいけど、なんでこっちに入ってくるわけ？」

「ついでに大福でも洗ってやろうかなって」

咲姉《さくねえ》さんの胸に抱《だ》かれていた白毛玉が、びくっと跳《は》ねた。しかし尻尾《しっぽ》を摑《つか》まれ、憐《あわ》れにも湯で満たされた洗面器に突っ込まれる。悲痛な鳴き声が上がった。

……あのさ、どうせ聞いてくれないから言わないけどね？　大福洗うなら、俺が風呂《ふろ》上がった後でよくね？

「それで、めっちゃ気疲《きづか》れしたってだけ。あ、咲姉《さくねえ》さん。それ、俺と父さんのシャンプーなんだけど……」

「いちいち細かいこと言わないの。てか、あんたメンタル弱すぎじゃない？　そんなんで、よく自分の店持とうと思うわねえ」

「それは正論すぎて、何も言えねえ……」

……まったくもって、その通り。ぐうの音も出ない。

ただのレジ打ちや、店頭での接客ならアルバイトを雇《やと》えばいい。まあアクセは水物だから、常に一定の売り上げが見込めるというのは甘い考えだと思うけど。

でも商品に対する意見や要望を聞くのは、俺の仕事だ。これは他人に任せていいことじゃない。

となると、俺も人前に出なくちゃいけない。

浴室の鏡に自分の顔が映っている。相変わらず仏頂面《ぶっちょうづら》だ。

試《ため》しに日葵《ひまり》のように、にこっと笑って……あ、これはいかん。こんなやつが可愛《かわい》いフラワーアクセを作るとか、誰《だれ》も思わねえだろ。

いっそ今日みたいに、日葵《ひまり》が横でにこーっと対応してくれればいいんだけど。いや、さすがにその頃《ころ》まで世話になってるわけねえだろ。今は日葵《ひまり》も他にやることないから付き合ってくれているだけで、その頃《ころ》には普通《ふつう》に結婚《けっこん》とかしてるだろうし。

「でも、いい経験になったんじゃない？」

咲姉《さくねえ》さんが言った。

やけに涼《すず》しげな顔だった。手元の大福が悲惨《ひさん》なことになっていたので、そのギャップで笑いそうになる。

「なんで？」

「あんた、ずっと日葵《ひまり》ちゃん相手にしかアクセ作ってこなかったでしょ。そりゃ作風が偏《かたよ》るのもしょうがないわよ」

「いや、作風の偏《かたよ》りってなんだよ。それに、俺はちゃんとバラエティが出るように、いろんなアクセを作ってるし……」

……あれ？　なんかじとーっとした視線を向けられる。それから、残念な感じのため息をつかれてしまった。

「……これまで気を遣《つか》って言わなかったけど。あんたが最近作ってるの、ずっと似たような感じのもんばかりよ」

「えっ！」

ぐさっと胸に刺《さ》さった。

そんな馬鹿な。咲姉《さくねえ》さんも日葵《ひまり》のインスタをチェックしてるらしいけど、そこまでの根拠《こんきょ》があるはずは……。

「ど、どういう意味だよ。だって、ちゃんとイヤリングとか、ブレスレットとか、それに付箋《ふせん》とか栞《しおり》みたいな文房具《ぶんぼうぐ》だって……」

「用途《ようと》じゃなくて、イメージの話よ。シチュエーションや雰囲気《ふんいき》に変化がなくて、ずっと同じ感じのものばかり。まるで『停滞《ていたい》した箱庭』……もしかして、自覚なかったの？」

「…………」

なかった。

でも、待て。よくよく思い返してみれば、そんな気もする。

というか、それは当たり前だ。だって俺の作品は、日葵《ひまり》のインスタを通して宣伝する。その日葵《ひまり》にぴったりなものを……って、そういうことじゃん!?

「自分の店を持つなんて、途中《とちゅう》で諦《あきら》めるだろうから言わなかったけど。日葵《ひまり》ちゃんも巻き込んでるんだし、そろそろはっきり言おうと思ったの」

咲姉《さくねえ》さんはバスタオルを取ってくると、大福をわしわし拭《ふ》いた。

抵抗《ていこう》する気力も失ったのか、白い毛玉はぐったりとされるがままになっている。

「もっと情熱的な恋心《こいごころ》が見えるようなものとか、深い失恋《しつれん》の絶望が見えるようなものとか。あんたに足りないのって、そういう感情の振《ふ》れ幅《はば》じゃない？」

「で、でも、売り上げは順調なんだし……」

「本当に？　ずっと右肩上《みぎかた》がり？　最近、ちょっと上がり幅《はば》落ち着いてない？　リピーターの割合は？　一回だけ買って、満足されちゃってるんじゃないの？」

「な、なんで知ってるんだよ⁉」

「あんた、日葵《ひまり》ちゃんのインスタで宣伝するっていうのは、あくまで日葵《ひまり》ちゃんっていうモデルの価値が付加されるの。あんな野生のアイドルみたいな子が身につけてるアクセなら、みんな欲《ほ》しがるでしょうよ。でも実際に買っても『なんかイメージ違《ちが》うな？』ってなる人が多いでしょうね。そんなのが似合うのなんて、同じくらい外見レベルの高い女の子だけ」

「ううっ⁉」

咲姉《さくねえ》さんは鋭《するど》い。

就活に失敗した今では見る影《かげ》もないが、これでも高校時代は『10年に一人の秀才《しゅうさい》』とかもてはやされた。言うことはだいたい正論で、それがまた当たっているからグサリと刺《さ》さる。

実際、今の言葉もそうだ。俺は言ってないはずなのに、まるで売り上げデータを見たかのように的確だった。

俺のフラワーアクセは、リピーターが少ない。

アクセは一期一会《いちごいちえ》。一生を添《そ》い遂《と》げる結婚《けっこん》相手ではなく、一時を輝《かがや》かせる恋人《こいびと》のようなものだ。一度の出会いは引きずらず、次の出会いに去っていくのがスマート。そういうものだと思い込もうとしてたけど、裏返せば対策しないための言い訳でもあった。

「あんた。わたしとの約束覚えてるでしょうね。30までに店を持てなかったら、大人しくうちのコンビニを継《つ》ぐのよ。父さんたちが望んだ公務員は捨てたんだから、せめて育ててもらったけじめはつけなさい」

「わ、わかってるよ。それまでは咲姉《さくねえ》さんが店を見ててくれるんだろ」

「あと、ついでに日葵《ひまり》ちゃんを嫁《よめ》にもらってきなさいよ。わたしの老後の資金はあんたから奪《うば》うとして、身の回りの世話をしてもらうのは可愛《かわい》くて気の利《き》く女の子がいいからね」

「それは意味わかんねえよ咲姉《さくねえ》さん……」

余所《よそ》さまのお嬢《じょう》さんに人生を託《たく》そうとすんなし。

言える立場じゃないけど、俺の咲姉《さくねえ》さんが最低すぎる。

♣♣♣

その翌日の放課後。

俺が帰ろうとすると、すぐに日葵《ひまり》が鞄《かばん》を持ってついてきた。

「へーい、悠宇《ゆう》！　今日は作業しないの？」

「ちょっと眠《ねむ》いから帰る。おまえも、今日は他の人と遊んでたら？」

日葵《ひまり》は教室を振《ふ》り返《かえ》った。

この前、遊びに誘《さそ》ってくれたクラスメイトも残ってるだろう。

「んーん。悠宇《ゆう》と帰ろっかなー」

「あ、そう。でも俺、今日は早く帰りたいんだけど……」

「後ろ、乗せてね♡」

「……わかりました。俺が歩きます」

駐輪場《ちゆうりんじよう》で、自転車を取ってくる。

校門を出ると、さっそく日葵《ひまり》が鞄《かばん》をカゴに入れる。ママチャリの後輪軸《こうりんじく》に足をかけ、俺の肩《かた》に両手を置いた。

「さ、悠宇《ゆう》。帰ろう！」

「……日葵《ひまり》さ、普通《ふつう》に歩けば？」

「えー、やだ。アタシ歩きたくない」

「チャリの上に直立不動って、逆に疲《つか》れない？」

「じゃあアタシがサドルに座るから、悠宇《ゆう》がそれを抱《だ》きしめる感じで腕《うで》を回せば……」

「わかった、このままでいい。落ちないようにじっとしてろよ」

おまえ、何をさせようとしてんの？　さすがに恥《は》ずかしすぎでしょ。

俺が自転車を押して、歩いて帰った。日葵《ひまり》が鼻歌を口ずさみながら、俺の肩《かた》をぽんぽん叩《たた》いている。

「日葵《ひまり》、めっちゃご機嫌《きげん》じゃん」

「んふふー。これでようやく、悠宇《ゆう》と同じ目線の高さだからなー」

「俺、眠《ねむ》いから、あんまり揺《ゆ》らすな。マジで転《こ》けるぞ」

いつもならいいとして、今日はできれば日葵《ひまり》を置いてさっさと帰りたい気分だ。

「そういえば悠宇《ゆう》、今日は欠伸《あくび》ばっかりしてたねー」

「マジで眠《ねむ》かった……」

「夜更《よふ》かし？　昨日はアタシとネトゲもしてなかったじゃん」

「ちょっと漫画《まんが》を読んでた」

「ほーう、悠宇《ゆう》にしては珍《めずら》しい。いつもアタシのオススメしか読まないのに」

「ちょっと次のアクセ、テーマ性で絞《しぼ》ってみようかなって。その参考に」

「へー。どんな？」

「……『情熱的な恋心《こいごころ》』と『深い失恋《しつれん》の絶望』」

予想通り、日葵《ひまり》が爆笑《ばくしょう》した。

俺の肩《かた》を後ろからをビシバシ叩《たた》いてくる。

「ぷっはあーっ⁉　何々？　悠宇《ゆう》、恋愛《れんあい》に興味持っちゃったの？」

すげえ食いついてくるんだけど。

いや、逆の立場なら俺だってそうなるわ。

「さ、咲姉《さくねえ》さんが……」

かくかくしかじか。

昨日の咲姉《さくねえ》さんとの会話を説明すると、納得《なっとく》したようにうなずく。

「なるほどなー。ま、一理あるよねー。アタシも悠宇《ゆう》のアクセに、もっとエロさがほしいなーって感じるときあるし」

「え、エロさ……？」

「感情の爆発《ばくはつ》っていうか、いい意味での雑味っていうか？　いや、レベルが低いっていう意味じゃないよ？　でも完成度が高すぎて、優等生っぽく見えるのもほんとかな」

「ええ。おまえもそう感じるのか……」

「アハハ。咲良《さくら》さんも意地悪で言ってるわけじゃないよ。そろそろ悠宇《ゆう》も次のステップに進む頃《ころ》だって思ったんじゃない？」

……そうかなあ。

なんか、あの人って俺をいじめることを生きがいにしてる節があるからなあ。……そこが日葵《ひまり》と気が合うんだろうけど。

「次のステップってどういうこと？」

「んー。なんていうか、悠宇《ゆう》が作りたいものよりも、お客さんの欲《ほ》しがるものに目を向けようって感じ？　これまでは悠宇《ゆう》が『いい！』って思ったものを作ってきたわけじゃん。でも、それが咲良《さくら》さんの言う停滞だよね。やっぱり商売としてやっていくなら、お客さんの目線は必要だよ。販売業《はんばい》でリピーターが少ないのって、そこが原因だってこと多いからさー」

「へえ。そういうもんなのか」

「うちって土地持ちじゃん？　年に何回か、新しいことしたいって不動産を契約《けいやく》していく人がいるんだよ。でも、やっぱり大半はダメで、すぐお店畳《たた》んじゃうし。この前も、新しくクロワッサンのお店が出たんだけど、ちょっと場所がダメだったね」

「場所？」

「あそこら辺、中学校の通学路だったんだよ。それで下校時間とか狙《ねら》って、焼きたてのパンを用意してたんだけど……」

「……そうか。中学生の小遣《こづか》い狙《ねら》いで、店を維持《いじ》できるほど稼《かせ》げないよな」

「そういうこと。あの周辺って介護《かいご》施設《しせつ》とか病院も多いけど、お洒落《しゃれ》なパンの需要《じゅよう》って低いんだよなー。通りの向こうには、大手のコンビニチェーン店もあるし」

「……身につまされる」

うちのコンビニも、今はそこそこうまくやれている。でも近くにそういう競合店があったら現状は違《ちが》ったかもしれない。

「そういう一つ一つの気遣《きづか》いってさ。アクセを作ることにも必要じゃない？」

「おまえは、マジで俺を説得するのうまいよなあ」

「アハハ。それは悠宇《ゆう》がお花アクセに真摯《しんし》に向き合ってる証拠《しょうこ》でしょ？ 普通《ふつう》はこうやって言われると、逆ギレしちゃう人も多いからさー」

……たぶん、犬塚《いぬづか》家でも色々あったんだろう。

日葵《ひまり》のこういう年不相応な含蓄《がんちく》って、すげえ頼《たよ》りになる。インスタとかの広報だけじゃなくて、裏方としてもかなり支えてもらってるし。

「日葵《ひまり》的には、それでテーマを『恋愛《れんあい》』に絞《しぼ》るのってどうなの？」

「妥当《だとう》じゃない？ 悠宇《ゆう》のお花アクセって、メインターゲットは女性だし。女の子って恋愛《れんあい》が好きだからねー」

後ろから肩ごしに、俺の顔を覗《のぞ》き込んでくる。

……おおっと、あんまり動くなよ。自転車のバランスが崩《くず》れる。

「で、何を読んでたの？」

「ご、『五等分の花嫁《はなよめ》』。今、一番売れてる恋愛漫画《れんあいまんが》っていうから……」

「ごとよめかー。でも、それは恋愛《れんあい》じゃなくてラブコメじゃん？」

「違《ちが》いがわからん」

「うーん。恋愛《れんあい》ものっていうと、もっと人間関係がこじれる感じというか……まあ、これは解《かい》釈《しゃく》によるからなー。それで、誰《だれ》がお気に入りなの？」

この質問には、すぐ答えが浮《う》かんだ。

「武田祐輔《たけだゆうすけ》」

「え、ほんと誰《だれ》？」

「ほら、家庭教師の座を賭《か》けて、風太郎《ふうたろう》とテスト対決する同級生……」

「それ男の子だったよね⁉」

「だって、あいつ一途《いちず》じゃん。そこまで風太郎《ふうたろう》に認識《にんしき》すらされてないのに、ずっと成績で超《こ》えることと目標にしてきたんだろ？　めっちゃ健気《けなげ》……」

「まあ、そういう見方もできるかなー……？」

「しかもストーカーじゃないんだ。その証拠《しょうこ》に、去り際も清々《すがすが》しい。俺、こいつと親友になりたい……」

日葵《ひまり》がむっとして、後ろから俺の背中にのしかかるようにぴょんぴょん跳ねる。

「おーい、ここ！　ここにいるから！　悠《ゆう》宇の親友はここですぅーっ！」

「わかってる、わかってるから！　あくまでフィクションの話だ！」

だから、自転車の上で動くなって！　マジで危ないから！

そんなことない感じを装《よそお》ってるけど、日葵《ひまり》はけっこう独占欲《どくせんよく》が強い。……こいつがカレシと続かないの、たぶん、これが原因なんだろうな。

「ここでヒロインの名前が出ないってことは、あんまり収穫《しゅうかく》なかったんだろうなー」

「いくつかデザイン案はできたんだけど……」

鞄《かばん》から取り出したノートを、後ろの日葵《ひまり》に手渡す。俺が授業中に書き殴《なぐ》ったデザイン案を眺《なが》めながら、日葵《ひまり》は率直《そっちょく》に言った。

「悪くないと思う。でも、よくもないかなー。アタシはヒロイン五人とも知ってるけど、そのうちの誰《だれ》がこれをつけてるのかってのはピンとこない感じ」

「まさにそんな感じだ。これは単純に五人のヒロインに似合いそうなアクセっていうだけで、あの五人の個別の情熱とか絶望とかを表現しているわけじゃない」

「無惨《むざん》様のポップコーンと同じ原理ってこと？」

「無惨《むざん》様って何？」

「『鬼滅《きめつ》の刃《やいば》』のラスボス。あ、今は読まなくていいよ。アレ、恋愛《れんあい》は関係ないし。でも面白《おもしろ》いから今度借すね。お兄ちゃんが全巻持ってる」

「マジか。さんきゅー」

とりあえずわかったことは、恋愛漫画《れんあいまんが》からキャラクターのモチーフをもらっても、その感情に共感できないと意味ないってことだ。

これじゃ、日葵《ひまり》に似合うアクセを作るのと同じ。俺が共感するには、体験が伴《ともな》わなくてはいけない。

「そもそも、恋《こい》って何?」

「うわ。面倒《めんどう》くさいこと言い出した」

「俺が面倒《めんどう》くさいことなんて、最初からわかってるだろ」

「あ、それもそうだねー」

おい、にっこにこ顔で肯定《こうてい》すんな。

ついでに頰《ほお》をつんつんしながら「そんな面倒《めんどう》くさい悠宇《ゆう》に付き合ってあげんの、アタシだけなんだぞ〜。感謝しろ〜。もっと貢《みつ》げ〜」ってアピールすんのもやめて。そこの10号線出たところのマックのシェイクで勘弁《かんべん》してください。……心が完全に負けてるんだよなあ。

「そもそも、おまえだって恋愛《れんあい》感情よくわからんって言ってたじゃん」

「おいおい悠宇《ゆう》くん。感情はわからなくとも、アタシめっちゃモテてんの知ってんでしょ?」

「一週間も持たねえやつが何を威張《いば》ってんの?」

「へっ。恋《こい》なんぞ、告白した時点で決着がついてんの。つまりアタシが最強」

「ほう。じゃあ、恋愛《れんあい》最強の日葵《ひまり》さんとしては、恋《こい》って何なの?」

「そりゃキスしたいとか、えっちしたいとか?」

「それ性欲じゃん……」

もう知ってたけど、うちの親友が俗物《ぞくぶつ》すぎて引くわ。

日葵《ひまり》は人差し指を立てると、どや顔で続けた。

「そんなことないよー。だってキスしたいって気持ちは、好きになってないと発生しないでしょ？　つまり、キスしたいと思った瞬間《しゅんかん》には、もう好きになってるってことじゃん？」

「え、ちょっと待って。いきなり難しいこと言わないで？」

あと仮にも美少女が、耳元でキスキスささやくのやめてくれない？　さすがに俺もちょっと恥《は》ずかしくなってきたんだけど。

日葵《ひまり》はにまーっと笑いながら解説した。俺から主導権を取っているとき、こいつはやけに生き生きするから……。

「つまりキスしたいって気持ちと恋愛《れんあい》感情は、同時に発生する。悠《ゆう》宇が特定の女の子にキスしたいって思ったとき、それが恋愛《れんあい》感情ってこと」

「じゃあ、恋愛《れんあい》感情は性欲ってこと？」

「あるいは性欲自体が、恋愛《れんあい》感情のアンテナかもしれないよね？　そこらへんの好みとか、悠《ゆ》宇《う》はどうなの？」

「え、それ聞いちゃうの？　さすがに言いたくないよ？」

「おっぱいは大きいほうがいい？」

「めっちゃぐいぐいくる。なんで？　……え、そりゃ大きいほう？」

「黒髪《くろかみ》？　それとも、ちょっと赤みがかかってるほうがいい？　あ、ロング前提ね」

「なんで髪《かみ》の色？　しかも二《に》択《たく》が具体的すぎねえ？」

「いや、えのっちの髪《かみ》って赤みあるし」

「なんでだよ。いきなり榎本《えのもと》さんの名前出てきてビビるわ」

「えのっちにキスしたいと思わない？」

「だから、なんで？　その脈絡《みゃくらく》のない榎本《えのもと》さん推《お》しはどっからきたわけ？」

「なんかモデルがあったほうがイメージしやすいかもって思っただけです～。この話題に便乗して悠宇《ゆう》とえのっちの相性《あいしょう》を探《さぐ》ろうとか思ってません～」

それに平然と自分の友だちの名前出すほうが極悪《ごくあく》すぎでは？

おい、「はあ～。やれやれこれだから童貞《どうてい》は」みたいな顔すんのやめてくれない？　おまえだって付き合った回数が多いだけで、そっちの経験は似たようなもんだろうが。

「お手上げだわ。少なくとも、俺は現実の女子を見てキスしたいって思ったことないし」

「うーん。それに関しては、アタシも自分からしたいって思ったことないしなー」

男女が揃《そろ》って、ずいぶん色気のない話だ。

でも、こればかりはしょうがない。ないものはない。そもそも人並みに異性を好きになるような二人だったら、俺たちはこんなにのほほんと親友をやっていないんじゃないか？

まさか、俺たちの関係にこんな欠点があるとは……。

「やってみる？」

「は？」

日葵《ひまり》が変なことを言った気がする。

思わず振《ふ》り返《かえ》った。そのマリンブルーの瞳《ひとみ》が、俺をまっすぐ見つめている。

「アタシと。お試《ため》しキス」

「はああーっ⁉」

つい立ち止まると、日葵《ひまり》が勢いよく俺の顎《あご》に頭突《ずつ》きを喰《く》らわせる。うっかり日葵《ひまり》ごと転《こ》けそうになったけど、それは何とか耐《た》えた。俺、めっちゃ偉《えら》い。

「痛ってぇ～……」

「ゆ、悠宇《ゆう》。いきなり立ち止まらないでよ～……」

その場にうずくまって、二人で鈍《にぶ》い痛みに耐《た》える。涙目《なみだめ》になりながら、俺は日葵《ひまり》と目を合わせた。

「てか、ダメだろ……」

「なんで？」

「だって、キスしたいって思ったら恋愛《れんあい》感情ってことだろ？　つまり……おまえ、俺のことそういう感じで見てたの？」

「いや、全然。普通《ふつう》にベストフレンド」

？？？？？。

？？？？？？？？？？？？？？？。

「どういうこと？」

「悠宇《ゆう》って、女の子とキスしたいと思ったことないんでしょ？」

「そうだけど……」

「でも、そもそもアタシたちって『キスしたい』っていう感覚がどういうものか知らないわけじゃん？」

「そうなるけど……」

「じゃあ、試《ため》しにやってみたら、案外『あ、これ知ってるかも？』ってなる可能性もあるのでは？　それさえわかっちゃえば、こっちのもんだよねー」

「あ、そういうこと……」

なるほどね。

言われてみれば、そんな気もする。さすが日葵《ひまり》だ。俺には思いつかないようなナイスアイデアを思いつく……ってバカ。納得《なっとく》してんじゃねえよ。言っちゃ悪いけど、その理論って最高に頭悪い気がするわ。

「それで友だちとキスしていいわけないだろ。イタリア人かよ」

日葵《ひまり》は、にいっと笑った。……あ、悪いこと考えてる。

いきなり俺の手を握《にぎ》ってきた。しかも指を絡《から》める恋人繋《こいびとつな》ぎ。

そのまま俺の手を引くから、片腕で自転車のバランスを取らなきゃいけない。端《はた》から見れば、すげえイチャイチャしてる感じ。裏道のおかげで、周りに人気はないのがよかった。

……てか、何なの？　さっきから日葵《ひまり》の考えが読めなくて、ちょっと怖《こわ》いんだけど。

「でも感情が伴《ともな》わないならさ、こうやって手を繋《つな》ぐのと何が違《ちが》うの？　同じ皮膚《ひふ》同士の接触《せっしょく》じゃん？」

「まるで俺が好んで女子と手を繋《つな》ぎたがってる痛いやつみたいに言うのやめてくんない？」

「え。アタシは好んで悠宇《ゆう》と手を繋《つな》いでますけど？」

「痛いやつはおまえだったわ……」

「大丈夫《だいじょうぶ》だって。悠宇《ゆう》としかしないからさー」

「そういう心配じゃないんだよなあ……」

日葵《ひまり》は自分の唇《くちびる》を、親指で軽く弾《はじ》いた。

先生にバレない程度の、薄《うす》めのグロス。それが日葵《ひまり》の指について、ちょっと照ったような気がした。

「……する？」

うっ。

待て待て。俺、落ち着け。

いつもの冗談《じょうだん》だ。どうせ、すぐに「ぷっはーっ」されちゃうに決まってる。こんなことに惑《まど》わされるほど、俺と日葵《ひまり》の付き合いは浅くない。

……まあ、さすがに「キスしてみる?」なんて言われたのは初めてだけど。

どっちにしても悪い冗談《じょうだん》……おい、なんでちょっと頰《ほお》を赤らめてるんだ? 目も潤《うる》んでるような気がするし……いやいや、ネクタイを引っぱるな。まあ、そもそも超至近距離《ちょうしきんきょり》ですけどね? こんなまつげが触《ふ》れるような……うわ、日葵《ひまり》の息が鼻先をかすめた。

やめろ、俺の心臓。ドキドキすんな。さすがにこれは洒落《しゃれ》じゃ済まない。日葵《ひまり》のお兄さんに殺されるやつ。あるいは強制的に戸籍《こせき》を移されてガチ義弟《おとうと》くんにされ……うわあ、こいつ改めて見るとマジで美少女すぎない?

つい、反射的に目を閉じた。

「…………」

あれ?

全然こない。

恐《おそ》る恐《おそ》る目を開けると、必死に笑いを堪《こら》える日葵《ひまり》がいた。

「ぷっはあああああああああああああっ‼」

「…………」

自転車のサドルをバンバン叩《たた》いて大笑いしている。髪《かみ》もぐっちゃぐちゃだし、マジで涼《すず》やかな美少女どこいった。

つまり、そういうことだ。

……弄《もてあそ》ばれた。

裏道の隅《すみ》っこで膝《ひざ》を抱《かか》えていると、日葵《ひまり》が背中をポンポン叩《たた》く。

「ゴメン、ゴメン。でも、おかしいと思うでしょ」

「いや、わかってたけどね？　でも、さすがに傷つくわ……」

女子とキスしたいと思ったことなくても、一応は純情な男子高校生なんで。

日葵《ひまり》は相変わらず、悪びれずにからから笑っている。まあ、こういうところが、こいつの魅《み》力《りょく》と言えばそうなんだけど。

「それに今は、悠宇《ゆう》とそういうことしちゃうとマズいからなー」

「え、今《いま》はってどういうこと？」

にこーっと笑う。

出たよ。「それはそうとお試《ため》しキスで惑《まど》わす小悪魔《あくま》なアタシも最高に可愛《かわい》くない？」って感じの笑顔《えがお》だ。はいそうですね可愛《かわい》いと思いますでも二度とやんなよ？

「じゃあ、悠宇《ゆう》には今のお詫《わ》びをしてあげようかなー」

「いや、マジで結構です」

「おいこら。どんだけ信用ないし」

「むしろ信用の賜物《たまもの》だろ。おまえがお詫《わ》びとか言うの初めてじゃん。怪《あや》しすぎるわ」

「まあまあ。何事も最初の一回があるってことで。絶対に後悔《こうかい》させないからさ」

日葵《ひまり》の台詞《せりふ》がイケメンすぎる。

仕方ない。こうなると、俺がうんと言うまで引き下がらないから。マジでこいつ、男に生まれなくてよかったよ。男だったら今頃《いまごろ》、日葵被害者《ひまりひがいしゃ》の会とかできて刺《さ》されてそう。

「そんで、お詫《わ》びって？」

すると日葵《ひまり》が、にこーっと笑った。

それを見て「あ、やっぱろくでもねえことだ」と悟《さと》った俺の直感は、まあ、半分当たりで、半分だけ外れたりする。

♣♣♣

翌日の土曜日。学校は休みだ。

俺は午前中の家でのバイトを終わらせて、市内のイオンに向かっていた。

……ちなみに、黒塗《くろぬ》りの外車で。車の表面艶々《つやつや》だし、シートもふかふか。ぶっちゃけ、俺のベッドより寝心地《ねごこち》よさそう。

そんな外車の運転席には、黒髪《くろかみ》をオールバックにしたサングラスの美青年が座っていた。シンプルだけど高そうなポロシャツに、やっぱり高級そうなジーンズをはいている。大学時代はラグビーをやっていただけはあり、細身ながらがっちりとした体つきだった。

犬塚雲雀《いぬづかひばり》。

日葵《ひまり》の二番目のお兄さんだ。俺のことを義弟《おとうと》くんと呼ぶ変人。バイトが終わる時間、いきなりコンビニの前に車を停《と》めて俺を連れ込んだのだ。

彼はご機嫌《きげん》そうに鼻歌を歌っている。去年、西野《にしの》カナが紅白に出たときのやつだ。

「やあ、悠宇《ゆう》くん。元気だったかい？」

「どうも、雲雀《ひばり》さん。ご無沙汰《ぶさた》してます……」

「最近、うちに顔を出してくれないじゃないか。僕の中の悠宇《ゆう》くん成分が補給できないから、こうして会いにきてしまったよ」

「さすがに一家団欒《だんらん》の誕生日パーティに席を並べるわけにはいかないんで……」

「この前、日葵《ひまり》とはスシローに行ったんだろう？　お義兄《にい》ちゃんは寂《さび》しいなあ！」

「だって雲雀《ひばり》さん、すぐ高級寿司《ずし》取ってくるじゃないですか。高い寿司《すし》食い慣れてないし、味がわかんなくて申し訳ないんですよ」

「ハッハッハ！　そういう素直《すなお》なところが好きだぞ♪」

やっべえ。

この人、俺が何を言おうと好意的に解釈《かいしゃく》してくれるのが逆に怖《こわ》い。あと、お義兄《にい》ちゃん宣言がナチュラルすぎてツッコみスルーしちゃったわ。

「てか、雲雀《ひばり》さん。俺はどうして連れ出されたんすか？」

「おや？　うちの日葵《ひまり》から聞いてない？」

「なんか遊びにいくことだけ。時間とかは聞いてなかったです。いきなりコンビニの駐車場《ちゆうしやじよう》に外車が停《と》まったんで、うちの両親がビビってましたよ」

「それは申し訳ない。お詫《わ》びに、今夜は懇意《こんい》にしている寿司《すし》屋の出前を送らせよう」

「マジで勘弁《かんべん》してください。うちの両親ゲンキンなんで、そんなことされたらマジで犬塚《いぬづか》家へ婿《むこ》に入れられます」

「ほほう？　それはいいことを聞いた。これから毎日、日替《ひが》わりでいいかい？」

「もうちょっと妹のこと考えてやって⁉」

このお兄さん、マジで妹のこと俺を義弟《ぎてい》にするための道具としか思ってない節がある。日葵《ひまり》もそうだけど、俺のどこをそんなに気に入ったんだよ……。

そして町の中心に位置するイオンに到着《とうちやく》した。地元民には馴染《なじ》みがありすぎて、もはや何の感慨《かんがい》も湧《わ》かない。親の顔より見たイオンって感じ。

その正面口に、雲雀《ひばり》さんは車を停《と》めた。

「それじゃあ、僕の役目はここまでだ」

「あれ。今日は雲雀《ひばり》さんも一緒《いつしよ》じゃないんですか？」

雲雀《ひばり》さんはサングラスを取ると、日葵《ひまり》とは違《ちが》う漆黒《しつこく》の瞳《ひとみ》をキラリと輝《かがや》かせる。

「これから、職場の上層部に巣くう老害どもを叩《たた》きのめすための資料作りだ。本当は悠宇《ゆう》くんと一緒《いっしょ》にアニメグッズ漁《あさ》りを楽しみたいんだけど……社畜《しゃちく》の辛《つら》いところだね♪」

爽《さわ》やかにエグいことを言い残して、雲雀《ひばり》さんは行ってしまった。

……雲雀《ひばり》さん、マジで俺の顔を見るためだけにきたのかなあ。冗談《じょうだん》か本気かわかんないところが日葵《ひまり》にそっくりで怖《こわ》い。

「……てか、日葵《ひまり》は？」

とりあえずラインでも送ってみるか。

ガラス張りの入口の前でスマホをいじっていると、後ろからぽんと肩《かた》を叩《たた》かれる。振《ふ》り返《かえ》ると、俺を呼び出した張本人であるところの日葵《ひまり》がいた。

「へーい、悠宇《ゆう》！」

なんか背中から怖《こわ》いオーラを出しながら、にこーっと微笑《ほほえ》んでいる。

なんというか「んふふー。私服姿もばっちり可愛《かわい》いアタシを侍《はべ》らすくせに、そのいかにもコンビニバイト帰りそのまんまって服装は舐《な》めてんのか殺すぞ？」って感じ。確かに大きめの肩《かた》だし春ニットとカーゴパンツが中性的な美少女である日葵《ひまり》にぴったりで可愛《かわい》いんだけど、おまえのお兄さんが急《せ》かすから着替《きが》えられなかったんだろ……。

「悠宇《ゆう》。お洒落《しゃれ》な感性は自分のお洒落《しゃれ》からだって、アタシ、いつも言ってんじゃん！」

「だったら、もうちょっと時間に余裕《よゆう》持ってくんない？　いきなり雲雀《ひばり》さんが連れ出すから、昼飯も食ってねえんだけど」

「もー。そんなんじゃ、可愛《かわい》い女の子に嫌《きら》われちゃうぞー？」

「おまえが可愛《かわい》いのは知ってるけど、今更《いまさら》こんなん気にしないだろ……」

なんせ、俺のパンツの柄《がら》まで把握《はあく》してんだから。……あ、いや。変な意味じゃなくて、俺の家に遊びにきたときにタンスの中とか荒《あ》らしていったことがあるんだよ。

まったく。昨日、お試《ため》しキスとか言い出すから、変なところ反応しちゃっただろ。

「ハァ〜。これだから、この男はモテないんだよなー」

「え、何なの？　今日はえらくチクチク言ってくるじゃん」

「今日は特別ゲストがいるの。アタシたちだけじゃないんだよ？」

「は……？」

聞いてない。てっきり、いつも通り日葵《ひまり》とアクセ関連の買い出しかと思ってた。

日葵《ひまり》が「へっ」と笑って、向こうに親指を立てた。そっちに視線をやって、俺はどきっとした。

「マジか……」

えらく大人っぽい黒髪《くろかみ》美人がいると思ったら、榎本《えのもと》さんだったのだ。彼女は俺の視線に気づくと、スタスタと近づいてくる。

「……こんにちは」

「ど、どうも」

ぎこちない挨拶《あいさつ》を交《かわ》した。

こっちにきたってことは、たまたま居合わせたってことじゃないよな？　そりゃそうだ。どんだけピンポイントに休日の予定が一致《いっち》したんだよ。

日葵《ひまり》を引き寄せて、慌《あわ》てて状況《じょうきょう》を確認《かくにん》した。

「え、何なの？　なんで榎本《えのもと》さんがいるの？」

「そりゃいるよー。今日は、えのっちとお買い物だからなー」

「聞いてねえんだけど⁉」

「言ってないからね！」

俺の親友が最低すぎる。

たぶん事前に言ったら、俺が萎縮《いしゅく》してこなくなると予想したんだろう。マジで大当たりなのが、この長い付き合いの弊害《へいがい》って感じ。

おおっと。榎本《えのもと》さんが、じーっとこっちを睨《にら》んでいる。いや、ただ見ているだけ？　この子って、ベースがすでに不機嫌《ふきげん》そうだからわかんねえんだよ。

「え、榎本《えのもと》さん。今日、真木島《まきしま》は？」

「……しーくんは、部活だから」

「そ、そう。大変だね」

「……アタシは関係ないし」

「そうか。それもそうだ」

……おかしい。一昨日《おととい》はもうちょっと打ち解けた感じだったのに。この子、一晩経《た》つと台詞《せりふ》が戻《もど》るゲームの村人なの？

日葵《ひまり》が間に入って、俺たちを交互《こうご》に見る。

「んんー？　二人とも、ちょっと固くない？」

「いや、いきなり事前情報なしで引き合わされても困るだろ。日葵《ひまり》は知ってたからいいだろうけどさ」

「えー。でも、えのっちは知ってたよ。そもそも今日のお出かけって、えのっちから言い出したことだしなー」

「……そうなの？」

突然《とつぜん》、日葵《ひまり》が背後から口を塞《ふさ》がれた。

榎本《えのもと》さんが両手で日葵《ひまり》を押さえながら、ずるずる物陰《ものかげ》に引きずっていく。

「ひ、ひーちゃん！」

「ゴメンって！　わかってるから服を引っ張らないでよーっ！」

それから、ごにょごにょと作戦会議をしている。怪《あや》しすぎだろ。今すぐ帰りたいという気持ちしかない。

するとニ人が戻《もど》ってきた。

日葵《ひまり》がコホンと咳《せき》をして、もったいぶった感じで言い出す。

「悠《ゆう》宇さ。次のインスタ撮影《さつえい》のこと、なんか考えてる？」

「次の？」

それは当然、日葵《ひまり》のアカウントでやってるフラワーアクセの宣伝インスタだ。言われてみれば、前回の投稿《とうこう》からもうすぐ一週間。

そろそろ、次の計画を立てないといけない時期だった。

「そういえば、全然考えてなかった」

「んふふー。いけないなー。もうちょっと商売にガツガツしてこうぜー」

「でも冬咲《ざ》きの花を使ったアクセは、ほとんど終わったろ？　今は春咲《ざ》きの花が開花するのを待ってる段階だし……」

「むしろ、その時期だからこそ新しいことにチャレンジするチャンスじゃん？　忙《いそが》しくなってからじゃ、そういう余裕《よゆう》はないからね。それにお花なら、フラワーショップで仕入れればいいわけだし」

確かに、一理ある。咲姉《さくねえ》さんに言われた『恋愛《れんあい》』のアクセを今のうちに突《つ》き詰《つ》め、次のアクセの出荷《しゅっか》に反映させればいいわけだ。

「でも、新しいことって？」

「いつものインスタ撮影会《さつえいかい》の『番外編』なんてどうかなーって」

番外編？

日葵《ひまり》はパンッと手を叩《たた》くと、両腕《りょううで》で榎本《えのもと》さんをビシッと指した。

「なんと、今回だけ！　えのっちがアクセサリークリエイター〝you〟の、臨時モデルをやってくれるそうでーすっ！」

はいっ⁉

それはさすがに驚《おどろ》いた。いろんな段階をすっ飛ばしている。

「榎本《えのもと》さんが？　なんで？　てか、俺のこと言っちゃったの？」

「あー。アタシが言ったっていうか、えのっちが見抜《みぬ》いたっていうか？」

マジかよ……。

俺と目が合うと、榎本《えのもと》さんは微妙《びみょう》な顔でうなずいた。

「……あんなにたくさんアクセのパーツを常備してるのは、さすがにおかしいと思う」

「あ、そっすね……」

ぐうの音も出ない。普段《ふだん》から日葵《ひまり》としか付き合わないから、一般《いっぱん》感覚が完全に抜《ぬ》け落《お》ちていた。

……まあ、それはいいか。俺は隠《かく》してるわけじゃないし。いずれ店を開いたら、俺が店先に立たなきゃいけないから。

「でも、なんで榎本《えのもと》さんがモデルを？」

「この前の修理のお礼に、何かないかって相談されてさー。だったら、たまにはアタシ以外にアクセを作ってみるのはどうかなーって。悠宇《ゆう》ってば、アクセを口実にこんな美人とイチャイチャできるなんてベリーラッキーじゃーん」

うりうりと脇《わき》を突《つつ》くんじゃないよ。ラッキーっていうか、マジで唐突《とうとつ》すぎてリアクション困るんだけど。

日葵《ひまり》が、榎本《えのもと》さんに同意を求めた。

「えのっち？　そうだよねー？」

「……っ!!」

榎本《えのもと》さんが、こくこくとうなずいた。

……よくわからないけど、嫌々《いやいや》って感じではなさそうだ。まあ、話がぶっ飛んでて意味わかんないけど、本人が納得《なっとく》してるならいいか。

「要は、モデルを変えることで何か刺激《しげき》があるかもってこと？」

「そういうこと。あ、ちなみに今回の撮影《さつえい》会の場所も押さえてるからね。えのっちのお家の洋《よう》菓子《がし》店を貸してくれるってさ」

「マジか!?　迷惑《めいわく》じゃない？」

「えのっちのお母さんにも、もう了解《りょうかい》取ってるよ。二週間後のＧＷなら、お客さんも少ないから大丈夫《だいじょうぶ》だろうってさー」

日葵《ひまり》が、再び榎本《えのもと》さんを見た。

「だよねー？」

「……っ⁉　え、えっと……お母さんに電話して聞いてみる！」

慌《あわ》ててスマホを取り出して……あ、落とした！

「榎本《えのもと》さん、大丈夫《だいじょうぶ》⁉」

「だ、大丈夫《だいじょうぶ》。よくやるから、ガラスフィルム貼《は》ってる。……もう、ひーちゃん。いきなり言わないでよ」

恨《うら》み言《ごと》を呟《つぶや》きながら、改めてスマホで通話を始める。

「……おい日葵《ひまり》。おまえ、実は許可取ってねえだろ？」

「んふふー。えのっちのお母さん、こういうイベント大好きだから断らないって」

そういう問題じゃないんですけど。

榎本《えのもと》さん、めっちゃ困ってんじゃん。……あ、お母さんに相談してる榎本《えのもと》さんが、右手で小さく『〇』を作った。オッケーらしい。

今でもお家《うち》の親交があるとはいえ、無理やりすぎる。

「……日葵《ひまり》。いつにも増して強引《ごういん》すぎない？」

「いやー、えのっちも引っ込み思案《じあん》だからさー。いちいち同意求めてると、いつまでも進まないんだよなー」

「は？　どゆこと？」

「んふふー。悠宇《ゆう》にはヒミツー♡」

その完璧《かんぺき》な笑顔《えがお》で、問答無用に黙《だま》らされる。

なんか変なこと企《たくら》んでそうだし、自腹でタクシー拾って帰りたい……。

♣♣♣

こんな片田舎《かたいなか》のイオンモールに、映画館なんて小洒落《こじゃれ》たものは存在しない。あるのは食品売り場と、飲食店と、ひたすら二階を占拠《せんきょ》する衣料品店。あとアホみたいに高い健康器具を売る催事場《さいじじょう》など。

その二階の片隅《かたすみ》。

エレベーター脇《わき》に、いつも行くアクセサリーショップがあった。基本的に女性用の小物を展開していて、アクセのパーツも豊富に取りそろえている。

そこで俺たちは、榎本《えのもと》さんを着《き》せ替《か》え人形にして遊んでいた。

「悠宇《ゆう》。この赤いガーネットの石はどうかなー？」

「いいね。やっぱ榎本《えのもと》さん、赤が似合うなあ」

「暖色系なら、こっちのオレンジのもいい感じだと思うけど」

「あー。一理ある……」

日葵《ひまり》と話していると、着飾《きかざ》られている榎本《えのもと》さんが微妙《びみょう》な顔で言った。

「夏目《なつめ》くん。なんか普段《ふだん》よりイキイキしてる……」

「え⁉ あ、ごめん。き、キモかった？」

「キモくはないけど。意外というか、なんというか……」

いや、絶対思ってるでしょ。むしろこの言葉のせいで引かれたままである。

俺たちの空気を察して、日葵《ひまり》が明るい声でフォローを……。

「いやー。悠宇《ゆう》ってほんとキモいよなー」

「おいこら。そこは『そんなことないよ』って言うタイミングだろ」

「は？ いやだってキモいし。悪いけど、かなりキモいよ？ いつも思うけど、アクセショップに入った瞬間《しゅんかん》、謎《なぞ》のガッツポーズする悠宇《ゆう》すごくキモーい」

「真顔でダメ出しすんのやめて⁉ あと、そういうのは見てても口にしちゃダメ！」

しょうがないだろ。だってテンション上がるんだもん！

俺たちが漫才《まんざい》してると、間に挟《はさ》まれた榎本《えのもと》さんが肩《かた》を震《ふる》わせていた。

「ぷっ。く、ふふ……あっ」

俺たちの視線に気づくと、慌《あわ》てて顔を逸《そ》らした。

日葵《ひまり》がしたり顔で言う。

「えのっちも大概《たいがい》、笑いの沸点《ふってん》低いよなー」

「おい日葵《ひまり》。それはマジで口にすんな」

ほら、顔が真っ赤になっちゃったじゃん。この子、マジで打たれ弱い。こんなんでよくもまあ日葵《ひまり》の昔馴染《なじ》みなんかやれてるよ。

「あの、夏目《なつめ》くん。ひーちゃん。……これは？」

気分を持ち直した榎本《えのもと》さんが言う。

なんで着《き》せ替《か》え人形にされてるのっていうことらしい。

まあ、俺たちもちゃんと話してなかった。いきなりアクセショップに連れて行かれて、次々に石を当てられても困るだろう。

「モデルやってくれるんなら、榎本《えのもと》さんに似合うアクセのタイプ検討したいと思って……」

「あ、そういう……」

榎本《えのもと》さんは納得《なっとく》したようだった。

納得《なっとく》しただけで、恥《は》ずかしいという気持ちは消えていないようだけど。さっきから店員さんが、すごい勢いで新作アクセ持ってきてくれるし。

……やっぱり、素材がいいと張り合いもあるんだろうなあ。わかるわかる。

「あ、悠宇《ゆう》。そっちのネックレス取って」

「おまえが取れよ」

「アタシ、今、えのっちの髪《かみ》いじってるからー」

「何それ。バンスクリップ？」

「えのっち素肌《すはだ》も綺麗《きれい》だし、髪《かみ》とかアップにしたらどうかなーって」

「あー。なるほど」

それはいい。具体的にいうと、女性のうなじはポイント高い。榎本《えのもと》さんみたいな美人なら、それだけで優勝まである。

「今はアタシ髪《かみ》短いし、こっちも新鮮《しんせん》かもよ」

「そうだな。……榎本《えのもと》さん、せっかくだし試《ため》してもいい？」

榎本《えのもと》さんがうなずいた。

本人の了解《りょうかい》を取ったので、堂々と試《ため》させてもらう。

展示ケースに並べてあるサンプルのネックレスを取って、それを榎本《えのもと》さんに渡《わた》そうとしたんだけど……。

「おい日葵《ひまり》。榎本《えのもと》さんの手ぇ塞《ふさ》ぐなよ」

「だって、えのっち髪《かみ》長くて、こっちじゃ持ちきれないんだもん」

その榎本《えのもと》さんと、困った感じで目を合わせる。彼女の手には、新作のアクセがわんさかと盛り付けられていた。

榎本《えのもと》さんの肩越《かたご》しに、日葵《ひまり》が顔を覗《のぞ》かせる。

「悠宇《ゆう》がつけてあげればいいじゃん」

「ええ……。いや、さすがに榎本《えのもと》さんが嫌《いや》だろ？」

よく知りもしない男子にアクセサリーつけられるとか、気分がいいわけないし。

しかし、日葵《ひまり》がにやっと笑った。榎本《えのもと》さんに耳打ちする。

「えのっちはいいよねー？」

「え？　あ、えっと……」

ちらっと、俺と目を合わせる。

躊躇《ためら》いがちにうなずく。

「わたしは、それでもいいけど……」

「日葵《ひまり》に気を遣《つか》う必要ないけど」

「き、気を遣《つか》ってるわけじゃないから。ほんと大丈夫《だいじょうぶ》っていうか……」

そうなのか……。

榎本《えのもと》さんモテそうだし、やっぱり男子とか慣れてるのかな。あんまり、そういうイメージじゃなかったけど。……あるいは、俺のことなんて男子として意識してないってことか。

ここで俺だけ渋《しぶ》ってると「やだー、夏目《なつめ》くん自意識過剰《かじょう》ー。キモキモキモキモーい」って言われちゃう。それはそれできついので、さっさと終わらせよう。

「じゃあ、じっとしてて」

榎本《えのもと》さんの背後は、日葵《ひまり》に占拠《せんきょ》されてる。

仕方なく、俺は正面から彼女の首に手を回す感じになった。ネックレスの留め具を、首の後ろに持っていく。

ふわっと、甘い香りがした。

なんか香水《こうすい》つけてんのか。日葵《ひまり》はそういうのつけないし、かなり新鮮《しんせん》だ。日葵《ひまり》が言うように肌《はだ》も綺麗《きれい》だし、髪《かみ》も手入れが行き届いてさらさらだった。お姉さんがモデルだし、榎本《えのもと》さんもお洒落《しやれ》に気を遣《つか》ってるんだろう。こんな美人にアクセのモデルを了解《りようかい》されるなんて、この先、あるかどうかわからない。さっきは急展開でビビったけど、日葵《ひまり》にも感謝しなきゃ。

そんなことを考えながら、ネックレスの留め具を留めようとした。そのとき、肩越《かたご》しに覗《のぞ》く日葵《ひまり》の目がにゅっと細まる。

……やべ。こいつ、また変なこと考えてやがる。

「ねえ、悠宇《ゆう》。アタシ、今日ずっと思ってたことあるんだけどさー」

「な、なんだ？」

日葵《ひまり》がにやーっと笑った。

右手を添《そ》えて、なんか甘ったるい声でささやいてきた。

「えのっちの私服、かなりえっちだよねー」

「ぶふっ⁉」

俺と榎本《えのもと》さんが、同時にびくうっとなった。

反射的に、俺の視線が下に落ちる。今日の彼女の服装は、レザー生地《きじ》のジャケットに、すらっとした感じのラメ入りのシャツ、そして太ももが見えそうな短いスカートだ。

いつも制服をだぼっと着崩《きくず》しているから印象に残ってなかったけど、改めて見るとスタイルがすごい。マジでモデルみたい。

てか、胸元《むなもと》がやばい。

シャツの襟《えり》が広いから、主張が激しい。何これグラビアですかって感じ。

……ふと視線を上げたとき、涙目《なみだめ》になってぷるぷる震《ふる》える榎本《えのもと》さんと目が合った。慌《あわ》てて目をそらす。

「ひ、日葵《ひまり》‼」

「ぷっはあーっ！　冗談《じょうだん》だって。悠宇《ゆう》、そんなに露骨《ろこつ》なリアクションしてると、童貞《どうてい》だってバレちゃうぞー」

「うるっせえ！　余計なこと言うな……てか、榎本《えのもと》さんに謝れよ！」

その榎本《えのもと》さんは、日葵《ひまり》の背後に回って首をがしっと摑《つか》んだ。これ以上ないくらいに顔を真っ赤にして、恨《うら》みの声を上げる。

「ひぃ～ちゃあああん……っ！」

「まあまあ。えのっちも落ち着き……痛たたた。えのっち、えのっち。アタシの首つまむのやめて。それ、悪戯《いたずら》した猫《ねこ》を黙《だま》らせるときの持ち方じゃん。アタシ猫《ねこ》じゃないからさ～」

完全に天罰《てんばつ》だわ。

むしろ猫《ねこ》の悪戯《いたずら》と同格だと思ってる時点で罪深い。

……でも、アレだ。なんか大人っぽい見た目の榎本《えのもと》さんが頬《ほお》を膨《ふく》らませているのは、不覚にも可愛《かわい》いとか思ってしまった。

「ほら、えのっち。お詫《わ》びに、悠宇《ゆう》がランチおごってくれるって」

「待てや。明らかにおまえの責任だろうが」

「えー。いい思いしたのは悠宇《ゆう》でしょ？」

「風評被害《ふうひょうひがい》も甚《はなは》だしいぞ。おまえが変なことしなければ……」

「あ。アタシ、カレー食べたいなー。いつもの一階のインド料理店行こうよー」

「マジで聞いてねえし!?」

そんなことやってると、店員さんからじろっと睨《にら》まれた。

はい、他のお客さんに迷惑《めいわく》ですね。今日はこの辺で撤退《てったい》します。試作用のアクセのパーツを購入《こうにゅう》し、俺たちはアクセショップを後にした。

♣♣♣

遅《おそ》い昼飯の後、俺たちは一階のフラワーショップに立ち寄った。

試作アクセのパーツも買ったので、次は花のサンプルを仕入れにきたのだ。これを学校で試《ため》して、GWまでに撮影《さつえい》用の新作を決める。

この店は、規模は小さいけどすごく品揃《しなぞろ》えがいい。手入れも行き届いているし、いつきても瑞々《みずみず》しい香りに満ちている。

店頭には、華《はな》やかなプリザーブドフラワーの花束が展示されている。ちょっとしたお土産《みやげ》やプレゼントにもちょうどいい。ハロウィンやクリスマスには、カボチャやサンタを模した容器に入れて売られていたりする。

店内に入ると、花々のいい香りが充満《じゅうまん》していた。

まず目を引くのは、壁《かべ》一面の大きなショーケースだ。ガラス張りのそれには、常温ではすぐに枯《か》れてしまう繊細《せんさい》な生花が展示されている。底面に走った溝《みぞ》にちょろちょろと水が流れ、その音が涼《すず》やかなBGMとなっていた。

店内の通路には、俺たちの背丈《せたけ》ほどもある棚《たな》がずらりと並ぶ。それにスタッフが用意した生け花の鉢《はち》が並んでいる。店頭側には、色彩《しきさい》豊かなもの、奥に行くにつれて百合《ゆり》などの色味のシンプルな鉢《はち》が並んでいた。……けっこう狭《せま》いので、俺はいつも身体《からだ》を横にして進む。

そして奥の壁《かべ》には、一面に垂《た》れ咲《ざ》きの花が飾《かざ》ってあった。藤《ふじ》とか、しだれ朝顔みたいな、幾《いく》重《え》にも蔓《つる》を伸《の》ばすタイプの花々だ。

「わあっ」

榎本《えのもと》さんが、ほうっと見上げる。

それはまるで、生花でできた色彩豊《しきさい》かな津波《つなみ》のようだった。他のフラワーショップはこんなに大量に設置しないけど、ここの展示は圧巻だ。俺も初めて見たときは圧倒《あっとう》された。

榎本《えのもと》さんが、興奮した様子で言った。

「な、夏目《なつめ》くん！　こんなのがあるなんて知らなかった！」

「喜んでもらえてよかったよ。ここの展示は、厚みがすごいよね」

「うん、うん。あのときに似てるね！」

「い、いい、あのとき？」

俺が聞き返すと、榎本《えのもと》さんはハッとした。

それから「な、なんでもない……」と向こうに逃《に》げてしまった。……なんだろう。俺、なんか変なことした？

「……まあ、いっか」

ちょっと傷ついたけど、とりあえず試作の花をチョイスしないと。

ぶらっと店内を回っていると、すぐに日葵《ひまり》が寄ってきた。その手には、小さなサボテンの鉢《はち》があった。お祖父《じい》さんへのお土産《みやげ》だろう。あの人、盆栽《ぼんさい》とか好きだから。

「悠宇《ゆう》。どれ買うか決めたー？」

「うーん。とりあえず、さっき暖色系がいいって感じになったから、それに合わせようと思ってるんだけど」

生花のショーケースを眺《なが》める。

その一角を指さして、日葵《ひまり》が言った。

「ナデシコとか、マリーゴールドは？」

「それは、今、学校で育ててるからさ。どうせ仕入れて作るなら、俺たちが育ててないやつがいいかも」

「じゃあ、薔薇《ばら》とか？」

「まあ、愛の花の代表格だよなあ。でも、ちょっと気が進まない」

「なんで？」

「あれって、美人にはトゲがあるって代名詞だろ？　榎本《えのもと》さんは、ほら……」

日葵《ひまり》はぷっと噴《ふ》き出《だ》した。

俺の言わんとすることを悟《さと》ったらしい。

「確かに、えのっちは逆だねー」

「トゲがありそうで、すげえ素直《すなお》っぽいし」

「わかってきたじゃん。えのっち、可愛《かわい》いでしょ？」

「まあ、可愛《かわい》いとは思うけど」

だから何だって言えば、そんな感じ。

榎本《えのもと》さんは可愛《かわい》いけど、今後も俺に関係があるわけじゃない。今回は、アクセ修理のお礼でモデルを引き受けてくれただけだ。

すると、日葵《ひまり》がため息をついた。

「悠宇《ゆう》は枯れてるなー。あんな綺麗《きれい》なお花アクセを作るやつとは思えないねー」

「ハッ。そりゃ悪かったな。いいんだよ。俺には日葵《ひまり》がいりゃ十分だ」

「えー。何それ。とうとう犬塚《いぬづか》家に籍《せき》を入れる気になったの？」

「論理の飛躍《ひやく》ってレベルじゃねえぞ……」

毎日が楽しいって話をしてるだけ。……俺は絶対に義弟《おとうと》にはならない！

すると、向こうから花を眺《なが》めながら榎本《えのもと》さんが近づいてきた。すかさず日葵《ひまり》が、その手を取って引き寄せる。

「ねえ、えのっちはどれがいいと思うー？」

「わっ⁉　ひ、ひーちゃん……」

女子が花の中でキャッキャしてんのは、非常に画になる。

しかもキャストのレベル高ぇし。正直、この風景だけインスタに載《の》せても頂点獲《と》れそう。

「えのっちも好きなの言ってよー。えのっちのためのお花なんだからさー」

「え、えっと。わたし、詳《くわ》しくないし……」

「大丈夫《だいじょうぶ》、大丈夫《だいじょうぶ》。こういうのは理屈《りくつ》より感覚で選ぶものだから」

「で、でも……」

なぜか、榎本《えのもと》さんがじっと俺を見ている。

何だろうか。さっきも、俺に対してちょっと態度ぎこちなかったし。なんか変なことしたっけ……てか、さっきの試着のときのやつ謝ってないじゃん!?

「ひ、日葵《ひまり》。あのさ……」

「どしたん?」

「ほら、さっきの。ちゃんと謝ってないし……」

「……あー。ゴメンゴメン。アタシ、全然気がつかなかったよー」

さすが日葵《ひまり》。これだけで、俺の言いたいことを察してくれた。

日葵《ひまり》に取り持ってもらって、うまいこと謝りたい。せっかくモデルを引き受けてくれたのに、気分が悪いのを引きずるのはアレだし。

日葵《ひまり》が、榎本《えのもと》さんに言った。

「アタシちょっと喉渇《のどかわ》いたから、あっちのタリーズで飲み物買ってくるよー。えのっちも甘いやつでいい？」

「ちょ、日葵《ひまり》⁉」

日葵《ひまり》はにやっと笑うと、俺に向かってビシッと親指を立てた。

いや、誰《だれ》も「ちょっと榎本《えのもと》さんと二人きりになりたいから席外せよ」とか言ってねえよ。何を一仕事したみたいな満足げな顔してんの。こいつ全然、察してくれてねえわ。いや、むしろ察してるからこその悪戯《いたずら》か。

「ひ、日葵《ひまり》！　おまえ、絶対にわざとだろ⁉」

「これも訓練だって。お客さんに満足してもらえるアクセ職人目指すんでしょ？」

「そ、そうだけど……」

「それに喉渇《のどかわ》いたのはほんとだしなー。それじゃ、健闘《けんとう》を祈《いの》る！」

去り際、ぽんと榎本《えのもと》さんの肩《かた》を叩《たた》いた。

「えのっちもね？」

「……っ⁉」

なんか意味深なことを言って、日葵《ひまり》はフラワーショップを出ていった。

……榎本《えのもと》さんもって、どういうこと？

あ、いや。それより榎本《えのもと》さんだろ。絶対に心細いに決まってるし。

「日葵《ひまり》も困ったやつだよ」

「う、うん……」

「そういえば、榎本《えのもと》さんって小学校の頃《ころ》の友だちなんだよね。日葵《ひまり》って、子どもの頃《ころ》もこんな強引《ごういん》な感じだったの？」

とりあえず、共通の話題で雰囲気《ふんいき》を摑《つか》む。

日葵《ひまり》さん、超《ちょう》便利だわ。まあ、榎本《えのもと》さんにしか使えないから汎用性《はんようせい》低いけど。

「わたしが配達に通ってたとき、ひーちゃん、もっと静かな子だったし……」

「そ、そうなんだ。マジで想像つかねえ」

「ずっと部屋の奥で絵本読んでた。ひーちゃんのお母さんから、友だちになってあげてねって言われて……」

「へえ。なんか立場的に、今と逆だった感じ？」

「そうかも。でも、全然、打ち解けてくれなくて。お菓子《かし》とかで釣《つ》ってみたんだけど、それだけ取られて逃《に》げられちゃったり……」

つい、ぶっと噴《ふ》き出《だ》した。

身構えてなかった分、かなりツボに入った。俺が必死に笑いを堪《こら》えていると、榎本《えのもと》さんが不安そうに言う。

「ど、どうしたの？」

「いや、その日葵《ひまり》の行動、マジでうちの大福《だいふく》と同じだなって」

「大福《だいふく》？」

「猫《ねこ》の名前。うち、猫《ねこ》飼ってるんだよ。姉さんたちには懐《なつ》いてるんだけど、俺にだけは絶対に懐《なつ》かない。チュール見せても、それだけ奪《うば》って逃《に》げてくのが小学生の日葵《ひまり》と一緒《いっしょ》だ」

「あ、いいな。うちって食品扱《あつか》うから、お母さんにペットはダメって言われてて……」

「犬とかなら、外で飼えるんじゃない？」

「お母さん、子どもの頃《ころ》に犬に噛《か》まれたらしくて……」

「あー。なるほど。あいつらは遊んでるつもりだけど、爪《つめ》とか牙《きば》ってけっこう怖《こわ》いし」

「わたし猫《ねこ》好きだから、羨《うらや》ましい」

「じゃあ、今度うちくる？　姉さんたちが嫁《よめ》に行ってから、大福《だいふく》も遊び相手いなくて暇《ひま》そうにしてるし……」

咲姉《さくねえ》さんは面倒《めんどう》くさがりだから、最近は大福《だいふく》と遊んでやんないんだよ。父さんと母さんは仕事が忙《いそが》しいし。

でも、なぜか俺とだけは絶対に遊ぼうとしない。「おまえに屈服《くっぷく》するくらいなら死を選ぶ」くらいの意地を感じ……ん？

「…………」

榎本《えのもと》さんが、かあっと頬《ほお》を染めていた。

なんで？　俺、なんか変なこと言ったか？

……言ったわ。

やべえ。これじゃ猫《ねこ》を口実に女子を連れ込むナンパ野郎《やろう》だろ。待って待って。さすがに早いから。いや、早いとか遅《おそ》いとかいう話じゃなくて……じゃなくてフォローっ！

「もちろん、日葵《ひまり》と一緒《いっしょ》に！」

「う、うん。……ありがと」

よしセーフ。

何もセーフじゃないけど、とにかく会話を進めよう。このままショーケースの前で突《つ》っ立《た》って、日葵《ひまり》を待っておくつもりか？

「正直なところ、榎本《えのもと》さんはどんな花がいい？」

「わたしは、なんでも……」

「実は、今回はモデルの要望に応えていこうって方向性でさ。俺の都合で悪いんだけど、できれば好みを聞きたいっていうか……」

「うーん……」

榎本《えのもと》さんは、真剣《しんけん》な様子で悩《なや》んでいた。

少しして、ぽつりと言う。

「……大きいやつ」

「それ、花がってこと？」

「う、うん。大きい花のほうが、わたしは好き」

わかりやすい。確かにこういう要望って大事な気がする。それに対応も簡単だし。これで満足度が上がるっていうなら、いくらでも聞きたい。

「確かに榎本《えのもと》さんにぴったりかもしれない」

「そうなの？」

「ほら。榎本《えのもと》さん、すげえ美人じゃん？　目を引くタイプっていうかさ。たぶん大きい花のアクセでも、存在感が負けないと思うんだよ。実際、月下美人のアクセも大きいけど、榎本《えのもと》さんは完璧《かんぺき》に自分のイメージに染めてるし……あれ？」

なんか榎本《えのもと》さんが、顔を真っ赤にしていた。口元を手《て》の甲《こう》で隠《かく》して、こっちに顔を見せないようにしている。

今の説明で、なんか気になること言ったか？　いや、この対応は、日葵《ひまり》にからかわれたときと同じ……てか、俺、めっちゃ口説いてるわ。いつも日葵《ひまり》と話してる感覚になってた。

「あ、あの。変な意味じゃなくて……」

「わかってる。いちいち言わないで……」

「なんか色々ごめん……」

マジで大失敗。

さっきから、俺の理性のストッパーが故障してる。……何でだ？　日葵《ひまり》以外の女子とこんな感じで会話できるなんて、いつもなら絶対にあり得ないのに。

俺が内心でがくがく震《ふる》えていると、榎本《えのもと》さんが言った。

「そ、それで、どれにするの？」

おおっと。無事に会話続行。

ありがとうございます。榎本《えのもと》さんって、外見きつそうだけどマジで優《やさ》しい。

「花が大きくて、テーマが『恋愛《れんあい》』か。じゃあ、いっそ花言葉が『愛』とか『思いやり』のチューリップがいいかも……」

「……チューリップって、あのチューリップ？」

榎本《えのもと》さんが、かなり不思議そうだ。

まあ、そうなるか。チューリップってポピュラーだけど、それゆえに本当の姿が知られてない花でもあるし。

「チューリップって童謡《どうよう》とかの題材だから幼いイメージあるんだけど、実際に見るとかなり色っぽい花なんだよ。ほら、ショーケースのこっちにも飾《かざ》ってるだろ？　このワインレッドの花とか、榎本《えのもと》さんにもぴったりだと思う」

ショーケースの隅《すみ》の、五色のチューリップの花束を指さした。

榎本《えのもと》さんが、興味深そうに覗《のぞ》き込む。その花は、口をすぼめるような形で咲《さ》いていた。大きな花弁が折り重なる様子は、どこか幾何学模様《きかがくもよう》のような神秘的な印象がある。

「ほんとだ。なんか大人っぽい……」

「花の開き方でも、もっと印象が変わるよ」

「花の開き方？　全部一緒《いっしょ》じゃないの？」

「チューリップって、気温によって開き方が変わる花なんだ。ショーケース内は温度を一定に保ってるから変わらないけど、外で育ててるとよくわかる。前に日葵《ひまり》と一日ずっと観察したときの動画が残ってるから、もし興味があったら……」

と、言いかけてやめた。

榎本《えのもと》さんがぽかんとした顔で俺を見ていたからだ。……久々にやっちゃった。

「ごめんね。こんな話されても、キモいだけだよな……」

「え。どうして？」

「いや、昔からよくあったから。野球とかドラマも、あんまり興味なかったし。そのせい……ではないかもしれないけどさ。昔から付き合い悪くて、友だちいなかったんだよ。おまえの話つまんねーって100万回言われたし」

実際、うちの家庭は女4人・男2人の女帝《じょてい》気質だった。あんまり男子の遊びに意識を割《さ》いてもらったことはない。父さんも母さんも、ずっと忙《いそが》しかったし。それはしょうがなかった。

とはいえ、それは子ども社会には関係ない。女っぽい遊びは排他《はいた》されるし、かといって女子社会に溶《と》け込むには、姉さんたちの凶暴《きょうぼう》なイメージが強すぎた。

友だち……マジでいなかった。ずっと花ばかりいじってたし。こんな趣味《しゅみ》を認めてくれたのも、日葵《ひまり》くらいじゃないか？

「チューリップの代金、払《はら》ってくる。榎本《えのもと》さんは、店の外で日葵《ひまり》を待ってて……」

レジカウンターに行こうとして、俺は引き留められた。

振《ふ》り返《かえ》ると、榎本《えのもと》さんが俺の服の袖《そで》を指でつまんでいる。じっと俺の顔を見上げて、微《かす》かに震《ふる》える声で聞いた。

「どうして、そんなに花が好きなの？」

「…………」

え、ってなった。

そこを突《つ》かれるとは思わなかった。でも、気になるのもわかる。これまでも、茶化し目的で聞いてくるやつは多かった。

「それ、言わなきゃダメ……？」

「うん」

「あの、モデルは感謝してるけど、さすがにプライベートまで教えるのは……」

「言って」

マジかよ……。

榎本《えのもと》さんってアレか。実はあんまり空気読んでくれない人なのか。ちょっと意外……でもねえか。なんか唯我独尊《ゆいがどくそん》って雰囲気《ふんいき》はあった。

俺は榎本《えのもと》さんの命令を拒否《きょひ》できない。……たぶん、榎本《えのもと》さんが姉さんたちに似てるからだと思う。

この真珠《しんじゅ》みたいに綺麗《きれい》な瞳《ひとみ》に見つめられると、なんか緊張《きんちょう》してしまう。心臓が跳《は》ねて、喉《のど》が渇《かわ》く。身体《からだ》がうまく動かなくなるし、実際、あんな細い指でつまれただけの袖《そで》を振《ふ》り払《はら》うこともできなかった。

彼女の左手首にある、俺の作ったフラワーアクセが目についた。

月下美人。

一夜しか咲《さ》かない美しい花だ。

その花は開花直前になるとつぼみが上を向き、芳香《ほうこう》を漂《ただよ》わせながら花びらが開く。艶《あで》やかな見た目に反し、その香りは強烈《きょうれつ》だ。あまりに独特なせいで、好きではないという人も多い。

でも、その香りが癖《くせ》になるとお終《しま》いだ。たった一夜、それも数時間しか咲《さ》かない出会いのために、心血を注いで花の世話をすることになる。

榎本《えのもと》さんの真剣《しんけん》な瞳《ひとみ》を見て、そんなことを思ってしまった。

俺は白状した。

「……小学校の頃《ころ》、旅行で隣《となり》の県の植物園に行ったんだよ。知ってる？　由布《ゆふ》に近い温泉街にあるんだけど」

「うん。知ってる。地面が温かいのを利用して、熱帯の植物を展示してるんだよね。サボテンとか、オオオニバスとか……」

やけに返事が早かった。

榎本《えのもと》さんも行ったことあるんだろうか。

「そこで、姉さんたちとはぐれてさ。ずっと探し回ってたんだけど、どこかのビニールハウスで疲《つか》れちゃって。休憩《きゅうけい》しようと思ったとき、可愛《かわい》い女の子と知り合ったんだよ」

白いワンピースを着た、黒髪《くろかみ》の女の子だった。

どこからきたのかも知らない。その子も迷子だった。

とにかく可愛《かわい》くて、すごく気の弱そうな女の子だった。ビニールハウスの隅《すみ》でうずくまって、一人でめそめそ泣いていた。俺だって家族とはぐれて大変だったのに、でも仕方なく一緒《いっしょ》にその子の家族も探してあげたんだよ。

その子、ずーっと泣いてた。俺の手間が倍増したまである。でも、俺の服の裾《すそ》をぎゅっと握《にぎ》って放《はな》さなくて……なんか放っておけなかった。

近くの係員に言えばいいとか、そういう知恵《ちえ》はなかった。とにかく探しまくって、その子の家族を見つけて……そのまま俺たちは、さよならをしたんだ。

「その子が、展示してある花がほしいってわがまま言ってさ。あんまり泣くから、俺が取ってあげたんだ。本当はダメなんだけど、小学生だったし。その子、それをずっと持ってた。今日の思い出に持って帰るって。でも家族が見つかったときには、しおれてたんだよね」

……思えば、あのときからだ。

俺は花に興味を持つようになって、いつの間にか……それを長持ちさせる方法にたどり着いていた。

「花を育てるだけじゃなくて、うまく加工できたら……もしかしたら、いつかその子に届くこともあるんじゃないかって……あっ」

そこまで言って、ハッとした。

言いすぎた。榎本《えのもと》さんが聞きたかったのは、俺が花を好きな理由だ。その後のアクセを作る経緯《けいい》は言わなくていい。

このエピソードは、さすがに女々《めめ》しすぎる。日葵《ひまり》にも1000万回は笑われたし。

「……き、キモいだろ？　このくらいで勘弁《かんべん》してほしいんだけど」

俺は榎本《えのもと》さんの手を振《ふ》り払《はら》った。

少し乱暴になったのが気になった。けど、それどころじゃない。この話だけは、他の人にはしたくなかった。マジで日葵《ひまり》にしか話したことないし。

「俺、チューリップの会計してく……ぐえっ⁉」

また後ろに引かれた。

今度は襟《えり》を摑《つか》まれたのだ。さっきより命の危機に直結している。

「な、何だよ。榎本《えのもと》さん、そんなに今の話が可笑《おか》し……」

振《ふ》り返《かえ》って、つい黙《だま》ってしまった。

榎本《えのもと》さんが、ぽうっと熱に浮《う》かされたような顔をしていたからだ。左の手《て》の甲《こう》で口元を隠《かく》して、視線だけ俺に向けていた。

「ハイビスカスの花だったよね？　その子が、持って帰ろうとした花……」

「え？」

俺は呆《ほう》けた。当たりだったからだ。

ハイビスカス。

南国で咲《さ》く大きな赤い花。ハワイ州の花だ。日本では、沖縄などで見られる。花言葉は『纖《せん》細《さい》な美』……『新しい恋《こい》』。

「な、なんで知ってんの？　もしかして、日葵《ひまり》から聞いた？」

榎本《えのもと》さんは首を振《ふ》った。

俺から視線を逸《そ》らしながら、消え入りそうな声で言う。

「すごく綺麗《きれい》だった。ビニールハウスの中で、ぶわあって一面に真っ赤な花を咲《さ》かせてた。夏《なつ》目《め》くん、その子の赤っぽい黒髪《くろかみ》に似てるって言ったよね」

「……い、言った、気がする、けど」

するると、榎本《えのもと》さんの口元がちょっとだけ緩《ゆる》んだ。自身の髪《かみ》をすくって、指先でくるくると弄《もてあそ》ぶ。……彼女の赤みのある艶《あで》やかな黒髪《くろかみ》が揺《ゆ》れる。

「その言葉が嬉《うれ》しくて、持って帰ろうとしたんだよ。その子、この赤みのある髪《かみ》が嫌《きら》いだったから。小さい頃《ころ》から、みんなに変な色って馬鹿にされてさ。でも、それからは、これでもいいかなーって思うようになれて、えっと、何が言いたいのかっていうと、その……」

その、と言って、両手で顔を覆《おお》ってしまった。

左の手首に巻かれた、月下美人のアクセ。それがなんだか、俺たちをにやにや見ているような気がした。

「夏目《なつめ》くんの花。その子に、ちゃんと届いてるから……」

「…………」

俺は思わず、そっぽを向いた。

てか、この状況《じょうきょう》で榎本《えのもと》さんの顔なんて見れるわけないじゃん。俺はやっとのことで、これだけを伝えた。

「お、教えてくれて、ありがと……」

「ん……」

榎本《えのもと》さんは「えへ」と笑った。それが可愛《かわい》すぎて、心臓が破裂《はれつ》するかと思った。

……俺は七年ぶりに、初恋《はつこい》の女の子に再会したらしい。

俺の胸は高鳴った。身体《からだ》が震《ふる》えた。このときの複雑な気持ちをあえて表現するなら……死ぬほど気まずいので、日葵《ひまり》さんマジで早く戻《もど》ってきてって感じ。

◇◇◇

一昨日《おととい》のバス停で、えのっちが言った。

『二年前。お姉ちゃんがこの月下美人のアクセを持って帰ったとき、一目でわかった。どうしてかはわからなかったけど、あのときの男の子が思《おも》い浮《う》かんだ。……本人は、ちょっと身体《からだ》大きくなっててびっくりしたけど』

その話を聞きながら、アタシは唖然《あぜん》としていた。

だってその話なら、悠宇《ゆう》から何度も聞いていた。植物園も、ワンピースの女の子も――そして真っ赤なハイビスカスも。

こんなことってある？　まるで漫画《まんが》みたい。いや、あり得ないよ。どういう確率が起こったら、こんなことになっちゃうの？

これは運命だって思った。

てか、そう思う以外に何があるの？

（えのっちなら、悠宇《ゆう》を任せていいのでは……？）

むしろ、そうするべきのような気がした。

悠宇《ゆう》を理解してくれる相手にしか悠宇《ゆう》は任せられないと思ってたけど、これほどのレベルで出現するとは思わなかった。

むしろ親友《アタシ》なんかより、ずっと悠宇《ゆう》に近い存在だ。

アタシは決めた。

この恋《こい》を応援《おうえん》すると。

拳《こぶし》を握《にぎ》りしめて、天に誓《ちか》ったね。悠宇《ゆう》の心《しん》の戦友《せんゆう》として、アタシがばっちり成就《じょうじゅ》させて進ぜよう。

スマン、兄上！　あんたの義弟《おとうと》くんは、余所《よそ》にお婿《むこ》に行くことになりました！

お花屋さんを出た後、アタシはタリーズへ飲み物を買いに行った。

「まずはコレだねー」

ふわふわのクリームをたっぷりトッピングしてもらったアイスハニーミルクラテ。

何を隠《かく》そう、悠宇《ゆう》が大好きなドリンクなのだ。あいつ、あんな仏頂面《ぶっちょうづら》で甘いの大好きちゃんだからなー。えのっちのお家《うち》が洋菓子《ようがし》店ってのも運命的。相性抜群《あいしょうばつぐん》かー？

あえて、アタシはそれを一つだけ買った。

そしてストローを二本刺《さ》した。

これは、悠宇《ゆう》とえのっちで一緒《いっしょ》に飲んでもらおう。

しょうがないんだよなー。だってアタシの腕《うで》は二本しかないからさー。ドリンクも二本しか買えない。アタシのフルーツティーを諦《あきら》めるわけにはいかないから、悠《ゆ》宇《う》とえのっちが二人で一つになるのはしょうがない。小学生でもわかる理論。いやほんと……ふふっ、あいつら律儀《りちぎ》に一緒《いっしょ》に飲もうとするんだろうなー。二人とも、根が真面目だもんなー。

照れるがいい。

そして互《たが》いを強烈《きょうれつ》に異性として意識してしまうがいいよ。

うーん。でも、悠《ゆ》宇《う》って鈍感野郎《どんかんやろう》だからなー。案外、このくらい平然とこなしてしまうかもしれないなー。

ま、それならそれでいっか。えのっちが一人で照れまくってるところを見られれば満足。今日は美少女の照れ顔が大量入荷《にゅうか》しちゃったなー。眼福すぎて一週間はネタに困らねえぜ！

（さて、お花屋さんに戻《もど》ってきたけど……）

悠《ゆ》宇《う》たちの姿は見えなかった。

まだ買い物してるのかな。終わったら、たぶん店の前で待ってると思うんだけど。

ひょこっと店内を覗《のぞ》いた。二人で並んで何か盛り上がってるのが見える。

……へえ。意外。

てっきり気まずい沈黙《ちんもく》に包まれてると思ったのに。悠《ゆ》宇《う》も案外やるなー。

でも、とりあえず二人の時間はお終《しま》いにしてもらおっか。クリーム溶《と》けちゃうし。悠《ゆ》宇《う》たちがアタシのミラクル可愛《かわい》いスマイルを待っている！

「ゆっう〜っ！　早く会計終わらせて、次に行こ……おや？」

二人の緊張《きんちょう》した雰囲気《ふんいき》に、アタシは思わずショーケースの陰《かげ》に隠《かく》れた。

えのっちが悠宇《ゆう》を捕獲《ほかく》してるみたいな体勢だった。悠宇《ゆう》のやつ、首根っこ掴《つか》まれた状態で何を話してるんだろう。

（あっ……）

耳を澄《す》ますと、えのっちの言葉が聞こえた。

「夏目《なつめ》くんの花。その子に、ちゃんと届いてるから……」

熱に浮《う》かされるように、えのっちが言った。

それはまるで、彼女なりの愛の告白だ。

その瞳《ひとみ》があまりに必死で、アタシですら呆然《ぼうぜん》と見惚《みと》れてしまった。何年も何年も胸に秘めた気持ちを吐露《とろ》するとき、女の子はあんなに可愛《かわい》くなるのだろうか。あんな強い感情を正面からぶつけられて、揺《ゆ》らがない男の子がいるとは思えない。

そして悠宇《ゆう》は……すごく戸惑《とまど》ってた。

いつもの仏頂面《ぶっちょうづら》が、いとも容易《たやす》く崩《くず》されていた。その顔は恥《は》ずかしそうで、混乱していて……でも、決して嫌《いや》そうではなかった。

それはそうだ。

初恋《はつこい》の女の子が、こんな形で目の前に現れた。しかも、えのっちみたいに可愛《かわい》くなって。ほんとに漫画《まんが》みたいだ。

アタシは自分が間違《まちが》っているのを知った。

この二人は、アタシが手助けするまでもなかったのかもしれない。

だって二人は、出会うべき運命で繋《つな》がっているんだ。

すごく嬉《うれ》しいよ。

アタシの大事な親友と、アタシの大事な昔馴染《なじ》みの子が、そんなに幸せな未来を約束されてるんだもん。祝福しないはずがない。

でも、なんでだろうな。

(悠宇《ゆう》が、遠くに行っちゃう……)

そう思ったとき、アタシの足が逃《に》げるようにお花屋さんを出たのは……ほんと、なんでだろうな。

Ⅲ 〝愛の告白〟

朝、俺は学校の駐輪場《ちゆうりんじよう》に自転車を停《と》める。

あの土曜日が終わって、日曜が過ぎて、月曜日になった。

……やべえ。

この二日、全然、寝《ね》れてない。おかげで欠伸《あくび》が止まらない。

……頭の整理がつくわけねえだろ。俺の人生に、何が起こってんだ。イオンではびっくりしすぎて、あれから榎本《えのもと》さんとあまり口利《き》いてないし。二人でタクシーで帰る道中が、マジで気まずくてしょうがなかった。

校舎に向かってると、後ろから日葵《ひまり》の声が飛んできた。

「悠宇《ゆう》。おっはよ――――っ!!」

頭がキンキンする。マジで元気なやつ。

イオンのときだって、飲み物買いに行くって言って一人で先に帰りやがったし。何度ライン送っても既読《きどく》無視だし。

……まあ、今はありがたい。少しでも気が紛《まぎ》れればいいんだけど。

「おう、日葵《ひまり》。おは……よう？」

日葵《ひまり》がいつもの笑顔《えがお》で手を振《ふ》っていた。

……三メートルくらい向こうで。

え、何なの？　めっちゃ遠いんだけど。なんでそんな微妙《びみょう》な距離《きょり》なの？　こっちに向かってくるわけでもなく、じっと直立して手を振《ふ》り上《あ》げている。イオンの衣料品コーナーのマネキンみたいだ。

「日葵《ひまり》。どうしたん？」

「え。なんのこと？」

「いや、こっちこいよ」

「…………」

日葵《ひまり》は笑顔《えがお》のまま、その場でハイタッチする。

……何もない空気に向かって。

「へーい、悠宇《ゆう》。なんか元気ないじゃーん」

何事もないように続行しやがった。

なんなの？　回線バグったネットゲームみたいになってる。マジで怖《こわ》い。こいつ、土曜は普《ふ》通《つう》だったよな？

「な、なんかあったの？」

「え？　なんのことかなー？」

「いや、それは無理があるだろ。俺がなんかしたなら……」

日《ひ》葵《まり》のほうに向かった。

するとすかさず距《きょ》離《り》を取られる。俺が進んだ分、日《ひ》葵《まり》が後ろに下がった。俺が戻《もど》ると、日《ひ》葵《まり》も戻《もど》ってくる。

きっちり三メートルを保ちながら、じーっと見つめ合った。

「いや、マジで何なの!?　おまえ、おかしいだろ！」

「ぎゃあーっ！　悠《ゆ》宇《う》、寄るな！　それ以上は寄るなーっ！」

「だから、なんでだよ!?」

てか、マジで生徒たちがいるところではやめてほしい。なまじ日《ひ》葵《まり》が可《か》愛《わい》い分、かなり目立っちゃうんだけど。

「俺、なんかした？　なんか気に障《さわ》ることしたなら……」

「あぁ～。そういうわけじゃないんだけどさー。なんとなく、悠《ゆ》宇《う》とは三メートルくらい離《はな》れたい気分だなーって……」

どういう気分なんだよ。衛星みたいにまとわりつかれるほうの身にもなってほしい。

すると、後ろから声がかけられた。

「ゆーくん。おはよ」

振《ふ》り返《かえ》って、どきっとする。

榎本《えのもと》さんだった。いつもの冷たい表情で、俺をじーっと睨《にら》み上げていた。

「…………」

心の準備ができていない。

俺が口をぱくぱくさせていると、彼女はむっと眉根《まゆね》を寄せた。俺の制服の袖《そで》をつまんで、くいくいと引く。もう一度、しっかりと挨拶《あいさつ》を口にした。

「お・は・よ」

「……お、おはよう」

有無《うむ》を言わさぬ気迫《きはく》に、俺も挨拶《あいさつ》を返す。

すると榎本《えのもと》さんは照れたように視線を逸《そ》らして「えへ」と笑った。その可愛《かわい》い仕草が、ぐさっと胸に刺《さ》さる。

……え、何なんですか。この子、一気に親しげじゃない？　土曜にイオンで挨拶《あいさつ》したときと大違《おおちが》いなんですけど。一晩経《た》ったら台詞《せりふ》が戻《もど》るゲームの村人じゃなかったの？

そんな俺の動揺《どうよう》など知らないように、榎本《えのもと》さんが首をかしげた。

「ゆーくん。何してるの？」

……ゆーくん。俺のあだ名ね。

なんか土曜にバイバイするとき、次回からこう呼ぶことに決まったらしい。ついでにラインも交換《こうかん》した。……それが限界だったけど。

「いや、日葵《ひまり》が……」

「ひーちゃん？」

榎本《えのもと》さんが目を向けた。

三メートル先の日葵《ひまり》が、びくっと震《ふる》える。

「…………」

「…………」

謎《なぞ》の沈黙《ちんもく》。

日葵《ひまり》が緊張《きんちょう》した面持《おもも》ちで、じりじりと後ずさる。おそらく、このまま後方に逃亡《とうぼう》するつもりだろう。……いや、授業どうするつもりだよ。

「ゆーくん。わたしがやる」

すると、榎本《えのもと》さんが動いた。

肩《かた》にかけた鞄《かばん》に、右手を差し込む。取り出したのは……綺麗《きれい》にパッケージされたクッキーだった。

「ひーちゃん。クッキー持ってきた」

「え、ほんと⁉ やった！」

日葵《ひまり》が近寄ってきた。

そしてクッキーを受け取る寸前──首の後ろを『ぐわしッ』と捕《と》らえられる。

「ぎゃあーっ⁉ えのっち、騙《だま》したなーっ！」

「ひーちゃん。どうしたの？」

「首根っこ掴《つか》みながら普通《ふつう》に会話すんなーっ！ アタシ、猫《ねこ》じゃなくて人なんですけど⁉」

「同じようなもんじゃん。ほら、こんなところで遊んでないで教室行こう」

「わかった！ わかったから離《はな》してよーっ！」

……すっげえ。

あの日葵《ひまり》が、完全に弄《もてあそ》ばれている。きっとこれが、小学生のときのアレコレで磨《みが》いた技《わざ》なんだろうなあ。

下足場で靴《くつ》を脱《ぬ》いで、三人で教室に向かった。

日葵《ひまり》の距離《きより》は戻《もど》ったけど、さっきから文句たらたらだ。

「えのっち、いつも強引《ごういん》だもんなー」

「ひーちゃんが悪いんじゃん。いつも人を困らせることばかりするし」

「アタシが困らせてるのは悠宇《ゆう》だけですぅー」

「ハア。なんでゆーくんの友だちが、よりによってひーちゃんなんだろ……」

榎本《えのもと》さん、これちょっと本気で面倒《めんどう》くさがってるし。この二人の距離《きより》感って、けっこう掴《つか》みづらいところあって困る。

階段を上がっているとき、榎本《えのもと》さんが鞄《かばん》から別のクッキーの小袋《こぶくろ》を取り出した。それを持って、ぐっと謎《なぞ》の気合いを入れる。ちらっと俺を見た。目が合うと、慌《あわ》てて顔を逸《そ》らす。はあーっと深呼吸して、バッとこっちを見た。

……何してるんだろう。素直《すなお》にそう思った。

すると榎本《えのもと》さんは、緊張《きんちょう》した感じで小袋《こぶくろ》を差し出してきた。

「ゆーくんにも……」

「マジで？　あ、ありがと……」

つい、恭《うやうや》しく受け取ってしまった。

ええ……？　クッキー渡《わた》すのに、こんなに恥《は》ずかしそうに頬《ほお》を染めちゃうもの？　めっちゃ可愛《かわい》い……あ、いや、あんまり榎本《えのもと》さんの顔をじろじろ見るのはよくないか。

アレだ。ミルクとココアの生地《きじ》で、模様が描《えが》かれたやつ。俺は四角い市松模様しか知らなかったけど、これはコミカルな猫《ねこ》の絵が描《えが》かれている。

……なんて細かい仕事だ。

「これ、榎本《えのもと》さんのお家《うち》の？」

痛てえっ。なぜか日葵《ひまり》のほうから、尻《しり》をつねられた。

おまえ、うっかり大声上げたらどうするつもりだったの？

「悠宇《ゆう》って実はアホ？　このシチュエーションで、そんな野暮《やぼ》なこと言うかなー？」

「え。じゃあ、榎本《えのもと》さんの手作り……とか？」

榎本《えのもと》さんがこくこくと必死にうなずいた。

よく見れば、お店のラベルとか貼《は》ってないし。

「わたし、このくらいしか得意なことないから……」

謙虚《けんきょ》なのか。

こんな綺麗《きれい》なクッキー、テレビで紹介《しょうかい》される東京の洋菓子《ようがし》店とかでしか見たことない。後で一人で食べよ。絶対に日葵《ひまり》が奪《うば》おうとするだろうけど、マジであげない。

「じゃあ、ゆーくん。また放課後」

「あ、うん」

階段を上りきったところで、榎本《えのもと》さんが手を振《ふ》って行ってしまった。

……去り際はクールで可愛《かわい》い。

「悠宇《ゆう》。めっちゃ鼻の下伸《の》びてるんですけどー？」

「……っ⁉」

手のひらで、鼻を覆《おお》った。

日葵《ひまり》がにやにやしながら、俺の顔を覗《のぞ》き込んでくる。くそ。これなら、三メートル空いたままのほうがよかった。

「伸《の》びてねえし」

「嘘《うそ》だー。完全にえのっちにメロメロじゃん」

「メロメロて……」

おまえ、昭和生まれなの？　イマドキ、居酒屋で屯《たむろ》するオッサンだって言わねえだろ。

日葵《ひまり》が口元を押さえて、うりうりと肘《ひじ》で小突《こづ》いてくる。

「ゆーくんとか呼ばれちゃってさー。アタシの前で、あんまりイチャつくなよー」

「いや、別にイチャつかねえし」

「あ、それとも、アタシお邪魔《じゃま》だったかなー？　んふふー。今日の放課後、空気読んで二人きりにしてあげよっか？　ねえ、どうする？」

「その代わりに、何を取ってくつもりだよ？」

「信用ないなー。親愛なる友人の幸せを願ってるだけじゃん」

「うわあ。胡散臭《うさんくせ》ぇ……」

気を許したが最後、家財一式まで持っていかれそうだ。

俺はため息をついた。

「てか、別に付き合ってるとかじゃないし」

「はあ⁉　なんで！」

「な、なんでって……？」

「だって土曜日、告られてたじゃん！」

「ぶはっ⁉」

こいつ、廊下《ろうか》で何を大声で言ってくれてんだ。

周囲の生徒の視線が、俺たちへ一斉《いっせい》に注がれる。

「日葵《ひまり》、こっちこい！」

「う、うわっと！　悠《ゆう》宇、転《こ》ける転《こ》ける！」

日葵《ひまり》の鞄《かばん》を掴《つか》むと、人気のない奥のほうへと連れていった。壁《かべ》を背にする日葵《ひまり》に、俺は事情を説明した。

「勘違《かんちが》いすんな。告白されたとかじゃないから」

「ええ……。だって、お花屋さんで初恋《はつこい》の少女宣言されてたのに？」

「あっ！　おまえ、やっぱり俺たちの話、盗《ぬす》み聞《ぎ》きしてたな⁉」

あ、やべ……って感じで、日葵《ひまり》がそっぽを向いた。口笛を吹《ふ》きながら横に逃《に》げようとするのを、両腕《りょううで》で塞《ふさ》いで抑《おさ》え込む。

「逃《に》げんな」

「ううっ……」

逃走《とうそう》経路を失い、日葵《ひまり》は観念したように動きを止めた。

マジで頭が痛くなる……。

「どうりで、おまえ何も言わずに帰ったわけだ。変な気を遣《つか》いやがって。思い返せば……榎本《えのもと》さんのアクセを修理してから、おまえ、ずっと変だったよな。何かと榎本《えのもと》さんの名前を出してきたり、変なことしようとしてくるし……」

俺の言葉に、日葵《ひまり》がびくっと反応する。

「へ、変なこと……？」

「お試《ため》しでキスするか、とか言ってきたろ？　あれって……ん？」

日葵《ひまり》の様子がおかしかった。

俺の両腕《りょううで》の間で身体《からだ》を丸めて、湯気が出そうなくらい顔を真っ赤にしている。細い両腕《りょううで》を顔の前に掲《かか》げて、俺の視線から逃《のが》れるように震《ふる》えていた。

「……は？」

何このリアクション。

なんで耳まで真っ赤になってるんですか？　ピザのＣＭなんですか？　クリスピー生地《きじ》で耳までチーズたっぷりなんですか？

むしろ、おまえは食う側だろ。

「何なの？　調子狂《くる》うんだけど……」

「い、いや、だって、悠宇《ゆう》が変なこと言うし……」

「変なこと言ってねえだろ。おまえが言ったことを言っただけ！」

「それが変なことだって言ってんじゃん！」

「おまえが自分で言ったことなんですけどね⁉」

マジで名誉毀損《めいよきそん》もいいところ。

これが裁判なら圧勝した後に、おまけでポテトとコーラがセットになるクーポンが発行されるレベルで……だからピザはもういいって言ってんだろ！

「とにかく、榎本《えのもと》さんとは何もねえよ。そりゃ、あのときの女の子だってのは驚《おどろ》いたけど。でも、だからどうこうって話はしてねえし。向こうだって、いい思い出だなってくらいのレベルだろ？」

なんで日葵《ひまり》相手に、こんな浮気《うわき》の弁解みたいなこと言わなきゃいけないの？　こんなところ誰《だれ》かに見られて、変な噂《うわさ》流されたらどうすんの？

「だいたい、俺にとっては初恋《はつこい》だけどさ。榎本《えのもと》さんもそうってわけじゃないだろ。むしろ、変な勘《かん》ぐりされるほうが迷惑《めいわく》だって。わかったら、日葵《ひまり》も突《つ》っつくのやめてくんない？」

「…………」

日葵《ひまり》は鞄《かばん》からヨーグルッペを取り出した。それをちゅーっと飲みながら、じーっと俺を見つめていた。

な、なんだろう。何かを査定されてるっぽいのはわかる。さっきとは一転して、えらいクールな顔だった。

ぺこっと紙パックが凹《へこ》むと、それを丁寧《ていねい》に畳《たた》んで鞄《かばん》にしまった。一息に飲んだせいで、けぷっとしゃっくりをする。

それからまた、俺の顔をじろじろと見回してきた。

「ふーん……？」

「え、何なの？　なんか今日、おまえ情緒《じょうちょ》不安定じゃない？」

「そんなことないよ。悠宇《ゆう》ってアホなんじゃない？」

「なんでだよ⁉　この一連のやり取り、全部おまえのせいじゃ……もがっ⁉」

日葵《ひまり》はさらにヨーグルッペを取り出した。いつものように俺の口にストローを突っ込むと、怯《ひる》んだ隙《すき》にするりと腕《うで》の中から逃《に》げ出す。

「悠宇《ゆう》。それ飲んでクールダウンしたら教室きなよー」

「あっ⁉　おまえ、わかったのかよ！」

ひらひらと手を振《ふ》って、こっちを振《ふ》り返《かえ》ることなく行ってしまった。

残された俺は、ヨーグルッペをちゅーっと飲み干す。

「あいつ、何だったの……？」

明らかにおかしい。

茶化してくるのはいつも通りだけど、こっちの反撃《はんげき》にあんな、あんな、あんな……いや、思い出すなし。

ヨーグルッペの紙パックが、ずごーっと音を立てる。クールダウン完了。やっぱり乳酸菌《にゅうさんきん》って最高だわ。

「ただでさえ眠《ねむ》いのに、朝から疲《つか》れさせせんなよ……」

マジで今のはないでしょ。

……不覚にも、日葵《ひまり》をちょっと可愛《かわい》いとか思ってしまった。

♣♣♣

放課後、俺たちは科学室で新作アクセの試作会を行っていた。

日曜日のうちに準備を済ませた花を、日葵《ひまり》と榎本《えのもと》さんの前に並べた。溶液《ようえき》の中に、チューリップの影《かげ》が見える。

諸々を配合したエタノール溶液《ようえき》に、一晩浸《ひた》したチューリップの花。それを密閉容器から慎《しん》重《ちょう》に取り出した。

それを見て、榎本《えのもと》さんが目を丸くした。

「わ、白い……」

色とりどりのチューリップは、すっかり色素が抜《ぬ》けていた。それを器材に並べながら、俺は説明する。

「花は色素中のある成分の影響で枯《か》れると言われている。だから、それをエタノール溶液《ようえき》で抜《ぬ》き取《と》る。これをすると一緒《いっしょ》に色素も抜《ぬ》けちゃうから、こうやって真っ白になるわけだ」

「じゃあ、色はどうするの？」

「これから着色する」

「じゃあ、一回、色を抜《ぬ》いて、もう一度、色をつけるってこと？」

「まあ、二度手間に見えるけどね。これをしないと、フラワーアクセに加工してもすぐに枯《か》れるから」

プリザーブドフラワーとは、いわば花を仮死状態にして長く保《も》たせる技術だ。ここで手を抜《ぬ》くと、どんなに綺麗《きれい》に色がついても意味がない。

器材に並べたチューリップは、慎重《しんちょう》に扱《あつか》う。エタノールで抜《ぬ》いた成分は、花の瑞々《みずみず》しさを保つ役割もある。それがない状態なので、非常に壊《こわ》れやすい。

保湿《ほしつ》のためのグリセリン溶液《ようえき》に、着色するためのインクを混ぜる。作業が完了《かんりょう》したら、花の茎《くき》を刺《さ》して自力でインクを吸い上げるのを待つのだが……。

「日葵《ひまり》。背中、押すなよ？」

俺が笑顔《えがお》で振《ふ》り返《かえ》ると、日葵《ひまり》がにこーっと微笑《ほほえ》んだ。

なんか「可愛《かわい》いアタシがそんなに悠宇《ゆう》に構いたくてしょうがないとか思ってるの？　自意識過剰《かじょう》キモーい」って感じ。確かに可愛《かわい》いけど、じゃあその手をわきわき動かしながら俺の背後を取ろうとしてるのは何なんだよ!?

「榎本《えのもと》さん。よろしく」

「……了解《りょうかい》」

榎本《えのもと》さんによって、即座《そくざ》に首根っこを掴《つか》まれる日葵《ひまり》だった。

「ひーちゃん。邪魔《じゃま》しちゃダメ」

「ぎゃあーっ！　悠宇《ゆう》、えのっちに頼《たよ》るのズルくない!?」

いや、ズルくねえだろ。

榎本《えのもと》さんが日葵《ひまり》を押さえてくれている間に、手早く器材をセッティングする。数種類の暖色に染めたグリセリン溶液《ようえき》に、それぞれチューリップの茎《くき》の切り口を浸《ひた》した。

「明日の今頃《いまごろ》になったら、色がついてるはず」

「けっこう気長な作業なんだね……」

榎本《えのもと》さんが、感心した様子で呟《つぶや》く。

実際、花の加工は時間がかかる。これでも試作品だから、かなり手順を省略していた。実際に商品として発送するものは、もっと細かな工程を経て完成する。

「まあ、いつも日葵《ひまり》がちょっかい出すから、さらに時間かかるんだけど……」

さっきみたいに、と日葵《ひまり》をじろっと睨《にら》んだ。

榎本《えのもと》さんガードに阻《はば》まれた日葵《ひまり》が、向こうのテーブルでぐでーっと身体《からだ》を伸《の》ばした。ハアッとため息をついて、ヨーグルッペをちゅーっと飲んだ。

「ハア。悠宇《ゆう》は変わっちゃったなー。昔は『30になったら日葵《ひまり》お姉ちゃんと結婚《けっこん》する！』って可愛《かわい》く言ってくれたのに……」

「おまえがいつ俺のお姉ちゃんになったんだよ」

「二人っきりのときは、あんなにイチャイチャしてくれるのに……」

「いや、ちょっとマジっぽく言うのやめてくんない？　ここ、榎本《えのもと》さんいるんだよ？」

「ふーん……？」

日葵《ひまり》の紙パックが、ずずっと音を立てた。ちらっと、榎本《えのもと》さんを見る。その榎本《えのもと》さんは、意味がわからず小首をかしげていた。

日葵《ひまり》の口元が、にやあっと歪《ゆが》んだ。……嫌《いや》な予感がする。

「えのっちがいなかったら、先週みたいにお試《ため》しキスごっこして遊んでもいいんだ？」

さあっと血の気が引いた。

つい、その襟《えり》を掴《つか》んで食ってかかる。

「おまえ、何を言ってくれてんの⁉」

日葵《ひまり》が「ぷーっは！」と噴《ふ》き出《だ》した。

「えー。だって悠宇《ゆう》が変なことじゃないって言ったじゃーん」

「巧《たく》みに意味をすり替《か》えるんじゃねえよ⁉　俺が言ったのは、おまえがお試《ため》しキスするかって言ったことを変だって言うから……」

「あ、今認めたね？　先週、アタシとお試《ため》しキスごっこして遊んだこと認めちゃったね？」

「そこを拾うんじゃねえええええええええええっ‼」

ハッとした。

背中に冷たい……まるで鋭《するど》い槍《やり》のような視線が突《つ》き刺《さ》さる。ぎりぎりと振《ふ》り返《かえ》ると、榎本《えのもと》さんがじぃぃぃぃぃぃぃぃぃぃいっとこっちを睨《にら》んでいた。

無表情。

まるで感情の読めない瞳《ひとみ》で、俺を見つめている。俺が陸に揚《あ》げられた魚みたいに口をぱくぱくしていると、彼女はゆっくりと立ち上がった。

鞄《かばん》を肩《かた》にかけると、さらっと耳元の髪《かみ》をかき上げる。

「ア、ワタシ、オトアワセノジカンダ。ブカツ、イカナキャ。……ジャアネ」

「榎本《えのもと》さん⁉　なんかめっちゃカタコトに……うあっ⁉」

バタンッ、と科学室のドアが乱暴に閉められる。バタバタバタ……ッ、と叩《たた》きつけるようなスリッパの音が遠ざかっていった。

ああ、行っちゃった……。

なんか弁解するべき？　いや、なんでだよ。別に浮気《うわき》の現場を押さえられたとかじゃないだろ。そもそも、そういう関係じゃないし。じゃあ、なんで怒《おこ》ってんの？　いや、それは日葵《ひまり》が悪戯《いたずら》するから……あっ。

「てか、日葵《ひまり》ぃいいい⁉」

「ぷっはあ——っ‼　悠宇《ゆう》、ほんとウケるなーっ！」

その日葵《ひまり》は、六人がけの大テーブルの上に寝転《ねころ》がって爆笑《ばくしょう》していた。両脚《りょうあし》をばたつかせた拍子《ひょうし》に、スリッパが飛んでスチール棚《だな》にぶつかる。

「おまえ、絶対に今朝の仕返しだろ！」

「そうですけど何か？」

「開き直ってんじゃねえぞ！」

「アハハ。でも、ほんと、ここまで思い通りになるとは思わなかったなー。アタシ史上、最高傑作《けっさく》。あー、動画撮《と》っとけばよかったー……ぷっは！」

撮《と》られてたまるか。

こんなの残された日には、二度と榎本《えのもと》さんの前に顔を出せな……てか、日葵《ひまり》がお腹《なか》を押さえて苦しそうに震《ふる》えている。

「日葵《ひまり》、いつまでウケてんの？」

「いかん。ツボに入ったかも。ほんとやばい。お腹《なか》よじれる……」

「どんだけ？　ねえ、どんだけなの？」

「これ、長くなるやつだ。悠宇《ゆう》、手ぇ貸して。あー、もう無理……」

「……まったく」

テーブルの上から引っ張り上げるために、その腕《うで》を取った。

そして、つい固まる。

テーブルに仰向《あおむ》けになった日葵《ひまり》が、俺の腕《うで》を摑《つか》んでいた。その形のいい唇《くちびる》から、さっきとは違《ちが》う雰囲気《ふんいき》の熱が籠《こ》もった吐息《といき》が漏《も》れる。

日葵《ひまり》の息は上がって、白い肌《はだ》がぽうっと紅を帯びていた。大きく開いた制服の襟《えり》からは、緩《ゆる》やかだけど確かな膨《ふく》らみが見える。……ついでに、それを包む繊細《せんさい》なフリルの布地も。

「する？」

「え、え……？」

日葵《ひまり》の顔を、ついガン見した。

アーモンドのように大きくて、宝石のように綺麗《きれい》なマリンブルーの瞳《ひとみ》があった。微《かす》かに濡《ぬ》れている。あんだけ笑ったんだから、わからなくもないけど。

日葵《ひまり》がふっと息を吹《ふ》いた。俺の前髪《まえがみ》が、微《かす》かに揺《ゆ》れる。さっき飲んでたヨーグルッペの甘い香りがした。

「どうせ、えのっちにはしたって思われてるんでしょ？　じゃあ、やっといたほうがお得じゃない？」

「お、お得とか、そういう問題じゃないだろ」

「なんで？　アタシたち、30になったらどうせするじゃん。それとも、ほんとにお見合いの隠《かく》れ蓑《みの》になってくれるだけ？　悠宇《ゆう》はそれでいいの？」

「だ、だから、それは冗談《じょうだん》で……」

「悠宇《ゆう》はそう思ってるんだ？　……他の人には、そんなこと冗談《じょうだん》でも言わないのにな」

「え……」

日葵《ひまり》が、そっと目を閉じた。

無防備だった。すべての判断を俺に任せるというようだった。そしてトドメと言わんばかりに、消え入りそうな声でささやいた。

「『恋《こい》』のアクセ、作るんでしょ？　アタシで経験しとこ？」

「……っ⁉」

俺の腕《うで》を掴《つか》む手に、きゅっと力がこもった。

それを振《ふ》り払《はら》うこともできず、俺はふと腰《こし》をかがめる。

……いやいや。俺、何してんだ？　なんで覆《おお》い被《かぶ》さるように身体《からだ》を下ろしてんの？　これ、マジでやるみたいじゃん。

いや、榎本《えのもと》さんと付き合ってるわけじゃないし。やっても問題はないけど。だって、誰《だれ》にも気づかれない。この部屋、俺たち二人だけだ。こっちの校舎自体、この時間はあまり人がいない。俺がその気になれば、この先だって……この先？　この先って何？　いや、わかるけど。でも、相手は日葵《ひまり》じゃないだろ。

俺たち、親友だろ？

これまでも、そうだったじゃん。そんな都合のいいときだけ経験値アザーッスとか、親友じゃなくてセフレだろ。

俺は日葵《ひまり》のこと、そんな雑な相手だと思っては……ああ、くそ！　こいつ可愛《かわい》いんだよ！　なんでこんなに顔がいいわけ⁉　そりゃモテるに決まってる！　むしろ、なんで俺、これまで日葵《ひまり》のこと普通《ふつう》に男友だちみたいに扱《あつか》って……。

——ヴッと、バイブの音がした。

たぶんスマホだ。ラインか何かの着信だろう。

それはいい。この学校、普通《ふつう》にスマホ持ち込みアリだし。この静かな科学室では、その音がやけに大きく聞こえてもおかしくはない。

問題はその音が、なぜか日葵《ひまり》とテーブルの間から聞こえたことだ。

日葵《ひまり》の左手。俺の腕《うで》を掴《つか》んだ右手と違《ちが》って、それは日葵《ひまり》自身のスカートで隠《かく》されていた。

……てか、さっきから日葵《ひまり》が「あっちゃあ」みたいな感じで頰《ほお》を引きつらせてるし。

「おい、日葵《ひまり》。目ぇ開けろ」

「んー？　どしたのー？」

「その隠《かく》した左手、ちょっと見せてみ？」

「わ、アタシの両手を動かないようにしちゃうのかなー？　悠宇《ゆう》ってそういう趣味《しゅみ》あったんだねー。鬼畜《きちく》ぅー」

日葵《ひまり》が、にこーっと微笑《ほほえ》んだ。

……その瞬間《しゅんかん》、さっきのうだるような熱っぽい雰囲気《ふんいき》が消えた。

「おりゃ！」

「あっ⁉」

日葵《ひまり》の左手を掴《つか》み上げた。

スマホが握《にぎ》られている。カメラがばっちり起動していて、俺の間抜《まぬ》けな顔を映していた。科学室に、本日何度目かの絶叫《ぜっきょう》が響《ひび》く。

「日葵《ひまり》ぃぃぃぃぃいいいいいいいいいいいいいいっ‼」

「ぷっはあああああああああああああああああああっ‼」

どんだけだよ⁉

おまえ、マジで動画撮《と》ろうとしてんじゃねえぞ！

「日葵《ひまり》、何がしたいわけ⁉　俺の弱み握《にぎ》って、どうするつもり⁉」

「いやー。えのっちをおちょくるのが、思ったより楽しくてなー。悠宇《ゆう》って単純だし、いいネタたくさんくれるよねー」

「俺はともかく、榎本《えのもと》さんで遊ぶな！」

「悠宇《ゆう》って、えのっちに甘いよなー。さすが男子、初恋《はつこい》を忘れられない生き物ってやつ？」

「うるせえ！　その場の雰囲気重視《ノリ》の女子に言われたくねえから！」

日葵《ひまり》の腕《うで》を取って、テーブルの上から引っ張り起こした。

日葵《ひまり》は「あ～、ほんと悠宇《ゆう》って最高……」とか言いながら、パタパタ襟《えり》を扇《あお》いでいる。ふとスリッパがないのに気づいた。周りを見て、棚《たな》の前に落ちているのに気づく。

「よっ、ほっ」

日葵《ひまり》が片足でジャンプしながら、スリッパを取りにいく。

俺は心臓ばくばく状態で、向こうのテーブルに散らばる器材を片付けた。着色工程のチューリップを、そのままスチールの棚《たな》に収める。地震《じしん》がきたり生徒がぶつかったりしても揺《ゆ》れないように、しっかりと器材で固定した。

「……いいって言ってんだから、さっさとやれよ。ばーか」

どきっとして器材を落としそうになった。

振《ふ》り返《かえ》るが、日葵《ひまり》は落ちたスリッパに足をかけて遊んでいた。こっちを見てもいない。

「……日葵《ひまり》、なんか言った？」

「何がー？」

「い、いや、今、おまえ……」

「んー？　悠宇《ゆう》、えのっちのこと気になりすぎて、なんか変なもの聞こえてるんじゃない？」

にこーっと微笑《ほほえ》む。

それが妙《みょう》な圧があって、俺はつい口ごもった。まあ、確かに幻聴《げんちょう》かもしれない。だって今のが聞き間違《まちが》いじゃなかったら……。

「ヘタレ。根性《こんじょう》ナシ。お花バカ」

「日葵《ひまり》、やっぱ何か悪口言ってんだろ⁉」

「きゃー。男のヒステリーキモーい」

鞄《かばん》を抱《かか》えると、さっさと科学室を出ていった。

「おまえ、帰りどうすんだ！」

「今日はバスで帰るー」

ぶんぶん手を振《ふ》って、そのまま下足場へと消えていった。一人残された俺は、テーブルに座ってぐったりと頭を抱《かか》えた。

……あいつ、マジで何がしたいの。

♣♣♣

数日後。金曜日の昼休みだった。

俺は一人、駐輪場《ちゅうりんじょう》裏の中庭にいた。ここには俺と日葵《ひまり》が花を育てている花壇《かだん》がある。倉庫の脇《わき》に積《つ》んだ肥料の袋《ふくろ》に腰《こし》かけて、俺はうなだれていた。

うちから持ってきたコンビニパンがパサついている。まあ、廃棄品《はいき》だし当然か。自販機《じはんき》で買ってきたヨーグルッペを、ちゅーと飲んだ。……一人って素晴《すば》らしい。俺は今、間違《まちが》いなくダンディだった。

そのダンディな静寂《せいじゃく》も、すぐに破られたけど。

「ナハハハ！　ナツ、最近はずいぶんとモテておるらしいなあ？」

「……真木島《まきしま》か」

チャライケメンがやってきた。下級生の女子を侍《はべ》らせている。

……その下級生の女子と「この男がナツだ」「あっ、あの？」……っておい、おまえも俺の知らないところで話題にすんなよ。しかもその下級生の女子から「先輩《せんぱい》、応援《おうえん》してますね！」とか謎《なぞ》のエールを送られちゃうし。よくわかんないけど、なんかいい子みたい……。

真木島《まきしま》はその子と手を振《ふ》って別れ、普通《ふつう》にこっちにきてしまった。

「あの子、いいの？」

「うむ、問題ない。所詮《しょせん》は遊び相手だ」

「あ、そっすか……」

さすがのチャラ具合だ。

真木島《まきしま》は購買《こうばい》の焼きそばパンとコロッケパンを両手に持っていた。昼食を買って、これからイチャつく場所に戻《もど》る途中《とちゅう》だったんだろう。

焼きそばパンのラップを剝《は》がしながら、真木島《まきしま》が聞いてくる。

「こんなシケたところで、何をしている？」

「ちょっと一人になりたくて……」

「リンちゃんたちとイチャつかなくてよいのか？」

「イチャついてるのは、日葵《ひまり》と榎本《えのもと》さんだ。最近、あの二人がずっとドタバタしてて作業に集中できない……」

「ドタバタ？」

「なんか日葵《ひまり》が挑発《ちょうはつ》して、榎本《えのもと》さんが喧嘩《けんか》を買って、それを止めようとしたら俺も巻き込まれて。……マジで余所《よそ》でやってほしい」

真木島《まきしま》がぶっと咽《む》せた。

口に入れたパンを慌《あわ》てて胃袋《いぶくろ》に押し込むと、高笑いを上げる。

「リンちゃんは、基本的に日葵《ひまり》ちゃんが嫌《きら》いだからなあ」

「ええ。昔馴染《なじ》みじゃないの？」

「ん〜む。一概《いちがい》に嫌《きら》いというのも違《ちが》うか。可愛《かわい》さ余って憎《にく》さ百倍というか。……あ、そうだ。日葵《ひまり》ちゃんは、リンちゃんのお姉さんと似ておるからなあ」

「榎本《えのもと》さんのお姉さん？　例のモデルの？」

中学のときに、俺もお世話になったあの人だ。

今は東京に行って、正式にモデル業に専念しているって日葵《ひまり》が言ってたっけ。

「いやあ、あのお姉さんも奔放《ほんぽう》な人でなあ。リンちゃんは、ずっと彼女の尻拭《しりぬぐ》いをさせられて育ってきた。だから同じような自由人である日葵《ひまり》ちゃんを嫌《きら》いつつも、放ってはおけないのだよ。ナツも同じような感覚だろう？」

「あー……。わからんでもない」

「まあ、オレから見たら十分に仲がいいと思うがな。アレは、あの二人なりの戯《じゃ》れつきだ。適度なところで日葵《ひまり》ちゃんが制裁されて終わるから、無視しておけばいい」

大人の意見かよ。

……まあ、真木島《まきしま》はこれでかなり頭のキレがいい。こいつが二股三股《ふたまたさんまた》当たり前の生活を送ってるのに刺《さ》されていないのは、客観的に空気を読む能力に長《た》けているからだ。……マジで才能の無駄遣《むだづか》いだと思うわ。

俺がヨーグルッペをちゅーと飲んだタイミングで、その真木島《まきしま》は満面のスマイルを浮《う》かべて言った。

「ところで、リンちゃんとはどこまでいったのだ？」

「ぶふうっ⁉」

俺がヨーグルッペを噴《ふ》きそうになると、真木島《まきしま》は楽しそうに笑う。

……こいつ、絶対にわざとだ。

「まさか、まだ手をこまねいておるのか。告白されたのだろう？」

「こっ⁉　……くはく？　告白、だったのかなあ？」

俺が空とぼけると、真木島《まきしま》はフッと小馬鹿にする感じで笑う。

「なるほど。ナツは確かに、そういうタイプの童貞《どうてい》だったな」

「うるせえよ。童貞《どうてい》は関係ないだろ」

否定はしないけど……否定はしないけどね！　でもプライドは傷ついちゃう、そんな難しいお年頃《としごろ》なんだよ。

「そもそも、榎本《えのもと》さんから明確な告白をされたわけでは……」

「リンちゃんのあの態度を見て、本気で言っておるのか？　東京・赤坂の由緒《ゆいしょ》ある料亭《りょうてい》が作った重箱10段重ねの超豪華《ちょうごうか》な据《す》え膳《ぜん》が、おやつのクッキーまで用意して遊びに行っているようにしか見えんぞ？」

「言い方。おまえ、よく幼馴染《おさななじ》みをそういう風に言えるよ……」

さすがにドン引きだ。

日葵《ひまり》だって、もうちょっとオブラートに包んで……いや、似たようなもんか。あいつも下ネタ大好きだもんなあ。

「真木島《まきしま》の言いたいことはわかるけど、小学校の初恋《はつこい》を引きずってるわけねえだろ……」

「ところがどっこい。リンちゃんはラブコメ漫画《まんが》から抜《ぬ》け出《だ》したようなヒロインムーブをしておるからなあ。さしものオレも、あの純愛は見守る以外の選択肢《せんたくし》がないほどだ」

「……あんなに大人っぽい美人なのに」

「まったく同意だ。リンちゃんはあのピュアな性格で100%損をしておる」

次はコロッケパンのラップを剥《は》がして、俺をじろじろ見回した。

「ようやく白馬の王子様に出会えたのに……このヘタレではなあ」

「おまえ、マジで腹立つなあ」

「しかし、リンちゃんとしてはこのヘタレが逆にいいらしい。まったくオレの幼馴染《おさななじ》みは、男の趣味《しゅみ》が最悪だ」

「うるせえよ⁉　俺をディスりたいのか、榎本《えのもと》さんをディスりたいのかはっきりしろ」

真木島《まきしま》はコロッケパンも平らげると、俺の肩《かた》を叩《たた》いて立ち上がった。……こいつ、食べるの早すぎでは？

演技くさい仕草で手を振《ふ》ると、俺に背を向ける。

「リンちゃんが嫌《きら》いじゃないのなら、さっさとくっついてしまえ。でなければ、おまえをリンちゃんの婿《むこ》にして、その上で俺の義弟《おとうと》にする計画がいつまでも始動できんではないか」

「雲雀《ひばり》さんはともかく、おまえと榎本《えのもと》さんは幼馴染《おさななじ》みってだけだろ……」

なんで俺の周りの男たちって、俺を義弟《おとうと》にしたがるの？　どういうフェチズムが作動してんのか、マジでわかんなくて恐怖《きょうふ》で震《ふる》えちゃう。

「余計なことしないでくれよ。……最近、日葵《ひまり》もちょっと変で持て余してるのに」

ぴく、と真木島《まきしま》が反応した。

バッと振《ふ》り返《かえ》ると、何やら真剣《しんけん》な表情で聞いてくる。

「どう変なのだ？」

「な、何だよ。俺、なんか気になるようなこと言ったか？」

「いいから、早く答えたまえ」

「……なんか以前より距離《きょり》感が近い気がするっていうか。いや、ベタベタしてくるのは変わらないんだけど、妙《みょう》に無理してる感じがするというか……」

「日葵《ひまり》ちゃんが……？」

ふむ、と顎《あご》に手をあてて考え込む。

……こいつ、いつもこういう真面目な顔してればイケメンなのになあ。そんなことを思ってると、ふいに真木島《まきしま》がにやりとした。

「……面白《おもしろ》いな。機を窺《うかが》って、ちょっと突《つつ》いてみるか」

「は？」

不穏《ふおん》な言葉だった。

「おまえ、余計なことすんなよ！」

「ナハハハ。ナツのためになることだ。感謝してくれ」

「しねえよ!?」

……行ってしまった。

あいつ、何する気なの？

♣♣♣

その放課後だった。

俺と日葵《ひまり》、そして榎本《えのもと》さんは、科学室で試作品の撮影会《さつえい》を行っていた。

「こちらが、着色が完了《かんりよう》して、さらに二日ほど乾《かわ》かしたチューリップのプリザーブドフラワーになります」

俺は恭《うやうや》しく、それをテーブルに並べた。

この暖色のグラデーションを一言で言い表すのは難しい。大まかには、赤、黄色、ピンクの三色だろうか。やや渋《しぶ》みのある濃《こ》いめの色から、うっすらとした爽《さわ》やかな色合いのものまである。

それを眺《なが》めながら、榎本《えのもと》さんがほうっと呟《つぶや》いた。

「本物の花みたい……」

「まあ、本物の花だからね」

俺が苦笑《くしょう》すると、榎本《えのもと》さんの頬《ほお》が朱色《しゅいろ》に染まった。それから恨《うら》めしそうに、俺をじっと見つめる。

「ゆーくん。いじわる……」

「ご、ごめん」

日葵《ひまり》を相手にしている感覚で、ついツッコんでしまった。

俺たちが微妙《びみょう》な空気に戸惑《とまど》っていると、背後で日葵《ひまり》が頬杖《ほおづえ》を突《つ》きながら、ツンツンと俺の背中を突《つつ》いてくる。

「ふーん？」

「な、なんだよ」

「なんか、ずいぶんイチャイチャが熟《こな》れてきたなーって」

「イチャイチャが熟《こな》れるって何だよ……」

別にイチャイチャしようとしてませんけど？

あ、ほら。榎本《えのもと》さんが完全に顔真っ赤になっちゃったじゃん。いちいち話の腰《こし》を折るんじゃないよ。

「とにかく。今日はコレを使って、アクセの形を決めようと思う」

「アクセの形？」

「今回はチューリップっていう題材から入ったから、どのアクセにするか決めてないんだ。榎《えの》本《もと》さんのモデルも初めてだし、よかったら協力してもらえると嬉《うれ》しいんだけど……」

「それ、具体的には？」

「この試作品のチューリップを使って、何枚も写真を撮《と》る。榎本《えのもと》さんの身体《からだ》のどの部分に花を置くと映《は》えるのか、あるいはどんな構図から撮《と》るとユーザーに訴《うった》えられるのか、とか……」

写真を撮《と》ると聞いて、榎本《えのもと》さんが「うっ」と引き気味になる。

まあ、それもしょうがない。自撮《じど》りするのと、同級生に撮《と》られるのでは感覚が違《ちが》う。榎本《えのもと》さんは、自分を露出《ろしゅつ》するのにあんまり積極的なタイプじゃなさそうだし。

日葵《ひまり》が見かねて、助け船を出してくれる。

「えのっち。インスタのモデルやる以上、撮《と》られるのにも慣れとかないと辛《つら》いよ？」

「でも、いざやると思うと緊張《きんちょう》するし……」

「ふーん？　そっか。それじゃあ、しょうがないなー」

日葵《ひまり》が立ち上がると、チューリップの一つを手にした。

それを自分の肩《かた》のあたりに添《そ》えると、カメラに向けるように自然なポーズを決める。さすがに回数をこなしているだけはあり、一瞬《いっしゅん》で最適解ともいえる構図を導き出した。

「えのっちが無理ならさ。今回も、モデルはアタシがやろっかなー」

「……っ⁉」

榎本《えのもと》さんが、びくっと反応した。

そのリアクションに、日葵《ひまり》がにまあっと笑う。わざとらしい感じで、そのチューリップに軽く口づけしてみせる。

「悠宇《ゆう》が初めて『恋《こい》』をテーマに作るお花アクセかー。さぞ可愛《かわい》らしくて、情熱的な作品になるんだろうなー。だって、これは悠宇がモデルへの恋心を表現するからなー。このアクセのモデルになる人は、悠宇《ゆう》にとっても特別な相手になるんだろうなー？」

「〜〜〜っ⁉」

榎本《えのもと》さんが、ガタッと立ち上がった。

鞄《かばん》から化粧《けしょう》ポーチを取り出し、日葵《ひまり》をキッと睨《にら》み付《つ》ける。

「や、やる！　わたしがやるから、ひーちゃんは黙《だま》ってて！」

榎本《えのもと》さんは「ちょっとお化粧《けしょう》直してくる！」と科学室を出ていった。

「いや、あの。あくまで試作だから、そんなに気合い入れなくても……ああ、行っちゃった」

日葵《ひまり》はというと、にやにやしながら手を振《ふ》って見送っていた。

「アハハ。えのっち、ほんと可愛《かわい》いなー」

「日葵《ひまり》。あんまり煽《あお》るなよ……」

「ああでも言わないと、モデル降りちゃうかもしれないじゃん？」

「そのときは、おまえがやればいいだろ？」

「へぇー……？」

その瞳《ひとみ》を、ぐっと細めた。

俺のほうに身を乗り出してくると、そっと肩《かた》に手を置いた。どこか試《ため》すような表情で、俺の耳元にささやいてくる。

「今回は、『恋《こい》』がテーマのアクセなんだけど？」

「そ、そうだけど。そのためにチューリップを選んだんだし、いつもみたいにやればいいじゃんか」

「それでいいわけ？」

「よくないのか？」

「恋《こい》の花言葉のお花なんて、これまで何度も扱《あつか》ってきたじゃん。でも、それじゃダメだったんでしょ？　悠宇《ゆう》がほしいのは、もっとユーザーの心に響《ひび》くような……見る人たちをみんな恋《こい》に落とすような、そんな特別なんじゃないの？」

「……そうだけど」

日葵《ひまり》の言うことは正しい。

でも、そんなことが簡単にできたら苦労はしない。

「アタシさ。悠宇《ゆう》のお花アクセへの情熱、ほんと好きなんだよ？　だから、えのっちにモデルをお願いしたんじゃん？　小学生のときのものだろうと、恋《こい》は恋《こい》だよ。悠宇《ゆう》が持ってる唯一無二《ゆいいつむに》の初恋《はつこい》。それをこのインスタの四角い枠《わく》に閉じ込められるのは、えのっちしかいない」

日葵《ひまり》が至近距離《きょり》で微笑《ほほえ》む。

「それとも、アタシに恋心《こいごころ》……抱《いだ》けるの？」

「……っ！」

その手が、俺の手を握《にぎ》った。引っぱられて、俺の身体《からだ》が日葵《ひまり》に近づく。やべえ、と思った。

俺の身体《からだ》が、何の抵抗《ていこう》もなく日葵《ひまり》に触《ふ》れた瞬間《しゅんかん》――。

科学室のドアが開いた。

その向こうで、榎本《えのもと》さんが目を丸くしていた。その静かな表情に、いろんな感情が駆《か》けるのが見える。

何か言おうと、口が動いた。

しかし、ひゅうと空気が抜《ぬ》けるばかり。見られた。言い訳のしようがない。榎本《えのもと》さんの左《ひだり》脚《あし》が、後ろに一歩下がった。

――ピピッ、とカメラのシャッター音が鳴った。

日葵《ひまり》がスマホを掲《かか》げて、榎本《えのもと》さんの驚《おどろ》いた表情を映した画面を見せる。

「題して『純情とゲス浮気《うわき》』。ここにチューリップ添《そ》えたらエモくない？」

「全然エモくねえよ⁉」

却下《きやっか》だった。

そもそも今回は暖色のチューリップだ。恋《こい》は恋《こい》でも、失恋《しつれん》の花言葉ではない。

榎本《えのもと》さんが、俺たちのやり取りにほうっと息をついた。胸に手をあてて、呆然《ぼうぜん》とした感じで言う。

「び……っくりしたぁ……」

「ご、ごめん。マジでごめん。俺もいきなりのことで、かなりビビった……」

その日葵《ひまり》をギッと睨《にら》み付《つ》ける。

「日葵《ひまり》。最近、隠《かく》し撮《ど》り好きだな……」

「んふふー。すっごい楽しい♡」

ろくでもねえ趣味《しゅみ》を持ちやがって……。

どうせ止めても聞かないし、どうすることもできないんだけど。

「それじゃあ、始めようか。榎本《えのもと》さんも準備いい？」

「う、うん。大丈夫《だいじょうぶ》」

ようやく今日の本題に入った。

榎本《えのもと》さんには吹奏楽部《すいそうがくぶ》の音合わせの予定が入っている。つまり、あと30分程度で済ませなければならない。

本番はデジカメを使うが、ここはスマホで十分だ。

日葵《ひまり》のモデルで慣れてるので、作業の手順はわかっている。その点は、スマートに進んだ。

榎本《えのもと》さんにポーズの指示を出しながら、それにチューリップの花を添《そ》える。

ここはとにかく量と閃《ひらめ》きだ。一つの構図にこだわるのはよくない。とにかくたくさんの写真を撮《と》る。精査するのは後だ。

スマホで諸々を調節しながら、一つ一つを素早《すばや》く収めていく。

「榎本《えのもと》さん。右手を掲《かか》げて」

「こ、こう？」

「ちょっと敬礼みたいになってるかも。もうちょっと、太陽の光を意識する感じで……」

「……難しい」

そう言いつつ、飲み込みは早かった。

後は表情が自然な感じになってくれると……てか、さっきから日葵《ひまり》が背中ツンツンしてきて鬱陶《うっとう》しい。

「日葵《ひまり》、どした？」

「暇《ひま》。日葵《ひまり》ちゃんなだけにね」

「黙《だま》ってろ。今、大事なところだから」

「はーい……」

撮影《さつえい》に戻《もど》る。

あと15分か。そろそろ追い込みをかけたい。もともと想定していた構図は、全部撮《と》った。これからは、より強い閃《ひらめ》きが必要に……ええい、日葵《ひまり》がまたツンツンしてくる！

「日葵《ひまり》、今度は何だよ？」

日葵《ひまり》がビシッと親指を立てた。

「そろそろ、えっちなの一枚いこうぜ！」

「絶対にいかねえよ。おまえ、マジで黙《だま》ってろ……」

ぶーっと唇《くちびる》を尖《とが》らせる。

「ほんとは撮《と》りたいくせに」

「撮《と》りたくねえよ⁉」

「インスタ撮影《さつえい》の名目で揃《そろ》えたえっちコレクションに追加してやろうと思ってるくせに」

「おまえ、マジで追い出すぞ⁉」

榎本《えのもと》さんが、そそっと距離《きょり》を開けた。

その目が、じとーっとした疑惑《ぎわく》を含《ふく》んでいる。

「まさか、ゆーくん。これまでひーちゃんと……」

「してない、してない、してない！　榎本《えのもと》さん、日葵《ひまり》の言うこと真に受けないで……」

この撮影会《さつえい》は極《きわ》めて健全。今のは日葵《ひまり》の悪い冗談《じょうだん》！

……真木島《まきしま》が変なこと言うから、なんか必要以上に言い訳っぽくなってしまう。

「一応、数は十分に撮《と》れたか……」

でも、これまで全然ピンとくるものがない。どれもこれも既視感《きしかん》がある。ぶっちゃけると、なんか日葵っぽい。咲姉《さくねえ》さんが言うところの『箱庭の停滞《ていたい》』を感じる。

それもそうだ。これまでの構図は、すべて日葵《ひまり》と撮《と》ってきた構図をトレースしただけ。暴論を掲《かか》げるなら、榎本さんである必要がないものばかりだ。

じゃあ、『榎本《えのもと》さんらしさ』って何だ？

榎本《えのもと》さんと、日葵《ひまり》の違《ちが》いはなんだ？

髪《かみ》の長さ？　瞳《ひとみ》の色？　背の高さ？　む、む、胸の、大きさ、とか……？

いや、そうじゃない。それは普遍《ふへん》的で客観的な差異だ。言ってしまえば、ただの数値《データ》だ。榎《え》本《もと》さんの個性を表すものって何だ？　お菓子《かし》？　ときどき発揮される威圧《いあつ》感？　クールと見せかけて、実はただの人見知りなところ？

……月下美人。

ふと、それが浮《う》かんだ。左手首のフラワーアクセ。

それが俺にとって、榎本《えのもと》さんのすべてだ。ほんの数時間、真夜中に咲《さ》く白い花。たった一《いっ》瞬《しゅん》の出会いのために、寝《ね》るのも惜《お》しんで見つめ続ける花。

これを写真に収めるには、どうすればいい？

俺だけが自覚していてもダメだ。モデルに伝えなくてはいけない。どうやって？　いや、それは言葉で指示するしかないんだけど……。

「榎本《えのもと》さん。月下美人を撮《と》りたい」

「月下美人？」

榎本《えのもと》さんが、左手首のアクセを見せてきた。

……うん。まあ、そうなるわ。

「そうじゃなくて、えっと、榎本《えのもと》さんを月下美人っぽく撮《と》りたいというか……ああ、いや、ポーズの話じゃなくて……」

「……？　……⁇」

榎本《えのもと》さんが完全に混乱してる。「こいつ何言ってんの？」って感じ。うん、そうだよね。俺もそう思う。むしろ即座《そくざ》に月下美人っぽいポーズを取ってくれる榎本《えのもと》さん優《やさ》しすぎ。

「いや、今のは忘れて。……もう時間ねえか。ちょっと土日の間で考えてくる。よかったら、月曜日に同じように撮影会《さつえいかい》を……」

この土日で本格的に作業に移るつもりだったけど仕方ない。インスタの撮影会《さつえいかい》本番はＧＷの初日だから、制作期間に余裕《よゆう》は……。

俺が頭の中で日程を計算してると、ふいに日葵《ひまり》が言った。

「……はっきりしなくて、なんかイライラするなー」

え？

俺と榎本《えのもと》さんが、同時に振《ふ》り返《かえ》る。その日葵《ひまり》は、にこーっと微笑《ほほえ》んでいた。まるで今の暴言が、空耳かと思うほどの綺麗《きれい》な笑《え》みだった。

「悠宇《ゆう》。そのままスマホ構えて、じっとしてて」

「わ、わかった」

日葵《ひまり》が、榎本《えのもと》さんに歩み寄った。彼女の耳元に、何かをささやく。

その瞬間《しゅんかん》だ。

榎本《えのもと》さんが目を大きく見開いた。俺のほうを振《ふ》り返《かえ》る。

「────っ!!」

とっさに指が動く。シャッターボタンをタップしていた。ピピッとシャッター音が鳴って、その姿を収める。

本当に、瞬《まばた》きの間のことだった。静寂《せいじゃく》がやってくる。三人とも、誰《だれ》も動こうとしない。そし

て、誰《だれ》も何も言わない。

俺は呆然《ぼうぜん》と、その写真を見つめていた。

奇跡《きせき》的に、ブレていない。それはまるで、映画のフィルムを切《き》り抜《ぬ》いたかのようなものだった。その表情を、なんと言えばいいのか。

これは恋の表情じゃない。

あえて言うなら、必死な表情だった。

目を見開き、何かに縋《すが》るような雰囲気《ふんいき》だ。

何かを追いかけ続けて、あと一瞬《いっしゅん》で届きそうという期待も見える。

しかし口元は、その期待を否定するかのように、不安な気持ちで唇《くちびる》を噛《か》んでいた。

複雑な感情が見える。

でも、それは確かに『月下美人』だと思った。

月下美人の花言葉は『艶《あで》やかな美人』『儚《はかな》い恋《こい》』――『ただ一度だけ、会いたくて』。

生涯《しょうがい》でただ一度の出会いを前にしたとき、おそらく人はこんな表情をするのだろうか。あるいは一年に一度、七夕の夜に逢瀬《おうせ》を認められる織《お》り姫《ひめ》と彦星《ひこぼし》も、こんな顔で手を取り合うのかもしれない。

完璧《かんぺき》だった。

これは確かに『恋《こい》』だ。

「すっげえ。榎本《えのもと》さん、これ、やば……い？」

俺は眉根《まゆね》を寄せた。

その女優顔負けの演技を見せた榎本《えのもと》さんは、なぜか今度は泣きそうな顔で俺をじーっと見ているのだ。

何なの？　俺のリアクションが不満なのか？　いや、しょうがないじゃん。人は本当に圧倒《あっとう》されたとき、語彙力《ごいりょく》が低下するものなんだ。

「榎本《えのもと》さん、どうかした？」

「だ、だって、ゆーくん。ひ、ひーちゃんと……」

日葵《ひまり》と？

その日葵《ひまり》に視線を向ける。なぜかその日葵《ひまり》は、榎本《えのもと》さんに冷たい視線を向けていた。俺が見ているのに気づくと、すぐに「へっ」と冗談《じょうだん》めかして肩《かた》をすくめる。

そして日葵《ひまり》は、泣きそうな榎本《えのもと》さんの肩《かた》をポンと叩《たた》いた。

「えのっち。冗談《じょうだん》だよー♪」

「………」

榎本《えのもと》さんが、そのにこにこ顔をじーっと見つめる。

一瞬《いっしゅん》、ものすごくたくさんの感情が、その上を通り過ぎていった。それが収まると、榎本《えのもと》さんはこめかみの辺りをぴくぴくと痙攣《けいれん》させる。

そして、科学室を震《ふる》わせるような大絶叫《だいぜっきょう》を上げた。

「えええええええええええっ⁉」

「アハハ。えのっち、ほんと素直《すなお》だなー」

からかわれたと悟《さと》った榎本《えのもと》さんが、とっさに椅子《いす》を持ち上げた。

「ひーちゃん！　ほんと大嫌《だいきら》いっ‼」

「わーっ⁉　えのっち、それはさすがに女の子がやっちゃダメなやつ！」

「ひーちゃんが悪いんじゃん！　これまでの恨《うら》み、全部返してやる‼」

「でも、そのおかげで悠宇《ゆう》も大満足みたいだし、よかったじゃん」

榎本《えのもと》さんがびくっと停止する。

持ち上げた椅子《いす》を、ゆるゆると下ろした。それから不安げに、俺のほうを見つめる。

「ゆ、ゆーくん。写真は……？」

「もう、ばっちり。最高に可愛《かわい》い。本番もこれでお願いします」

ぐっと親指を立てて見せた。

この返答に日葵《ひまり》の命がかかっているので、ついオーバーな感じになってしまった。でも、言葉は紛《まぎ》れもなく本心だった。これ以上の『恋《こい》』のモデルはいない。

すると榎本《えのもと》さんの頰《ほお》が、お雑煮《ぞうに》の餅《もち》みたいに緩《ゆる》んだ。

「そ、そっか……えへへ」

うわ、チョロい。

いいの？　そんなに顔がよくて、こんなにチョロくていいの？　将来、変な男に騙《だま》されたりしない？　そんな立場じゃないけど、俺、めっちゃ心配になってきた。

榎本《えのもと》さんは、ハッと時計を見た。

「あ、音合わせ始まってる！　わたし、もう行くね！」

「ああ、ありがと」

榎本《えのもと》さんは鞄《かばん》を摑《つか》むと、ぶんぶん手を振《ふ》って科学室を出ていった。

それを見送ると、日葵《ひまり》が寄ってきた。

「写真、アタシにも見せて」

スマホを見せると、満足げにうなずいた。

「んふふー。えのっち、可愛《かわい》いなー」

「正直、やべえと思う」

これにフラワーアクセの画像を加工して投稿《とうこう》したいくらいだ。

でも、それはやっぱりルール違反《いはん》だし。……てか、これを他の人に見せたくないって気持ちも、ちょっとある。

思わず、そんな独占欲《どくせんよく》をかき立てられる一枚だった。

「日葵《ひまり》。おまえ、何て言ったの？」

「うーん。ヒミツ♡」

絶対にろくでもないことだ。

日葵《ひまり》の眩《まぶ》しい笑顔《えがお》を見ながら、俺はそう思った。

「後はお花アクセを完成させて、えのっちのお家《うち》にお邪魔《じゃま》するだけだねー」

「そうだな。日葵《ひまり》のおかげだ」

「そうでしょー。悠宇《ゆう》は、もっとアタシを労《ねぎら》いなさい」

本当に、日葵《ひまり》にはいつも助けられている。

……まあ、その分、手間も増えてるんだけど。

「どんなアクセにするか決めた？」

「ヘアピンにする」

「へえー。即答《そくとう》じゃん」

「この写真なら、表情のアップがいい。イヤリングかヘアピンだけど、榎本《えのもと》さんは髪《かみ》が綺麗《きれい》だからそっちがいいだろ」

「じゃあ、チューリップは赤いのがいいねー。えのっちにも似合ってるし」

赤いチューリップ。

花言葉は『愛の告白』。

花言葉は色によっても種類があるけど、確かにこの表情には赤がぴったりだ。

明日から、本格的な作業に入る。

本番用のチューリップを仕入れ、器材を用意し、販売《はんばい》用のアクセを制作する。その準備に入っていると、日葵《ひまり》がぽつと言った。

「ねえ、悠宇《ゆう》」

「んー？」

「アタシにも作ってよ」

「何を？」

振《ふ》り返《かえ》った。

日葵《ひまり》が、じっと俺を見つめている。耳元の髪《かみ》を、くるくると指でいじっていた。

「『恋《こい》』のお花アクセ。アタシ用のやつ」

「日葵《ひまり》用の？」

「うん。アタシがいつか恋《こい》したときのために……ダメ？」

「…………」

その言葉に、俺はつい視線を逸《そ》らした。日葵《ひまり》の首元にあるニリンソウのチョーカーが、微《かす》かに煌《きら》めいた気がする。

レジンに気泡《きほう》が入った失敗作だ。

とても商品として販売できるようなものじゃない。

それを日葵《ひまり》は、綺麗《きれい》に手入れして、未《いま》だに身につけていた。

……このチョーカーの中には、俺たちが出会った二年前の空気が残っている。

日葵《ひまり》の友情に震《ふる》えて、一緒《いっしょ》に一つの夢を見て、そして——この親友を一生大事にしようと誓《ちか》った気持ちも、全部こもっていた。

それは俺にとって、この世の何よりも大事なものだ。

侵《おか》しがたく、壊《こわ》しがたく、代えがたい。その可能性があることは、俺にとっては何よりも許しがたいものだった。

だからこそ、俺はこう答える。

「……それは無理だ。おまえは俺の親友だからな」

一瞬《いっしゅん》だけ、冷たい静寂《せいじゃく》があった。でも、それも気のせいかと思えるくらいの瞬《まば》きの間に、日葵《ひまり》がへらっとする。

「だよねー」

「てか、おまえも手伝ってくんない？」

「ううっ。さっき、えのっちにやられた傷が痛む……」

「言い訳が適当すぎない？　おまえ、かすり傷一つないんですけど」

……言えない。

一瞬《いっしゅん》、『恋《こい》』のアクセがほしいと言った日葵《ひまり》の写真を撮《と》りたくなった。

おまえは気づいてるのか？　いつもみたいに冗談《じょうだん》めかした感じを装《よそお》いながらも、その頬《ほお》が鮮《あざ》やかな朱色《しゅいろ》に染まっていたことを。

短い髪《かみ》を引っ張って、赤い頬《ほお》を無意識に隠《かく》そうとしていた。綺麗《きれい》なマリンブルーの瞳《ひとみ》を潤《うる》ませて、何かを期待するかのように俺を見つめていた。

アクセなんて関係なく、ただ、その表情を独占《ひとりじめ》したくなった。

言えない。言えるわけがない。

だって、それは親友に向ける感情ではない。

自分だけのものにしたいなんて、それは友情ではなく別の何かだ。

俺と日葵《ひまり》の間に、恋《こい》はない。――それは、あの中学二年のときからの約束だから。

最近、俺の親友が可愛《かわい》くて……ちょっとだけ困る。

◇◇◇

「……それは無理だ。おまえは俺の親友だからな」

悠宇《ゆう》がそう言った。

その態度は素《そ》っ気《け》なかった。アタシを見ようともしなかった。どうでもいい器材の片付けをしてた。そんなものより、今はこっちを見てほしかった。

でも、悠《ゆう》宇はチューリップの試作品を見ていた。

さっきまで、えのっちが身につけていたものだ。あの子の温《ぬく》もりが残った、初恋《はつこい》の香りがするものだ。

アタシは思った。

あ、フラれた。——って。

冗談《じょうだん》のつもりだったんだよ。

いつもみたいに「おまえには似合わねえよ」とか言ってほしかった。そしたら、「悠《ゆう》宇に言われたくないし」とか言えた。

『だよね』

つい、そんな言葉が漏《も》れた。

そうだよね。

アタシは、親友だもんね。

この一週間。ずっと悠《ゆう》宇は、その一線を越《こ》えようとはしなかったよね。

……アタシはとっくに、ただのオトモダチとは思ってないのに。

あのお花屋さんの一件がよくなかった。悠宇《ゆう》の恋の表情を見てしまった。

あんな表情、アタシに向けたことは一度もなかった。アタシの知らない悠宇《ゆう》がいることが、なぜか苦しいと思った。

悠宇《ゆう》はアタシのものだと思ってたのに、そんなことないんだと思い知らされた。悠宇《ゆう》の全部を知っていると思っていたのが、思い上がりだと突《つ》きつけられた。

あの表情を近くで見たかった。

あの真剣《しんけん》なまなざしを向けてほしかった。

悠宇《ゆう》のフラワーアクセを作るときの表情が好きなんじゃないと気づいてしまった。情熱を全部くべて燃えるビー玉みたいなあの瞳《ひとみ》に、アタシを映してほしいだけだった。

だから、悠宇《ゆう》のアクセのモデルをやっていたのかもしれない。悠宇《ゆう》のアクセを最初に身につければ、あの情熱の瞳《ひとみ》を向けてくれるから。

でも、それはアタシ自身に向けられたものじゃなかった。

アタシたちの作り上げた友情が、アタシたちの関係が進むことを邪魔《じゃま》しようとする。

それが何よりも耐《た》えがたい。

でも、捨てがたい。

それはアタシたちの二年間のすべてだ。楽しいのも苦しいのも、全部が詰《つ》め込まれた鞄《かばん》みたいなものだ。

でも、その先に進むには、それを捨てなきゃいけなかった。

それを捨てることができなかったのが、すべての敗因だ。この一週間、必ず逃《に》げ道《みち》を用意していた。失敗したら、ちゃんと親友に戻《もど》れるように計算していた。

だから負けた。

勝つ気がなかったというのが正しい。

そもそもアタシは、負けるかもしれない勝負に全賭《ぜんが》けできるような人間じゃない。

きっと、これからもずっと変わらないんだろう。この胸に刺《さ》さった負け犬根性《こんじょう》っていう名前の毒は、きっとアタシの未来を緩《ゆる》やかに殺していくんだ。

だからこそ、うまくやらなきゃいけない。

これ以上、得ることができないなら、せめてこれ以上、なくさないように。この二人の友情の鞄《かばん》だけは、誰《だれ》にも取られないように。

悠宇《ゆう》の親友でいるためには、アタシがちょっと我慢《がまん》すればいいだけ。

……それがすでに負け犬の発想だって思い知らされたのは、この試作撮影会《さつえいかい》の一週間後のことだった。

Ⅳ Turning Point.

らっしゃいませえー。

炙《あぶ》り一丁、入りまーす。

店内には、そんな元気のいいかけ声《ごえ》が響《ひび》いていた。

俺たちは、10号線沿いの寿司店《すしてん》にいる。

神田川《かんだがわ》。

地元民に愛される、地域密着型の寿司店《すしてん》。寿司《すし》から郷土料理まで取りそろえた、豊富なメニューが売りだ。

地元で獲《と》れた鮮魚《せんぎょ》は身が締《し》まってるし、地鶏《じどり》の鉄板焼きも最高だ。ちょっとお高いので、うちでは誕生日とか両親の結婚《けっこん》記念日のときに利用される。盆《ぼん》や正月のときは、予約しないと閉店まで待合席で並ぶことになる。

今日は平日なので、すぐに通された。というか、日葵《ひまり》がここで働くOGと知り合いで、繁忙《はんぼう》期《き》でなければちょこっとおねだりして融通《ゆうづう》を利《き》かせてもらうのだ。

その座敷《ざしき》のテーブルを囲んで、日葵《ひまり》が湯飲みを掲《かか》げた。

「それでは、悠宇《ゆう》の新作アクセの完成披露会《ひろうかい》を始めまーす！」

「いえー」

俺は気の抜《ぬ》けた返事をして、湯飲みをかちんと合わせた。

熱い茶をすすると、一気に「よっしゃ寿司《すし》食うぞ！」って気分になる。ガリを小皿に盛っていると、向かいの二人がぼんやりしているのに気づいた。

「榎本《えのもと》さん、真木島《まきしま》。二人とも食わねえの？」

「そういう話じゃないだろう⁉」

激しくツッコんだのは、真木島《まきしま》だ。

榎本《えのもと》さんは、周囲を見回しながら縮こまっている。

「ナツ！　みんなで食事だとは聞いたが、なぜガチ寿司店《すしてん》なのだ⁉」

「……ひーちゃん。ここ、けっこう高いよね？」

注文用のタブレットで、タッチパネルをぽちぽちやる。

まあ、確かに周りは家族連れとか、社会人カップルばかりだ。高校の制服を着てる集団は、他にはいないだろう。

日葵《ひまり》が「へっ」と鼻で笑った。

「真木島《まきしま》くん。嫌《いや》ならこなくてよかったんだけどなー？　悠宇《ゆう》がどうしてもって言うから、せっかく誘《さそ》ってあげたのに」

「くっ⁉　ナツを引き合いに出すとは卑怯《ひきょう》な！　そういうところが嫌《きら》いなのだ！」

「二人とも、飯のときくらい仲よくしてくれよ……」

まあ、いいけどさ。気にせず注文を入力する。

俺はまず、焼き鯖《さば》の棒寿司《ぼうずし》から。炙《あぶ》りたての温かい鯖寿司《さばずし》が最高なんだ。口の中でほろほろと身が崩《くず》れ、じゅわっと脂《あぶら》が溶《と》ける。スーパーの惣菜《そうざい》コーナーでは絶対に味わえない。

そして日葵《ひまり》は絶対にトマトとモッツァレラのサラダを注文する。これ複数人用の大皿で提供されるけど、日葵《ひまり》は一人で平らげるから驚《おどろ》きだ。

真木島《まきしま》たちにタブレットを回すと、疲《つか》れた感じで受け取った。

「おまえたち、絶対に金銭感覚がおかしくなってるぞ……」

「わたし、誕生日でしかきたことない……」

とか言いながら、ちゃっかり注文するし。

真木島《まきしま》は、まず寿司《すし》の盛り合わせと地鶏《じどり》の鉄板焼き。これは地元民ならベーシックだ。

榎本《えのもと》さんは季節の天ぷらとか注文していた。この時期だと、タケノコの梅肉天ぷらが毎年恒《こう》例《れい》だ。あれ、美味《うま》いんだよなあ。

ぼちぼち届き始めた食事に箸《はし》をつけながら、真木島《まきしま》が聞いてきた。

「普通《ふつう》、打ち上げなら撮影会《さつえいかい》が終わった後ではないのか？」

俺がちょうど鯖寿司《さばずし》を口に入れたタイミングだったので、日葵《ひまり》が答えてくれる。

「インスタに投稿《とうこう》すると、しばらく注文の対応で余裕《よゆう》がないんだよー。悠宇《ゆう》は制作に集中するし、アタシも梱包《こんぽう》とか手伝うし。だいたい一ヶ月くらいしないと落ち着かないからさー」

その頃《ころ》には「打ち上げって言ってもなあ？」って感じだし。むしろ家に帰って寝《ね》るのを優先したいまである。

「なるほど。売れっ子も大変ということだな？」

「いや、あんまり持ち上げるなよ。個人の労力だと、どうしてもそのくらいかかるんだ」

もっと設備がしっかりすれば、効率もよくなるだろう。

でも、高校のうちは難しい。何より、自由になる時間が少ない。早く卒業して、工房《こうぼう》みたいな部屋を借りて制作に専念したい……。

真木島《まきしま》が、にやっと笑う。

「それで？　その新作というのも、見せてもらえるのだろう？」

「ああ。それじゃあ、ちょっと早いけど発表するか」

鞄《かばん》から、長方形の紙箱を取り出した。

今回は『恋《こい》』というテーマだ。繊細《せんさい》なものだし、ちょっとアクセサリーケースも雰囲気《ふんいき》を重視してみた。赤い和紙を使ったもので、これは以前、インスタ撮影《さつえい》で協力してもらった工芸用品店から仕入れたものだ。

蓋《ふた》を開けると、鮮烈《せんれつ》な紅色《べにいろ》を施《ほどこ》したチューリップのプリザーブドフラワーが出現する。手《て》袋《ぶくろ》をして、それを慎重《しんちょう》に取り上げた。

「今回はヘアピンにした。榎本《えのもと》さんの赤みのある黒髪《くろかみ》に、アクセを溶《と》け込ませるようなイメージだ。榎本《えのもと》さんには言ったことあるけど、チューリップは一日のうちの気温によって花弁の開き具合が変化する花でもある。今回は、気温が20℃以上……花弁が一番開ききった状態で加工した」

「ナツ、これはすごいな。チューリップがこんなに花弁が広がるとは知らなかった」

手袋《てぶくろ》を渡《わた》して、真木島《まきしま》にも手に取ってもらう。

「このヘアピンの部分は？　金属製じゃないだろう？」

「これは木製の漆塗《うるしぬ》り。アクセサリーケースを仕入れた店で注文したものだよ。量産品じゃないから、ちょっとコスト割高で、金額自体も上がっちゃったけど……」

「いやいや、とてもよいではないか。リンちゃんも、そう思うだろう？」

「う、うん。すごく綺麗《きれい》……」

榎本《えのもと》さんに渡《わた》そうとしたところで、いきなり日葵《ひまり》が割り込んできた。

「そうなんだよねーっ！」

「うわ、びっくりした！」

うっかり、ヘアピンを取り落としそうになる。とっさに手を伸《の》ばし、それをすんでのところでキャッチした。……危《あや》うく醤油《しょうゆ》味になるところだったわ。

「日葵《ひまり》！　危ねえ！」

「あっ⁉　……ご、ゴメンゴメン。つい、テンション上がっちゃってなー」

アハハ、と申し訳なさそうに笑った。

いくつかまとめて作ってたから、一応、スペアはある。

でも、これが一番、色合いが綺麗《きれい》にできたし。できれば撮影《さつえい》に使いたい。

「それに撮影《さつえい》終わったら、これ、榎本《えのもと》さんにあげる予定だし」

「そうなの⁉」

「うわ、びっくりした⁉」

今度は榎本《えのもと》さんが、テーブル越《ご》しに身体《からだ》を乗り出してくる。

危《あや》うくヘアピンを握《にぎ》りつぶしちゃうところだった。何なの？　今日はドッキリ促進日《そくしんび》なの？

昨日、それ系のテレビでもあった？

「榎本《えのもと》さんも、どうしたの？」

「あ、いや、だって、ゆーくんが……」

その視線が、ヘアピンに注がれていた。

「これまでも撮影《さつえい》に使ったアクセは、全部日葵《ひまり》が持ってるし。だから、これも榎本《えのもと》さんにあげるつもりだけど」

「ほ、ほんとにいいの？」

「せっかく手伝ってもらうんだし。あ、もし別のものがよかったら……」

「これでいい！　……あ、これがいい！」

「そ、そっか。気に入ったなら、いいけど」

「うん。これ、すごく可愛《かわい》い」

そして日葵《ひまり》がヘアピンをスマホのカメラに収めながら、うんうんとうなずいていた。

「ほんと、悠宇《ゆう》の最高傑作《けっさく》って感じだよねーっ。アタシも、すっごい可愛《かわい》いと思うもん。絶対に売り上げ最高記録達成できるって！」

「お、おう。そりゃ、どうも……」

「アタシ、もう販売《はんばい》キャッチコピー決めてるんだよ。『大切な人を繋《つな》ぐ、運命の赤い花』。これって運命の赤い糸とかけてるんだなー」

「説明されなくても全然わかるけど。でも気が早くねえ？」

「そんなことないよー。こういうのを意識してるかどうかで、モデルの表情も変わってくるんだって」

そう言って、榎本《えのもと》さんに話を向ける。

「ね、えのっち？」

「え？　う、うん。そうかも……」

「ということで、このキャッチコピーで決定ね。『大切な人を繋《つな》ぐ、運命の赤い花』。悠《ゆう》たちにぴったりじゃん」

……最後の一言が、明らかに余計なやつだ。

ここ最近、ずっと日葵《ひまり》はこういうことばかり口にする。俺と榎本《えのもと》さんを、妙《みょう》に意識させようとしているというか。

こんなの、榎本《えのもと》さんにも迷惑《めいわく》だろ。

「いや、日葵《ひまり》。おまえ、何か勘違《かんちが》いを……」

いきなり真木島《まきしま》が大声を上げた。

「そうだ、ナツよ！　どうせだから、リンちゃんにつけてあげたまえ！」

「おまえも、いきなり何を言い出すんだよ……」

変なところで日葵《ひまり》と張り合うのやめてくれない？

榎本《えのもと》さんと目が合う。彼女はほんのりと頬《ほお》を染め、俺のほうに顔を寄せてきた。

「じゃ、じゃあ、……お願いします」

マジかよ。

榎本《えのもと》さん、実は……いや、かなり場の空気に流されやすい。マジで将来、変な男に捕《つか》まらないようにしてほしい。

「やーれ、やーれ」

「ナツ、男を見せてみろ！」

うるせえぞ野次飛ばしども。こういうときだけ仲よくなってんじゃねえ。

二人がスマホのカメラを向ける中、ヘアピンを手にする。榎本《えのもと》さんが、熱っぽい視線をまっすぐに向けてきた。

……なんだろう。

すげえドキドキするっていうか……てか、なんで日葵《ひまり》たち、急に黙《だま》り込んでじーっと見てるの？　もっと茶化してくれないと、さすがにガチっぽくて恥《は》ずかしいんだけど。

榎本《えのもと》さんの前髪《まえがみ》を寄せて、耳にかけるようにする。彼女はくすぐったそうに身じろぎした。より分けた部分にヘアピンを差し込み、きゅっと固定する。

予想通り、チューリップの鮮《あざ》やかな紅色《べにいろ》が綺麗《きれい》な黒髪《くろかみ》に映《は》えた。

「これで、どうだろう……？」

「あ、ありがと……」

またもや「えへ」とはにかむ。

……この子は、マジで嬉《うれ》しそうにするよなあ。こっちまで、ちょっと変な気持ちになってしまう。

ふと日葵《ひまり》たちを見ると、なぜかそっちも照れた感じで顔を逸《そ》らしていた。

「いやー。悠宇《ゆう》、これはちょっとエロすぎっていうか……」

「うむ。オレが言い出しておいてなんだが、公共の場でやっていいことではなかったかもしれんな……」

どういう意味だよ⁉

俺のアクセが公序良俗《こうじょりょうぞく》に反するとでも言いたいのか！

「ま、ま！　メインイベントも終わったことで、次の注文いってみよっか！」

「おい日葵《ひまり》。一番高ぇ寿司《すし》を注文しろ。鮪《まぐろ》とカニ、あるだけだ」

「えーっ⁉　悠宇《ゆう》、これ、お兄ちゃんにレシート見せなきゃいけないんだけど！」

「うるせえ。人に恥《は》ずかしい思いさせといて、タダで済むと思うなよ」

日葵《ひまり》に関しては、後で雲雀《ひばり》さんにしっかりと叱《しか》ってもらおう。

♣♣♣

時計を見ると、20時が近くなってきた。

いい感じに食ったし、そろそろ引き上げを考える頃《ころ》だ。

「榎本《えのもと》さん、帰りは？」

「あ、しーくんがお兄さんに迎《むか》えにきてもらうから、それに乗せてもらう」

さすが幼馴染《おさななじ》みの強み。それなら安心だ。

その真木島《まきしま》は、最後のドリンクバーに行っていた。そっちのほうから、メロンソーダのグラスを揺《ゆ》らして戻《もど》ってくる。

その表情が、どうも妙《みよう》だった。険しく眉間《みけん》に皺《しわ》を寄せ、じっと日葵《ひまり》を睨《にら》んでいる。

「……そろそろ頃《ころ》合いか」

………？

確かに、そう呟《つぶや》いたような気がした。

そして席に着くと、いきなり真木島《まきしま》が言う。

「そういえば、ナツは今後の展開をどうするつもりなのだ？」

「今後の展開？」

真木島《まきしま》が、にいっと笑った。

ぐっとメロンソーダで喉《のど》を潤《うるお》すと、グラスをドンとテーブルに置いた。

「率直《そっちょく》に言おう。リンちゃんを、ナツの専属モデルにしたまえ」

「……は？」

その一言で、場が静まった。

日葵《ひまり》も……てか、榎本《えのもと》さんすらも初耳のように、真木島《まきしま》に視線を向ける。そんな中で、真木《まき》島《しま》がやけに演説っぽい仕草で続ける。

「ナツも今回の撮影《さつえい》で、リンちゃんをえらく気に入ったようではないか。このアクセも惚《ほ》れ惚《ぼ》れするような完成度だ。オレの見るところ、ずばり相性《あいしょう》がいい。悪い話ではなかろう？」

「そりゃ榎本《えのもと》さんは美人だし、俺はありがたいけど」

「そうだ！　よくわかってるではないか！　リンちゃんは美しい。これほどの逸材《いつざい》は、容易《たやす》く見つかるものではない。ナツの専属モデルを続ければ、さらに化けるぞ。リンちゃんと手を取り合って、より高みを目指したまえ」

「なんか話が飛躍《ひやく》してるんだけど。そもそも榎本《えのもと》さんの意思を無視してるだろ」

これは真木島《まきしま》の思いつきっぽいし。

俺のアクセで榎本《えのもと》さんが得をするわけじゃないのに、そこまで迷惑《めいわく》をかけるわけにはいかないだろ。

「わたしは、ゆーくんさえよかったら……」

「ええ。マジで？」

榎本《えのもと》さん、まさかの了承《りょうしょう》。

また流され……いや、そんな感じではない。その表情には彼女の本心が見えた。むしろ真木《まき》島《しま》の差し出口で、その機会を得たとでも言いたげだ。

……そうなると、俺に断る理由はない。

「まあ、俺のアクセのモデルが楽しいって言ってくれるなら……」

俺がそれを受け入れようとしたとき……。

「――それはダメ!!」

……日葵《ひまり》だった。

えらく大きな声だった。いや、大きな声というより……なぜか悲鳴のように聞こえた。

それに驚《おどろ》いたのは、俺や榎本《えのもと》さんだけではない。周りのテーブル席にいた家族連れも、驚《おどろ》いた様子でこっちを見ていた。

真木島《まきしま》だけが、我が意を得たりという感じで口元を歪《ゆが》めている。

日葵《ひまり》が我に返ったように、慌《あわ》てて言った。

「ご、ゴメン！　ちょっと声、大きかったねー」

アハハーと明るい笑顔《えがお》を浮かべて、真木島《まきしま》の提案について返答する。

「もちろん、真木島《まきしま》くんの提案はいいと思うよ。アタシも、えのっちなら大歓迎《だいかんげい》。でも、えのっちのためには、ならないんじゃないかなーって」

「……なぜかな？」

真木島《まきしま》が、少しだけむっとしながら聞き返す。

「悠宇《ゆう》はわかってると思うけど、あの宣伝用アカウント、この一年で急にフォロワー数とか伸《の》びたじゃん？」

「まあ、そうだな」

伸びたも何も、インスタでの活動を始めて一年くらいなんだけど。

「やっぱり、悪口とかも言われちゃうんだよね。『可愛《かわい》いからって調子のんな』とか、『スイーツの写真の真ん中に映り込む女（笑）』とか。アタシは平気だけど、匿名《とくめい》からの悪口って慣れてないときついし。そういうの、えのっちが受ける必要なくない？」

真木島《まきしま》がすぐに反論する。

「すでに今回のインスタでモデルをやる以上、その理屈《りくつ》は合わないのではないか？」

「一回限りのゲストと、継続《けいぞく》して専属になるのは意味が変わるでしょ？　やっぱり表に出る回数が多いほど、アンチの目につく可能性も高くなるわけだし……」

「そういうメンタルケアは、先輩《せんぱい》である日葵《ひまり》ちゃんの役目だろう？　もしや、自身の仕事が増えるのを面倒《めんどう》くさがっているわけでもあるまい？」

「そもそも、えのっちが向いてるかどうかって話をしているんだけどなー？」

「本当にそう思うのかい？　リンちゃんがそんなに弱い女でないことは、すでに承知しているはずだが？　現に今、きみを脅かしているほどだ」

「……何が言いたいの？」

「……何が言いたいのだと思う？」

なんだか、妙《みょう》な雰囲気《ふんいき》になってきた。

議論が白熱……というよりも、二人がどんどん喧嘩腰《けんかごし》になっていく。いつも俺を挟《はさ》んで言い合っているけど、どうもそれとは毛色が違《ちが》う。いったい、何が気に入らないんだ？

「二人とも。ちょっと落ち着いて……」

「悠《ゆう》宇は関係ないから黙《だま》ってて！」

「そうだぞ。ナツはお呼びではない！」

俺のアクセのモデルの話じゃなかったの⁉

日葵《ひまり》がさらに否定要素を挙げる。

「そもそも、お家《うち》のお手伝いどうすんの？　吹奏楽部《すいそうがく》もあるんだよ。ただでさえこの数週間、ずっとこっちに出ずっぱりだったじゃん。三足の草鞋《わらじ》とか、絶対に無理だよ」

「ナハハハ！　今回の件で、すでにきみたちの制作ローテーションは把握《はあく》した。先ほども、一回のインスタ投稿《とうこう》でその後の一ヶ月は販売《はんばい》期間に専念すると言っていたではないか。そこから新作のテーマを決定し、花を育て……少なくとも、モデルの仕事だけなら三ヶ月に二週間ほどだろう。継続《けいぞく》的に時間を取られるわけではあるまい」

「でもやるんだったら、文化祭とかは、こっちにも出てもらわなきゃだし。それにお花のレポート提出だって、けっこう大変っていうか……」

「何を言っている？　これはナツの専属モデルの話であって、リンちゃんを園芸部に入れるという話ではないだろう。論点がズレてきているぞ」

真木島《まきしま》が楽しげに、日葵《ひまり》を睨《にら》んだ。

「日葵《ひまり》ちゃん。何をそんなに焦っているぅ？」

「あ、焦《あせ》ってないけど？　アタシは、えのっちのためを思って……」

日葵《ひまり》が、俺を見た。

その表情は、日葵《ひまり》にしては珍《めずら》しかった。いつも飄々《ひょうひょう》としている態度とは正反対……まるで弱々しい女の子のようだった。

大切にしている玩具《おもちゃ》かお人形か、それを親に没収《ぼっしゅう》されそうになって泣きそうになっている子どものような。……それを必死に摑《つか》んで、誰《だれ》か助けてくれないかと懇願《こんがん》しているかのような表情だ。

「ね、悠宇《ゆう》もそう思うよね？」

「うーん……」

俺は考えた。

日葵《ひまり》の言い分は正しい。実際、そういう誹謗《ひぼう》中傷はある。むしろアカウントの人気が上がるにつれて、そういう輩《やから》は顔を出す。

でも、それは結局、ただの妬《ねた》みだ。日葵《ひまり》が可愛《かわい》いから、それに嫉妬《しっと》しているだけ。それこそ真木島《まきしま》が言うように、俺たちがしっかりとメンタルケアを尽《つ》くせば解決すること。

何より、榎本《えのもと》さんの気持ちはどうなる？

元はといえば、こっちの都合で引き込んだ。用済みになればバイバイというのは、それこそ不誠実だ。日葵《ひまり》には注文処理とかの実務作業も担当してもらってるし、モデルのほうの負担を減らせるのもメリットだろう。俺たちには利益こそあれ、断る理由はない。

「いや、本人がしたいって言ってるんだし、いいんじゃないか？」

「……っ⁉」

日葵《ひまり》の顔が歪《ゆが》んだ。

「ゆ、悠宇《ゆう》？　それ、本気？」

「本気っていうか、むしろ、なんでおまえが拒否《きょひ》ってんのかわかんないんだけど……」

「だ、だって！　アタシたち二人で頑張《がんば》ってきたじゃん！」

「いや別に、絶対に二人だけで達成しようって約束でもないじゃん。そもそも第三者のインスピレーションを取り入れるために、榎本《えのもと》さんを誘《さそ》ったんだろ？　それが成功して、まだ続投してくれるって言うんだし、申し出を拒否《きょひ》るのはおかしいだろ」

「そ、そうだけど……」

日葵《ひまり》が黙《だま》った。

気まずそうに、カルピスのストローに口をつける。

「てか、日葵《ひまり》さ。最近、ちょっと変じゃない？」

「へ、変って……？」

「なんか『恋《こい》』ってのをやけに強調してくるけど、明らかにやりすぎだろ。確かに女性に対して商売するなら、大事な要素だとは思う。でも、それを日葵《ひまり》が無理に表現する必要ないじゃん。……おまえ、いつも恋愛《れんあい》感情わかんねえって言ってるし」

そもそも日葵《ひまり》は、もっと爽《さわ》やかで中性的なイメージだ。

これまでみたいに季節や自然の中でこそ、モデルとしての真価を発揮する。わざわざ苦手な分野のモデルに固執《こしつ》することもないだろう。そういう役割分担も、榎本《えのもと》さんが入ってくれる強みになるはずだ。

……っていうのは、まあ、建前として。

それよりも、俺には気になっていることがあったのだ。そっちのほうが、むしろ俺の本音の部分だったりする。

「それに、これからも同じようにテーマごとのアクセを作るとしてさ。おまえが悪戯《いたずら》でもああいうこと、し、い、い、い、いうことしてくるの……ちょっとめんどいっていうか」

「……っ⁉」

日葵《ひまり》の顔が、かあっと赤く染まった。

暗に先日の科学室でのあのこと、言った。それがちゃんと伝わったらしい。

俺は正直、日葵《ひまり》からああいう心臓に悪い迫《せま》られ方をされたくない。

だって、あんなの繰《く》り返《かえ》されたら……好きになっちゃうし。

そもそも恋愛《れんあい》なしって約束なんだから、そういうリスクを避《さ》けるのって当然じゃん。これまでは、ベタベタしたり、エロトークをすることはあっても……ああいう男女の雰囲気《ふんいき》を感じることはなかった。

これからも『恋《こい》』のアクセを作るとき、日葵《ひまり》が「経験しとこ？」って言って、またキスなんか迫《せま》ってきたら……正直、俺は自力で止められる自信ない。だから榎本《えのもと》さんみたいに、日葵《ひまり》を止められる人がほしくなってしまう。

てか、こんなこと考えてるのが、すでに面倒《めんどう》くさいし。

「だから悪いけど、今回は日葵《ひまり》の味方はできない」

「…………」

日葵《ひまり》は黙《だま》っていた。

怒《おこ》らせたか？　いや、でも日葵《ひまり》のほうが悪いし。自分から榎本《えのもと》さんを誘《さそ》ったんだから、今回の主張は完全にわがままだろ。

……とか思ってると、日葵《ひまり》の手がせわしなく動いているのに気づいた。自分の鞄《かばん》を漁《あさ》りながら、何かをブツブツ呟《つぶや》いていた。

「クールダウン、クールダウン、クールダウン。大丈夫《だいじょうぶ》、日葵《ひまり》、おまえはやれる……」

「ひ、日葵《ひまり》？　どうしたんだ？」

「フ、フフ。別に？　なんでもないよ？　ちょっとヨーグルッペ探してるだけ……」

「いや、さっき今日の最後の一本、飲んでたけど……」

ピキッ、と日葵《ひまり》が固まった。

その表情から、すうっと温度が抜《ぬ》けていく。

「……ゴメン。クールダウン、無理っぽい」

「え？」

振《ふ》り返《かえ》った日葵《ひまり》は、笑顔《えがお》だった。

そして満面の笑《え》みのまま……俺の頭の上から、カルピスのグラスをひっくり返す。それはもちろん、俺の頭からびちゃびちゃに濡《ぬ》らした。

「…………」

「…………」

榎本《えのもと》さんが、ぽかんとした顔で見つめている。

あの真木島《まきしま》ですら、予想外というように口をあんぐりと開けていた。

日葵《ひまり》はそのストローをガジガジと噛《か》みながら、笑顔《えがお》のままで言った。

「ぜっこうしよ？」

「…………」

え？

今、なんて言った？

俺が呆《ほう》けていると、日葵《ひまり》がもう一度はっきりと言った。

「絶交」

「……は？」

絶交？

絶交って、アレか？　もうおまえとは口利《くちき》かなーい、ってやつ。小学校のとき、たまに男子たちが騒《さわ》いでいた。ちなみに俺は経験がない。……友だちいなかったから。

「ひ、日葵《ひまり》。冗談《じょうだん》、だよな……？」

「……冗談《じょうだん》？」

次の瞬間《しゅんかん》、日葵《ひまり》の笑顔《えがお》が悪鬼《あっき》の如《ごと》く歪《ゆが》む。

そして口にくわえたストローが、ブチイッと噛《か》み切《き》られた！

「悠宇《ゆう》なんて、ほんとに絶交だああああああああああああああああっ!!」

「えええええええええええええええええええええっ!?」

俺と日葵《ひまり》の絶叫《ぜっきょう》が、神田川《かんだがわ》の店内に爆発《ばくはつ》した。

V

〝不滅の愛〟

その翌日の学校。朝のHR前だ。

来週から始まるGWを前に、生徒たちは浮《う》き足立《あしだ》っていた。

今日が金曜日だから、土日を挟《はさ》んで、月曜日・火曜日を登校すれば、あとは5連休。運動部の生徒は、遠征《えんせい》などの話を交《かわ》し、それ以外は休日の予定で盛り上がる。

それに対して、俺の心中は穏《おだ》やかではなかった。

日葵《ひまり》から絶交を宣言されて、一晩が明けた。あの後、日葵《ひまり》は雲雀《ひばり》さんを呼び出して車でさっさと帰ってしまった。俺の話など、一切《いっさい》聞かずに。

おかげで俺は咲姉《さくねえ》さんに電話して、神田川《かんだがわ》の代金を持ってきてもらう羽目になった。

てっきりキレられるかとも思ったが、日葵《ひまり》にカルピスまみれにされた俺を見て爆笑《ばくしょう》し、むしろ大層ご機嫌《きげん》だった。……当然ながら、嫁《よめ》に行った二人の姉さんにもラインで報告された。

ラインと言えば、日葵《ひまり》は昨夜から全部既読《きどく》無視だ。

学校にきても、まったく口を利《き》かない。席が隣《となり》同士というのが、さらに気まずさに拍車《はくしゃ》をかける。

……マジで絶交らしい。

わからん。なんでだ。色々とわからん。

何が不満なのか。いや、話の流れからして、榎本《えのもと》さんの専属モデル化だろ。でも、何をそんなに嫌《いや》がる必要がある？　作業中も息が合ってたし、実際のところ仲いいじゃん。

そもそも絶交って。おまえ、小学生かよ。

そう考えると、なんかムカついてきた。なんで俺が一方的に悪者扱《あつか》いされなきゃいけないのか。そうだろ？　俺が何か悪いことした？

「…………」

俺はヨーグルッペをちゅーと飲んだ。今朝、自販機《じはんき》で買ったやつだ。

ふと隣《となり》を見たら、日葵《ひまり》と目が合った。そっちはそっちで、ヨーグルッペをちゅーと飲んでいる。

「…………」

「…………」

日葵《ひまり》が、にまーっと笑った。

なんか「んふふ〜。絶交って言われても可愛《かわい》いアタシが気になりすぎか〜？　悠宇《ゆう》ってば、ほんとアタシのこと好きだよね〜？」って感じ。確かに可愛《かわい》いのは認めるけど、おまえでかいブーメランが後頭部に刺《さ》さってるの気づいてる？

「………………」

ハンッ。

そっちがそのつもりなら、こっちにもやり方がある。具体的に言うと、この数週間で榎本《えのもと》さんから学んだ手法だ。

鞄《かばん》からお菓子《かし》の小袋《こぶくろ》を取り出した。うちのコンビニの新商品。めちゃ辛《から》いハバネロ系スナック菓子《がし》。それを一本、カリッと噛《か》み砕《くだ》く。

ビリッとくる辛《から》み。

それをヨーグルッペで流し込むことで、さらに引き立つ乳酸菌《にゅうさんきん》の甘み。

「あー、めっちゃうまいわー」

「……っ⁉」

「でも、一人じゃ食べきれねえかも。誰《だれ》か食ってくれないかな〜」

「〜〜〜っ⁉」

フッ。揺《ゆ》らいでおるわ。

いつもいいようにやられている分、こういうときにしっかり精神的な優位を示さなきゃいけない。

だって、俺は悪いことしてないもん。榎本《えのもと》さんがモデルになるのは彼女の意思であって、俺が誘《さそ》ったわけじゃない。俺に怒《いか》りの矛先《ほこさき》を向けるのは、てんでお門違《かどちが》いなのだ。

そもそも絶交した相手のラインに必ず三秒で既読《きどく》つけちゃうあたりに、日葵《ひまり》の微妙《びみょう》な心の隙《すき》を感じる。そんな状態で、よくもまあ絶交などと言えたものだ。

向こうでクラスメイトの男子たちが話しているのが聞こえた。「あの二人、珍《めずら》しく喧嘩《けんか》してない?」「いや、どう見てもイチャついてんだろ」「あんま見るなよ。新しいプレイのネタにされるぞ」……って、やめてよ。おまえら、絶対に聞こえるように言ってんだろ。

コホン、と咳《せき》をした。

「日葵《ひまり》、何が気に入らないわけ?」

「………………」

あ、こいつマジで無視するつもりだ。

大人げねえ。俺はスナック菓子《がし》の小袋《こぶくろ》を机に投げた。ヨーグルッペの紙パックが、ずずっと音を立てる。中身の空になったそれを、くしゃっと握《にぎ》りつぶした。

「じゃあ、いいよ。二人で専門ショップ立ち上げるって関係も終わりだな」

「……っ⁉」

一瞬《いっしゅん》だけ、日葵《ひまり》の顔色が変わった。

何かを言おうと、口を開きかける。でも、結局は無言のままだ。妙《みょう》に悲しそうな顔で、机に突《つ》っ伏《ぷ》してしまった。

周囲の生徒の視線が刺《さ》さる。

……いや、わかるけど。外野から見たら、明らかに俺がいじめてる感じだもん。こういうとき、日葵《ひまり》マジックは得だ。誰《だれ》も日葵《ひまり》がヒスって手を焼いてるなんて思わねえだろ。

(……まあ、すぐに元通りになるだろ。親友だって喧嘩《けんか》くらいするさ)

窓の外を見た。水平線には、日向灘《ひゅうがなだ》の青い海が広がっていた。

今日も天気がいい。絶好の花日和《びより》だ。学校なんてサボって、フラワーショップで球根とプランターでも買ってきたい。外で汗《あせ》を流して、もやっとした気持ちなんて忘れたい。

——ヴッと、バイブの音がした。

俺のスマホだ。何かの着信か？

スマホをチェックすると、日葵《ひまり》からだった。とうとう観念したらしい。俺のハバネロ兵糧《ひょうろう》作戦が効いたか。

何はともあれ、これでようやく話ができる。

あれ？　ラインじゃなくてメールだ。珍《めずら》しい。しかも、やけに本文が長い。なんか文面も堅《かた》苦《くる》しいというか……んん？

「……日葵宛《ひまりあて》のメールの転送？」

犬塚日葵様《いぬづかひまり》。ご連絡《れんらく》ありがとうございます。

芸能プロダクション…………の…………と申します。

快いお返事、誠《まこと》にありがとうございます。こちらとしては、直《ただ》ちに…………その具体的な方針は、追ってご連絡《れんらく》を…………その次第《しだい》によりましては…………五月末には、こちらの高校への転校の手続きも、視野に入れ、て……。

(なんだ、これ……？)

もしかして、日葵《ひまり》が前に断ったって言ってた、芸能事務所のスカウトのメール？　快い返事って……これ、いつのメールだ？

……昨夜だ。ちょうど、俺に絶交宣言した後の時間。

「ちょ、日葵《ひまり》!?　これ、どういうこと!?」

俺はつい、その場で立ち上がった。

勢いがつきすぎて、椅子《いす》が後ろの机にぶつかる。その大きな音のせいで、教室がシーンと静まり返った。

日葵《ひまり》の頭が、こっちに動いた。腕《うで》の隙間《すきま》から、マリンブルーの瞳《ひとみ》が覗《のぞ》く。

「……ぷはっ」

日葵《ひまり》が、にま～～～～っと笑った。

まるで「どうせ、すぐにアタシが許してくれると思ってたんでしょ？　謝るなら今しかないぞ～？」って感じだ。

「～～～っ!?」

あ、くそ！

こいつマジで腹立つ！

「日葵《ひまり》、おま……」

そこへ、担任の先生がきた。

教室内の雰囲気《ふんいき》に、口をへの字に曲げる。

「夏目《なつめ》。どうした？」

「……な、なんでもないです」

ちょうど、朝のＨＲのチャイムが鳴った。俺が椅子《いす》を持ち上げて座ると、クラスメイトたちも自分の席に戻《もど》っていった。

その後、日葵《ひまり》はマジでまったく口を利《き》かなかった。

♣♣♣

昼休み開始のチャイムが鳴った。

「……っ!!」

「……っ!?」

日葵《ひまり》が立ち上がると、疾風《しっぷう》のごとき素早《すばや》さで教室を出て行った。俺は鞄《かばん》から昼飯のコンビニパンを取り出していたせいで初動が遅《おく》れる。

廊下《ろうか》に出るが、すでに日葵《ひまり》はいない。

……またしても逃《に》げられた。

「くそっ！」

壁《かべ》を殴《なぐ》った。

なんかシリアスぶっているが、つまりは日葵《ひまり》が全然話を聞いてくれないのだ。

やっぱりラインは既読《きどく》無視だし、何より教室で俺が一方的に話しかけている図は恥《は》ずかしすぎてしょうがない。……今日だけで3回くらいクラスメイトに写真撮《と》られたし。

向こうから、パタパタとスリッパの音が聞こえた。

「ゆ、ゆーくん！」

「榎本《えのもと》さん……」

なんか焦《あせ》ってる感じだ。昨日の絶交宣言からずっと心配してくれてたし、俺たちの様子を見に来てくれたんだろうか。マジで優《やさ》し……いや待って。ちょっと走んないで。具体的に言うと、榎本《えのもと》さんの胸のあたりが男子には目の毒だから落ち着いて歩いてきて？

榎本《えのもと》さんが必死に息を整えながら言う。

「さっき、ひーちゃんからライン届いて……」

「マジか⁉」

あいつ、俺には返さねえくせに！

それを読んでみた。なんか「アタシは東京行くから、悠宇《ゆう》と仲良くねー」と余計なお節介《せっかい》が書かれている。マジで日葵《ひまり》っぽい。将来、若者の恋愛《れんあい》に首を突っ込んでウザがられる大人になりそう。……あれ？　それってうちの咲姉《さくねえ》さんでは？

「日葵《ひまり》って将来はアレになっちゃうのかあ。やだなあ……」

「ゆーくん⁉　よくわかんないけど、今はひーちゃんのほうをなんとかしなきゃ……っ！」

おっと、そうだった。

うちの咲姉《さくねえ》さんが増えることを憂《うれ》えている場合じゃない。

「ごめん！　わ、わたしがモデルしたいって言ったせいで……」

「いや、榎本《えのもと》さんのせいじゃないから。日葵《ひまり》がわがまま言ってんのが悪い」

「で、でも……」

榎本《えのもと》さんに申し訳なさそうにされると、こっちの心が痛む。

「とりあえず、日葵《ひまり》を見つけないと……」

「あ、わたし、いいの持ってる」

クッキーの小袋《こぶくろ》だった。

お店のラベルが貼《は》ってないので、榎本《えのもと》さんの手作りだろう。マジで嫁《よめ》にしたい美少女だ。

「ゆーくん。これが使えると思う」

「その手があったか。そういえば、俺も今朝の菓子《かし》の残りあるわ」

「じゃあ、それも一緒《いっしょ》に……」

俺たちは中庭に移動した。

俺と日葵《ひまり》が花を植えた、色とりどりの花壇《かだん》がある。その周りに、砕《くだ》いたクッキーやお菓子《かし》のクズを撒《ま》いていった。

俺たちは物陰《ものかげ》に隠《かく》れて、じっと獲物《えもの》が姿を現すのを待っていた。

「……こねえ」

「うーん。ひーちゃん、お腹《なか》空いてないのかな」

雀《すずめ》が飛んできて、地面をちょんちょん突《つつ》いていく。

すげえ和《なご》む。でも野鳥を餌付《えづ》けすると居着いちゃって糞《ふん》とかの問題が……ああっ！　雀《すずめ》たちが一斉《いっせい》に大空に飛び立った！

「二人とも、アタシのこと野生動物か何かだと勘違《かんちが》いしてないかなーっ⁉」

日葵《ひまり》だった。

中庭の向こうで、俺たちに向かってビシッと指さしている。

「いや、おかげで姿を現したじゃねえか」

「……っ⁉　しまった！」

アホなのだろうか。

いや、同レベルでやってる俺たちもアホか。……てか、もしかしてこれまでも、俺のこと見える位置で見張ってたな？

「日葵《ひまり》！　とにかく話を聞け！」

「う、うるさい！　悠宇《ゆう》と話すことなんてないし！」

「嘘《うそ》つけ！　だったら、その構ってちゃんムーブをやめろ！」

「構ってちゃんムーブ言うなあーっ‼」

俺は即座《そくざ》に追いかけた。

残念ながら、歩幅《ほはば》は俺のほうが圧倒的《あっとうてき》に上。運動神経も、俺のほうが上。俺が日葵《ひまり》に勝てる数少ないものの一つだ。

科学室への階段の踊《おど》り場《ば》で追いついた。日葵《ひまり》の腕《うで》を摑《つか》んで引き留める。

日葵《ひまり》は俺から顔を背《そむ》けて、大きく息をついていた。俺も息が荒《あら》い。……これ、他の生徒に見られたら完全に事案だ。

「日葵《ひまり》、なんでそんなに怒《おこ》ってんの？　そんなに榎本《えのもと》さんのモデルが嫌《いや》なわけ……？」

「……っ‼」

日葵《ひまり》の腕《うで》が動いた。

その右手が、俺の左頬《ほお》を鋭《するど》く張った。

「えのっちじゃない！　悠《ゆう》宇のそういうところがムカつくからでしょ!!」

「……な、何でだよ！」

痛え。マジで叩《たた》きやがった……っ！

今のは、ものすごくイラッとした。だってさ、完全に日葵《ひまり》が悪いじゃん。なんで俺が殴《なぐ》られたり、カルピスまみれにされたり、クラスの連中に悪い感じで見られなきゃいけないの？

俺が何かした？　最初っから、おまえが余計なことしたせいじゃん。

榎本《えのもと》さんをイオンに連れてきて、モデルさせるって言い出して、終わったら続投は嫌《いや》だってわがまま言ってさ。

その上、勝手に東京に行くとか言い出して……っ！

それはせめて相談しろよ。俺って、その程度なの？　これまで親友って言ってたの、嘘《うそ》だったわけ？　おまえにとって、俺は所詮《しょせん》、からかって遊ぶ玩具《おもちゃ》だったのかよ。

「おまえのそういう自分勝手なところ、俺だって嫌《きら》いだよ！」

つい、手が出ていた。

日葵《ひまり》の襟《えり》を摑《つか》もうとしたのが、少しだけズレた。日葵《ひまり》の首元だった。……俺は、ニリンソウのチョーカーを摑《つか》んでいた。

それを力一杯《ちからいっぱい》、引き寄せようとして……あっと思ったとき、その留め具が引き千切られていた。

……百均《ひやっきん》で買ったパーツだ。経年劣化《れっか》で、弱っていてもおかしくない。むしろ、これまで壊《こわ》れなかったのが奇跡《きせき》的だ。

でも問題は、それが足下《あしもと》に落ちて……俺が踏《ふ》んでしまったことだ。その感触《かんしょく》で、すぐに嫌《いや》な予感がした。

足を上げると……ニリンソウを包んだ菱形《ひしがた》のレジン部分に、大きなヒビが入っていた。

レジンはプラスチック樹脂《じゅし》……強い圧力がかかると、当然、割れることもある。さらにこれは気泡《きほう》が大量に入った失敗作だ。耐久性《たいきゅう》には、大きな問題があった。

「日葵《ひまり》。これは……」

「足、どけて‼」

「ぐほあっ⁉」

痛烈《つうれつ》な頭突《ずつ》きだった。

それが思い切り、俺の顎《あご》に命中する。くらっとした後、その場にうずくまると……日葵《ひまり》が壊《こわ》れたチョーカーを拾い上げて、顔を真っ青にして震《ふる》えていた。

「う、嘘《うそ》。そんな……」

「………」

悲痛な表情だった。この世の終わりだとでも言いたげな様子に、俺は……むしろ言いようのない怒りが湧き出ていた。

……なんだよ。

おまえ、マジで何がしたいんだよ。

人のこと捨てるって言ったり、アクセが壊《こわ》れただけでそんな顔になったり。

……ああ、そういうこと？

所詮《しょせん》、おまえが大事なのってアクセのほうだったわけ？　まあ、そうだよな。最初からそう言ってたし。俺との友情とか、どうでもいいことだったんだよ。

だから、そんな簡単に捨てようとできるんだよな？　アクセだけだったら、通販《つうはん》で取り寄せられるもんな。そうじゃなくても……他にいくらでも、替《か》えは利《き》くだろ？

……俺だけ日葵《ひまり》のことを大事にしてたとか、マジで馬鹿みてえだ。

「もういい。勝手に東京でもどこでも行けよ。おまえにとって、俺は何でも言うこと聞いてくれるアクセクリエイターってだけだもんな？」

「……っ⁉」

日葵《ひまり》の表情が歪《ゆが》んだ。まるで信じられないものを見るかのように、目を見開いていた。その唇《くちびる》が震《ふる》えている。

そして、頬《ほお》に一筋の涙《なみだ》が流れた。

「……それは悠宇のほうじゃん」

「は？」

意外な反論に、俺はつい口ごもる。

俺が？　何かしたのか？

日葵《ひまり》は乱暴に、目元を拭《ぬぐ》った。

「悠《ゆ》宇《う》だって、アタシのこと何でも言うこと聞いてくれる便利な裏方くらいにしか思ってないんでしょ？」

「そ、そんなことは……」

「ないの？　だったら、なんでえのっちを専属モデルにしたの？　悠《ゆ》宇《う》のアクセを最初に身につける権利、なんでもう一人にあげちゃうの？　……それはアタシのものだって約束したじゃん！」

言葉が出なかった。

否定したい。俺は日葵《ひまり》のこと、そんな雑な相手だとは思っていない。

……でも、この現状。日葵の言葉は、何も間違っていなかった。

あの中学二年の文化祭。モスでの打ち上げ。日葵《ひまり》は確かに言った。

『だから、その情熱の瞳《ひとみ》をアタシだけに見せて？　独占《ひとりじめ》させて？　そしたら、アタシはきみのアクセをいくらでも売ってあげる。——そういう運命共同体《しんゆう》になろ？』

先に約束を破ったのは……俺だ。

俺の沈黙《ちんもく》を誤解したのか、日葵《ひまり》が嘲《あざけ》るように笑った。

「えのっちのこと、好きなんでしょ？　だから一番にしたいんでしょ？　わかるよ。アタシだって、恋《こい》、知ってるもん。知っちゃったもん。アタシだって悠宇《ゆう》のこと応援《おうえん》したいよ。えのっちのことも祝福してあげたい。でも、でもさ……」

日葵《ひまり》がニリンソウのチョーカーを握《にぎ》りしめる。

「二番なんかで満足できるわけないじゃん!!」

日葵《ひまり》が叫《さけ》んだ。

それは感情的で、いつもの日葵《ひまり》ではなかった。……あるいは、最初からいたのかもしれないけど。俺が見ようとはしなかっただけで。

「悠宇《ゆう》は、これまでアタシのこと一番に考えてくれた。でも、今は違《ちが》うじゃん。アタシの気持ちをちゃんと見ようともしないくせに、そんなの笑って許せるはずない……っ!!」

「…………」

何も言えなかった。

日葵《ひまり》にだって悪いところはあるとか、だからって話し合わずにキレるのはおかしいとか、言いたいことはあった。たくさんあった。

でも、口は動かなかった。

日葵《ひまり》に何か言う資格は、俺にはないことだけはわかっていた。

「アタシは、アタシを必要としてくれる人のところに行くから‼」

「……っ⁉」

日葵《ひまり》が振《ふ》りかぶった。

壊《こわ》れたニリンソウのチョーカーが、俺の左胸にぶつかって落ちる。

俺はその背中が遠ざかるのを、見送ることしかできなかった。

♣♣♣

……人生にリセットボタンがあればいいのに。

そんなことを考えながら、うなだれる中庭。隅《すみ》に積んである肥料の袋《ふくろ》に腰《こし》かけて、コンビニパンをもそもそ食べる。さっきバラ撒《ま》いたお菓子《かし》のクズに、また雀《すずめ》が群がっていた。

その雀《すずめ》たちが、一斉《いっせい》に飛び立った。

日葵《ひまり》が……ああ、真木島《まきしま》か。

「ナハハハ！　そこまで露骨《ろこつ》に嫌《いや》そうな顔をされると、こちらとしては愉悦《ゆえつ》しかないなァ！」

その真木島《まきしま》は購買《こうばい》で買ったらしい焼きそばパンとコロッケパンを両手に持ち、大仰《おおぎょう》に両腕《りょううで》を広げていた。……こいつ、いつもこの二つ食ってんな。

「おまえが神田川《かんだがわ》で変なこと言わなければ、こんなことにはなってないだろ……」

「それは逆恨《さかうら》みというものだ。遅《おそ》かれ早《はや》かれ、こうなるのは目に見えていただろう？」

「…………」

図星。そうだよ。今のはただの八つ当たりだ。

俺が日葵《ひまり》を勘違《かんちが》いし続ける以上、その傷は水面下で広がっていくだけだった。

「何の用？」

「オレの戦果を見物にきただけだ。文句があるか？」

「文句しかねえんですけど。一人にしてくれない？」

「それはできない相談だ。リンちゃんに様子を見るように頼《たの》まれてるからな！」

真木島《まきしま》は隣《となり》に座ると、焼きそばパンにかぶりついた。

ついでに、ヨーグルッペを差し出される。……素直《すなお》に受け取っておく。口の中、パサパサだし。やっぱり廃棄《はいき》のパンって、昼飯には最悪だ。

「おまえ、なんで榎本《えのもと》さんを専属モデルにしろって唆《そそのか》したの？」

「そうでもせんと、リンちゃんに勝ちの目が見えなかったからなあ。あのままナツを持《も》ち逃《に》げされては、こちらとしては手が出せない。まあ、天岩戸《あめのいわと》の神話のようになる前に、逃《に》げ道《みち》を塞《ふさ》いでおきたかった」

「何でだよ。おまえが榎本《えのもと》さんを応援《おうえん》してるのはわかるけど、日葵《ひまり》からモデルの座を奪《うば》うのは関係ないだろ」

「本当に、そう思うのか？　さすがナツ、青いではないか」

真木島《まきしま》はフッと笑った。

「ならば仮にリンちゃんが、ナツと恋人《こいびと》になれたとしよう。でも、それではリンちゃんのクエストクリアにはならんのだ」

「どうして？」

「それはナツもよくわかっていることだろう？」

真木島《まきしま》は意味深に言って、残りの焼きそばパンをかじった。

「目標とは、得るより維持《いじ》するほうが難しい。恋愛《れんあい》も同じことだ。ナツを手に入れたとしても、途中《とちゅう》で破綻《はたん》しては意味がない」

「おまえが言うと、説得力がやべえよ……」

「ぐうの音も出ない。……これでもうまくやりたいとは思っておるのだが、なかなか思うようにいかなくてなあ」

「ええ。おまえ、それマジで言ってるの？」

「当然だ。誰《だれ》だって刺《さ》されたくはないだろう？」

「……確かに」

その言葉には、謎《なぞ》の重みがあった。……そういえば、こいつはいつも修羅場《しゅらば》ってるから。

真木島《まきしま》は小さなため息をつく。

「リンちゃんの立場になってみろ。せっかくナツを手に入れても、隣《となり》で日葵《ひまり》ちゃんと仲睦《なかむつ》まじくしている様子を見せつけられては可哀想《かわいそう》だ。ならばナツを手に入れる前に、どちらが上かをはっきりと白黒つける必要がある」

「でも、俺と日葵《ひまり》は親友であって……」

真木島《まきしま》が高笑いを上げた。

「おかしいな。ならば、なぜそんなに心をかき乱されておるのだ？」

ぐさっと刺《さ》さった。

俺の態度に満足すると、ぐっとこちらに身を乗り出す。そしていつものように、胸のあたりをツンツンと突《つつ》いてきた。

「いいか。『ライク』と『ラブ』など、所詮《しょせん》、根っこは一つの好意だ。それを自分の都合のいいように『友情』と『恋愛』の皮を被せて使い回しているにすぎん。ゆえに、それは些細《ささい》なことで容易《たやす》く形を変化させる。最近ナツが、日葵ちゃんに異性を感じているようにな？」

「うっ……」

俺はコンビニパンを取り落とした。……完全に図星だった。

「な、なんで知ってんだよ……」

「そうでなければ、リンちゃんを恋人《こいびと》にしない言い訳をくどくど並べたりしないだろう？　ナツが気にしているのはリンちゃんの気持ちではなく、日葵ちゃんに惹かれている罪悪感だ。その程度、恋愛《れんあい》マスターのオレが見抜《みぬ》けぬはずはあるまい？」

「ヤリチンクズ野郎《やろう》の間違《まちが》いだろ……」

「ナハハ。褒《ほ》め言葉として受け取っておこう」

真木島《まきしま》は、残ったコロッケパンを俺に渡《わた》した。落としたコンビニパンの代わりとでも言いたいらしい。

「この際、恋愛《れんあい》とか友情とか、そういったあやふやなものはすべて忘れろ。最も大切なことは誰が一番大事なのかということだ」

「次は俺を唆《そそのか》すわけ？　おまえ、榎本《えのもと》さんの味方じゃないの？」

「当然、オレはリンちゃんの味方だ。悪いが、オレは中学の元カノへの温情など欠片《かけら》も持ち合わせていないのでな」

「じゃあ、なんで？　榎本《えのもと》さんを応援《おうえん》するなら、ここで日葵《ひまり》が東京に行ってくれたほうがいいはずだろ」

そう単純な話でもないらしい。真木島《まきしま》は珍《めずら》しく、気まずそうにため息をついた。両手を組んで揉《も》みながら、小さく唸《うな》る。

「リンちゃんを専属モデルにしたいと言ったのは、確かにナツと日葵《ひまり》ちゃんの仲を壊《こわ》すのが目的だった。だが、これは明らかにやりすぎた。正直、オレもこんな誤算があるとは思わなかった」

「誤算って、日葵《ひまり》が東京行くって言い出したこと？」

「そうだ。普通《ふつう》は仲が拗《こじ》れれば、そっと距離《きより》を取るだけだ。実際、その程度がちょうどよいバランスだった。だが今回の日葵《ひまり》ちゃんの行動は『故郷を捨てなければナツを忘れることもできない』と言ってるようなものではないか。……あの飄々《ひょうひょう》とした日葵《ひまり》ちゃんが、そんな強烈《きょうれつ》な感情を秘めているなど誰《だれ》が予想できる？」

「…………」

それは、俺もわかる言葉だった。

ポケットの中の、壊《こわ》れたニリンソウのチョーカー。さっき、それをぶつけられたときのことを思い出す。

二番では満足できない……か。

日葵《ひまり》にあんなことを言われるとは、俺も思わなかった。

真木島《まきしま》が立ち上がって、ぐっと伸《の》びをする。俺に振《ふ》り返《かえ》ると、フッと笑った。

「こんな形で日葵《ひまり》ちゃんがいなくなれば、リンちゃんは自分のせいだと思い込むだろう？ 何せあの子は、ラブコメ漫画《まんが》から抜《ぬ》け出《だ》したようないい子ちゃんだ。オレはそんな幼馴染《おさなじ》みを見たくないだけなのだよ」

「…………」

「おおっと。疑わしそうだな。まあ、それもわからんでもない。控《ひか》えめに言って、オレはあまり人のいい性格をしておらんからな。泣かせた女は数知れず。それが今更《いまさら》、幼馴染《おさななじ》みへの義理を貫《つらぬ》こうなどと言っても……」

なんか一人で言ってるけど、俺は聞いていなかった。

これまで、なんで俺は真木島《まきしま》と馬が合うのかと不思議だった。正直なところ、友だちなんて日葵《ひまり》だけでよかったし。真木島《まきしま》とは価値観とかも合わないし。

でも、なぜかこいつとは話がしたいって思う。何を言われても、鬱陶《うっとう》しく感じない。その理由がようやくわかった気がする。

……似てるんだ。自分の本質を見誤っているところが、特に日葵《ひまり》と似てる。だから、俺も放っておけないんだろう。

「真木島《まきしま》、けっこう優《やさ》しいよな……」

「……は？」

真木島《まきしま》は、ボッと顔を赤らめた。

「お、オレは優《やさ》しくない！　ふざけるな！」

「いや、そんなマジなリアクションされても……」

男の照れ顔とか見たくないんですけど。

この瞬間《しゅんかん》だけ、顔面を榎本《えのもと》さんと交代してほしい。

「フンッ。ときどきナツは、そういう反抗《はんこう》を見せるからな。リンちゃんと付き合って、正式にオレの義弟《おとうと》になったら、そういう部分はビシビシ矯正《きようせい》してやる！」

「だから、なんねえよ⁉」

「ナハハハ。ではな。好きにしたまえ。このまま日葵《ひまり》ちゃんを放って、リンちゃんと結ばれるのも悪くないぞ。何度も言うが、リンちゃんは恋人《こいびと》としては最高の逸材《いつざい》だからな」

そう言って真木島《まきしま》は行ってしまった。

その背中が、どこか機嫌《きげん》よさそうに揺《ゆ》れている。

「やっぱ優《やさ》しいじゃん……」

そういう言い方をすれば、俺が日葵《ひまり》を引き留めるとわかっているのだ。それが榎本《えのもと》さんの罪悪感を消すためとはいえ、優《やさ》しくないという見方はできない。

「でも、そんな簡単にできたら苦労しねえんだけど……」

昼休み終わりのチャイムが鳴る。俺も教室に戻《もど》らなきゃいけない。……午後の授業、この状態で日葵《ひまり》と隣《となり》の席とか、絶対に気まずいんですけど。

♣♣♣

午後の授業が始まった。

俺と日葵《ひまり》は隣《となり》同士、シャープペンのキャップでタンタンタンと机を叩《たた》いたりしていた。二人とも授業をサボるということができない気質なので、気まずいことこの上ない。

古文の先生が、メガネの位置を整えながら言った。

「犬塚《いぬづか》さん。夏目《なつめ》くん。……何かあったのかね～？」

「「何がですかぁー？」」

ハモった瞬間《しゅんかん》、キッと睨《にら》み合《あ》う。

古文の先生は、額の汗《あせ》をハンカチで拭《ぬぐ》った。

「い、いやあ、いつもはうるさくて注意するくらいなんだが。今日はやけに静かだね～？」

「「それが何か問題でもぉー？」」

またハモった。

マジでこいつムカつく。真似《まね》してんじゃねえよ。

「……ま、まあ、早く仲直りしなさいね～」

「「それは了承《りょうしょう》できかねまーす」」

日葵《ひまり》のほうに目を向けると、ふと目が合った。

フンッとお互《たが》いに目を背《そむ》ける。古文の先生が、ひっと震《ふる》えた。

……日葵《ひまり》の目が、ちょっと赤かった。

いや、知らねえけど。そんな泣いた責任まで押しつけられても困るし。

（好きにしろって言われても……）

そもそも、俺が選ぶ立場じゃないだろ。

日葵《ひまり》が東京行きたいって言うなら、それこそ好きにしてって感じだし。俺が生活費とか家賃を出すわけじゃない。

俺だって、いつまでも日葵《ひまり》におんぶに抱《だ》っこじゃいられないわけだし。

日葵《ひまり》はいつも30まで何とかって言うけどさ。そんなに長い時間、誰《だれ》かと一緒《いっしょ》にいるなんて普《ふ》通《つう》は無理だろ。

それこそアクセと一緒《いっしょ》だ。

結婚《けっこん》とかしなきゃ、そんなに長い時間を共有するなんて不可能だ。

だから、いつかは別れるときがくる。日葵《ひまり》が進学したり、恋人《こいびと》ができたり、結婚《けっこん》したり。そんなに遠くない未来、必ず別れはくる。

それがちょっと早まったっていうだけ。

……五月末に引《ひ》っ越《こ》しってのは、さすがに急すぎだけど。

今がGW前だから、マジであと一ヶ月もないじゃん。

俺は芸能事務所にスカウトされたことないから知らないんだけど、みんなこんなもんなのかな。まあ、美しさの旬《しゅん》は短いし、急ぐのはわかるけどさ。

スマホを取り出した。ラインでメッセージを送る。

『マジで行くの？』

三秒で既読《きどく》がつく。……おまえ、ちゃんと授業聞けし。

『行く』

『なんで？』

『自分の価値を可視化したい』

価値を可視化……相変わらず、小難しい言葉を知ってる。

なんとなく意味はわかる。

自分が必要とされてるっていう証拠《しょうこ》がほしいってことだ。

日葵《ひまり》から、続けてメッセージが入った。

『悠宇《ゆう》にはわかんないと思うけど』

……わかるさ。俺だってずっと、一人でアクセを作る日々だった。

誰《だれ》にも理解してもらえず、誰《だれ》にも見てもらえず、そして誰《だれ》からも必要とされなかった。

（……そうか。そりゃ全部、俺のせいだわ）

最初に、俺のアクセを必要としてくれたのは日葵《ひまり》だった。

日葵《ひまり》のおかげで俺のアクセは命を繋《つな》ぎ、日葵《ひまり》のおかげで世間に広まった。そしてあの日、日葵《ひまり》のためにアクセを作り続けることを約束した。

それを反故《ほご》にすれば、この顛末《てんまつ》も当たり前だろ。

『やっぱり、東京行くのやめない？』

『やだ』

『榎本《えのもと》さんのモデルは、土下座して断るから』

『お兄ちゃんが言ってた。男は同じ失敗を繰《く》り返《かえ》す生き物だって』

『反論の余地がねえ』

『じゃ、この話はお終《しま》い』

　スマホをポケットに戻《もど》した。

　日葵《ひまり》は頑固《がんこ》だ。一度決めたら、ちょっとやそっとじゃ意見を曲げない。だから、俺が何か言ったところで、結果は変わらないだろう。日葵《ひまり》は東京に行くし、きっと人気のある存在になると思う。……まあ、何になるかは知らないけど。

　俺が一緒《いっしょ》だろうが、一緒《いっしょ》じゃなかろうが、そういう未来になるのだろう。

（……じゃあ、しょうがねえか）

　しょうがない。

　こんな結末になるのも、しょうがない。

　人生っていうのは、思い通りにならないものだから。

　そして思い通りにならないのなら……俺は自分の力だけで、自分の理想の未来を摑《つか》まなきゃいけないのだ。

◇◇◇

ぷっはーっ。

悠宇《ゆう》のやつ、バッカでぇー。

行くわけないじゃん、東京なんか。

なんでお祖父《じい》ちゃんもお兄ちゃんもいないところで生活しなきゃいけないの？　顔も知らないようなファンで満たされたいって思うほど、アタシ生活に不満とかないし。

アタシ、自分の地元好きだしね。

たとえ田舎《いなか》だって、住めば都って言うし？

そりゃ映画の最新作を見るのにも、電車で一時間かかるイオンモールまで出なきゃいけないような田舎《いなか》ですけどね？　それだって、悠宇《ゆう》と遠出する計画立てるのは楽しいし。美味《おい》しい原《はら》宿《じゅく》のパンケーキのお店もないけど、えのっちのお店のケーキのほうが一〇〇万倍美味《おい》しいし。

悠宇《ゆう》ってば、ほんとムカつくよね。アタシ顔も知らないようなスカウトの誘《さそ》いにホイホイ乗るような尻軽《しりがる》じゃないんだけどなー。

（ま、さっきの嘘泣きが効いたみたいだけど……）

これこそ、アタシの『おねだり技《わざ》』の奥義《おうぎ》の一つ。

これをやれば、みんなアタシの言うことを聞いてくれる。お祖父《じい》ちゃんやお兄ちゃんを操《あやつ》るための最終兵器。未《いま》だに悠宇《ゆう》にも見せたことのない、最強の一手。これを喰《く》らって、さすがの悠宇《ゆう》も平然としてはいられまい。

……いや、ほんと、嘘泣《うそな》きですけど？　アタシがガチで泣くわけないじゃん。たかだか、悠《ゆ》宇《う》のアクセが壊《こわ》れただけで……悠宇《ゆう》のアクセなら、いくつも持ってるし……。

ううっ……。

やめ、やめ！　すぎたことを思い出すな！　授業中に泣いてるの見られたら、それこそ悠宇《ゆう》を調子づかせるだけじゃん。いつもの仏頂面《ぶっちょうづら》で「ハッ。やっぱり、おまえ、俺のこと好きすぎでは？」……ってムカつく！　別に好きじゃないですけど⁉

（ああもう！　首元がスースーする！　……後で絶対に新しいの作らせる）

とにかく……フフフ。

悠宇《ゆう》へのダメージは深刻だ。ようやく、アタシの偉大《いだい》さと大事さが身に染《し》みたらしい。ざまあみろってんだ。

後は、悠宇《ゆう》が土下座してくるのを待つだけ。

情けなく「行かないでぇー日葵様《ひまりさま》ぁーっ！」って泣き喚《わめ》くのを見下ろしながら、アタシはオホホと笑って「悠宇《ゆう》くんはしょうがないなー。どれ、ここは一つ交換《こうかん》条件といこうかなーっ！」ってあらゆる要求を突《つ》きつけてやる。

まず毎月一回、日葵様《ひまりさま》感謝デーを設定する。この日は、悠宇《ゆう》は全身全霊《ぜんしんぜんれい》を尽《つ》くしてアタシの言うことを聞かなくてはいけないのだ。

そしてお花アクセ。もちろん、今後はアタシのためだけに制作してもらうから。えのっちもモデルしていいけど、まずはアタシから。アタシ、ファーストレディ。オッケー？

さらに、お試《ため》しキス制度も導入しよう。悠宇《ゆう》は今後、アタシがお試《ため》しキスを迫《せま》ったら決して拒《こば》んではいけない。乙女《おとめ》の心に傷をつけた報《むく》いを受けてもらうってわけ。学校だろうがイオンだろうが拒否権《きょひ》ナシ！　……なんか論点がズレてる気がするけど、まあいっか！

（人は勝利を目前にすると、ここまで残酷《ざんこく》になれるんだなー。恐《おそ》ろしい、アタシは自分が恐《おそ》ろしいよ……ぷはっ）

悠宇《ゆう》の絶望する横顔を観察しながら、アタシは悦《えつ》に入るのだった。

そんな古文の授業が終わり、放課後になった。

どれ。そろそろくるでしょ？　たぶん悠宇《ゆう》のことだから「日葵《ひまり》、ちょっと話ある」って呼び出しにくるに違《ちが》いない。仕方ないから、帰るのを待っといてあげよっかなー。

……あれ？

気がつけば、隣《となり》の席の悠宇《ゆう》がいない。鞄《かばん》もない。……いつの間に？

「ねえ。悠宇《ゆう》、どこ行ったか知らない？」

教室に残ってるクラスメイトに聞いてみたけど「さっき帰ったよ」って返事だった。

……まあ、悠宇《ゆう》だからなー。

あいつ女々《めめ》しいし。だから、まずはアタシを失う悲しみに一人で泣きはらす時間が必要ってことでしょ。

よし、許す！　悠宇《ゆう》のそういうところ、可愛《かわい》いから嫌《きら》いじゃないよ。存分に枕《まくら》を涙《なみだ》で濡《ぬ》らすがよい！

そして翌日からの土日だ。

アタシの予想だと、ここらで泣きついてくるね。

ずっとスマホを見ていた。いつ悠宇《ゆう》から呼び出しがきてもいいように、ばっちりお洒落《しゃれ》を決めていた。

……こなかった。

おかしいなー。そんなにショックだったのかなー？

日曜日の夜に、アタシはFacebookとTwitterをチェックした。〝you〟のアカウント……特に変化なし。

なるほど、アタシは勘違《かんちが》いをしていたよ。

アタシの東京行く宣言は、悠宇《ゆう》にとってアタシが想定する以上にショックな出来事だったんだよね？

可愛《かわい》いやつめ。許す！

どれどれ、ついでにえのっちのTwitterアカウントでもチェックしてやろう。この子、お菓《か》子《し》の写真とか頻繁《ひんぱん》に更新《こうしん》してて可愛《かわい》いんだよね。

一向にフォロー返してくれないけど、アタシは見られればいいから気にしないよ！

（……あれ？）

写真が載《の》ってた。

イオンに入ってるサーティワンのダブルコーン。さすが洋菓子《ようがし》店の跡取《あとと》り、新作フレーバーをきっちりチェックしている。

問題は、それを二つ並べて撮《と》っているところ。えのっちの手と、別の人の手が映ってた。

……これ、悠《ゆう》宇の手じゃん。

アタシが見間違《みまちが》えるはずないし。この休日お洒落用《しゃれよう》の無骨なメンズリングとか、アタシが買ってあげたやつだし。てか、「学校の友人とお花選びにきました！」って書いてるし。休日にえのっちとお花屋さんにくるやつとか、悠《ゆう》宇だけじゃん。

…………翌日の月曜日。アタシは朝方まで寝《ね》られなくて初めて学校に遅刻《ちこく》した。めっちゃ恥《は》ずかしかった。特に悠《ゆう》宇の「何やってんだこいつ？」っていう冷たい視線が痛くて痛くてしょうがなかった。

そしてGWが始まって、終わった。

その間……ほんとに何もなかった。

連休明け、アタシ不在のまま『恋《こい》』の新作アクセのインスタは無事に投稿《とうこう》されていた。えのっちの渾身《こんしん》の写真も、たくさんの『いいね』をもらっている。

コメントに「新しいモデル!?」「この子も可愛《かわい》い！」みたいなのが多かったけど、それに関して悠宇《ゆう》は返信してなかった。……というか、そういうのはアタシの仕事だったし。

今回は、制作過程の写真なんかも投稿《とうこう》されていた。

えのっちの洋菓子《ようがし》店に、イートインコーナーができたって紹介《しょうかい》している。そこに、えのっちや常連さんたちが楽しそうにしている写真もあった。

悠宇《ゆう》も映ってた。ケーキを一心不乱に食べている。……アタシが一緒《いっしょ》に食べようって誘《さそ》っても、乗ってこなかったくせに。

しかも真木島《まきしま》くんのどアップもあった。なるほど、こいつがアタシの代わりをしたのか。ほんとにムカつく。そもそも、この男が変なことを言い出さなければ、こんなに拗《こじ》れなかったのに。このやけに挑発《ちょうはつ》的な笑顔《えがお》、きっとアタシが見てるの前提なんだろうな。……この写真だけ違反《いはん》報告してやろうっと。

学校が始まっても、悠宇《ゆう》はまったく変わらなかった。……あと一ヶ月もないのに、ほんとに口も利《き》こうとしない。

ある放課後は、中庭の花壇《かだん》のお花をせっせと収穫《しゅうかく》していた。

えのっちも手伝ってたし、楽しそうだった。二人の関係がすごく熟《こな》れてきているように見えて苦しかった。きっと今頃《いまごろ》、二人で綺麗《きれい》なお花アクセを作ってるんだろう。

……ほんとにもう、アタシの居場所なんてないみたい。

(大丈夫《だいじょうぶ》、大丈夫《だいじょうぶ》。あと二週間くらいあるし……)

そりゃアタシは最高に可愛《かわい》いですし？　東京に行っちゃうと、きっと大人気間違《まちが》いなしですし？　きっと高嶺《たかね》の花すぎて萎縮《いしゅく》しちゃってるんだろうな。

……おい、ほんとにいいのか？

ちょっと聞き分けがよすぎない？

ほんとに行っちゃうぞ？

そろそろ泣きついてくる頃《ころ》でしょ？


……そこでふと、思い出してしまった。


あの神田川《かんだがわ》での、悠宇《ゆう》の言葉。

『それに、これからも同じようにテーマごとのアクセを作るとしてさ。おまえが悪戯《いたずら》でもああいう、い、い、いうことしてくるの……ちょっとめんどいっていうか』

そうだった。

目を覚ませ、日葵《ひまり》。

おまえは一度、フラれたんだぞ？　そんな面倒《めんどう》くさい女を、わざわざ引き留めるはずないじゃん……。

五月の中旬《ちゅうじゅん》。

天気がぐずつき、雨の日も増えてきた。うちのお屋敷《やしき》の庭にある紫陽花《あじさい》も、いい感じに花を咲《さ》かせている。

中学の頃はこれを悠宇《ゆう》と、すごく可愛《かわい》い首飾《くびかざ》りにして遊んだなー。

ちなみに花言葉は『移り気』『浮気《うわき》』『無常』……フフ、泣きそう。

足取りが重かった。玄関《げんかん》を開けると、寒々しい我が家が迎《むか》える。お母さんは、今日はいないのかな。

「ただいまー……」

キッチンに入ると、珍《めずら》しくお兄ちゃんが先に帰っていた。無言で珈琲《コーヒー》を飲みながら、夕刊を広げている。

……まだスーツから着替《きが》えていないのを見るに、仕事のことを考えているんだろうな。この人って衣服で、今、何を考えてるかわかるんだよね。

こういうときは、そっとしてたほうがいい。お兄ちゃん、アホっぽいけど仕事は猛烈《もうれつ》に忙《いそが》しいらしいし。

手洗いとうがいをして、自分のカップに珈琲《コーヒー》を入れる。ついでにテーブルの上のバームクーヘンを拝借した。たぶん、婦人会でもらってきたやつだと思う。お母さんも近所付き合い大変だなー。

……とか思ってると、お兄ちゃんが夕刊から顔を上げた。

ようやく、アタシのことに気づいたみたい。にこっと微笑《ほほえ》むと、いつもの優《やさ》しい表情で言った。

「日葵《ひまり》。おかえり」

「ただいま。お兄ちゃん」

「母さんはまだ畑のほうにいるよ。夕飯は鍋《なべ》にカレーがあるから適当に食べなさい」

「はーい」

どうりでいい匂《にお》いがしてるはず。

うへへ。アタシの心を癒《い》やしてスパイシー。

パンとご飯、どっちで食べようかなー。今日はじめっとしてるし、パンをカリッと焼いて食べようかなー。そういえば食パン一斤《いっきん》丸々あったっけ？　ここは豪勢《ごうせい》に中身をくり抜《ぬ》いて、シカゴピザ風カレーグラタンでも……。

「そういえば、日葵《ひまり》。最近、悠宇《ゆう》くんの話をしないね？」

「……っ⁉」

アタシの手が止まった。

しまった。不意打ちに、つい動揺《どうよう》してしまった。お兄ちゃんは、きっと目ざとく気づいているはず。

落ち着け、アタシ。まだ致命打《ちめいだ》ではない。しれーっと、何事もないよーに、可愛《かわい》く報告すれば大丈夫《だいじょうぶ》。

お兄ちゃんも「それは大変だな。ところでこの一万円《おこづかい》でアイスでも買って食べなさいハッハッハ」とか言ってくれるはず。……アタシ金持ちのイメージが雑すぎない？

「あー、いやー、ちょっと喧嘩《けんか》してるっていうかさー？　まあ、大したことじゃないんだけどねー……」

「ほう。おまえたちが喧嘩《けんか》とは珍《めずら》しいな」

「アハハ。そうなんだよなー。まあ珍《めずら》しいけど、こういうこともあるよなーって」

「そうだな。そういうこともある。青春とは、うまくいかなくて当然だ」

やった、お兄ちゃんは納得《なっとく》してくれた。

アタシはホッとして、食パンを一斤《いっきん》、まな板の上に置いた。

これをくり抜《ぬ》いて、カレーを流し込んで、チーズたっぷりかけて……。

「ところで、その大したことない喧嘩《けんか》で、二週間以上も口を利《き》いていないというのはどういうことかな？」

「……っ⁉」

ついパンをくり抜《ぬ》くナイフを落としてしまった。間一髪《かんいっぱつ》、アタシの両脚《りょうあし》の間の床《ゆか》に突《つ》き刺《さ》さる。……いや、これパンナイフなんだけど。うちって老朽化《ろうきゅう》やばすぎでは？

振《ふ》り返《かえ》ると、お兄ちゃんはにこーっと笑っていた。

なんか「貴様、その程度の偽装《ぎそう》でイケメンの俺の目を欺《あざむ》けると思ったのか？ ……フッ、愚《おろ》かな」って感じだった。

「あ、ああ、ええ……？」

「フフ。簡単なことだよ、日葵《ひまり》。おまえから感じる悠宇《ゆう》くん成分が、ここ二週間ほど急速に低下しているからね。最近は完全に枯渇《こかつ》しているにも関わらず、まったく補給されていない。悠《ゆ》宇《う》くんに何かあったのでなければ、日葵《ひまり》が避《さ》けられているということだろう？」

なんでわかんの⁉

悠宇《ゆう》成分って目に見えるものだった⁉

「さ、さすがお兄ちゃん。伊達《だて》にアタシのお兄ちゃんじゃないね……」

「当然だよ。未来の義弟《おとうと》のために、僕は身を粉にしてこの町を住みやすいものへと改造しているんだからね」

素直《すなお》に「うわ気持ち悪っ」って思った。だからお兄ちゃん、格好よくて性格もいいくせにカノジョできないんだよなー。

お兄ちゃんは謎《なぞ》のキラキラオーラを纏《まと》ったまま、アタシに説明を求めてくる。

「それで、何があったんだい？」

「えーっと。さすがにお兄ちゃん、妹のプライベートに口を出すのは……」

「日葵《ひまり》が素直《すなお》に相談しないということは、僕に知られたら都合の悪い部分があるんだろう？　それは同時に……日葵《ひまり》、おまえに非があるということを白状しているようなものだ」

す、鋭《するど》い……。

さすがお兄ちゃん、アタシのことをよくわかってる。

「早く言え」

「……ううっ！」

笑顔《えがお》の圧がすごい。

こういうところ、ほんとにお祖父《じい》ちゃん譲《ゆず》りなんだよなー。

アタシは「へへ……」と愛想笑《あいそわら》いを浮《う》かべて、ぽつぽつと言った。

「ゆ、悠宇《ゆう》にフラれて、腹いせに、東京《とうきょう》行くって嘘《うそ》ついて、向こうから謝ってくるの待ってるというか、なんというか……」

「………………」

お兄ちゃんが、じっと無表情でアタシを見ている。

カシャ、カシャ、カシャ、とお兄ちゃんの思考が高速で動くのがわかった。たったそれだけの言葉で事態を正確に導き出すと——ギンッと鬼《おに》のような形相《ぎょうそう》になった。

「――大馬鹿野郎《やろう》がぁぁぁぁぁぁぁぁぁぁぁぁぁぁぁぁぁっ!!」

うちの屋敷《やしき》が震《ふる》えるほどの怒声《どせい》だった。

ほんとに揺《ゆ》れてる！　台風がきてるみたい！　怖《こわ》い、ほんと怖《こわ》い……っ！

アタシが恐怖《きょうふ》で動けなくなってると、お兄ちゃんがテーブルにドンッと片足をのせた。まるで怪獣《かいじゅう》みたいなポーズでアタシを睨《にら》み付《つ》けると、ギャアアッと吠《ほ》える。

「悠宇《ゆう》くんが謝らざるを得ない状況《じょうきょう》に追い込んで、自分に優位な要求を通そうとしているわけだな!?　おまえがしていることは、いつものおねだりではなく恐喝だ！　犬塚《いぬづか》家の人間として恥《はじ》を知れぇぇぇぇぇぇぇ!!」

「ごめんなさい、ごめんなさい、ごめんなさい……っ!!」

正座して深く頭を下げる。

ド正論。反論の余地がない。お兄ちゃん、こういう姑息《こそく》なの大嫌《だいきら》いだからなー……っ！

「これで悠宇《ゆう》くんのメンタルに悪影響《あくえいきょう》があったらどうする！　この世界の大損害だぞ！」

最後の火を噴《ふ》く感じで荒《あら》い息を漏《も》らすと、お兄ちゃんはテーブルに座り直した。トントン、とテーブルの向かい側を指で叩《たた》く。『座れ』『説教だ』『そして死ね』のサインだった。言うとおりに、向かいの席に座って縮こまる。

「日葵《ひまり》。僕との約束を破るつもりか？」

「ううっ……」

さっきより静かな声だった。

それだけに、まるで鋭利《えいり》な刃《やいば》のように鋭《するど》くお腹《なか》に刺《さ》さる……。

「おまえは中学校の文化祭の折、あの榎本に対して僕に頭を下げさせた。土下座をさせられ、ヒールを舐《な》めさせられ、目の前で西野《にしの》カナを熱唱させられた。あれほどの屈辱《くつじょく》、仕事でも未《いま》だに味わったことはない！」

「お兄ちゃん的にはご褒美《ほうび》じゃん……」

「二次元に限ると言っているだろう!!　おまえ、反省していないようだなあ!?」

ごめんなさい、ごめんなさい！

つい口が動いちゃうんです！

「お、お兄ちゃんが、えのっちのお姉ちゃんと死ぬほど仲が悪いのは知ってます……っ！」

「その通り。おまえの一生のお願いだというから、僕はやったんだ。あの榎本《えのもと》のTwitterで宣伝してもらい、できる限りの友人たちや後輩《こうはい》たちにも広めてもらった。200個近くのアクセを完売させるためにな！」

お兄ちゃんは苛立《いらだ》たしそうに両腕《りょううで》をさすった。たぶんそのときのことを思い出したら、鳥《とり》肌《はだ》が立ったんだろうな……。

「それでも僕が手を貸したのは、僕自身《じしん》が悠宇《ゆう》くんのアクセに惚《ほ》れ込んだからだ。あれは素晴《すば》らしい。いずれは、この町の名を世界に轟《とどろ》かせるだろう！」

「あ、でしょー？　やっぱりお兄ちゃんも見る目あるー……」

ふいに悠宇《ゆう》のアクセが褒《ほ》められて、ついアタシの頬《ほお》が緩《ゆる》む。

すかさず察したお兄ちゃんから、キッと睨《にら》まれた。……いけない、いけない。

「日葵《ひまり》。その悠宇《ゆう》くんのアクセの完売に協力するための、僕からの条件を覚えているか？」

「……ゆ、悠宇《ゆう》の専門ショップのサポートを、途中《とちゅう》で投げ出さないことです」

「そうだよな？　あのときの悠宇《ゆう》くんは、間違《まちが》いなく人生の岐路《きろ》にあった。それを、おまえは自分のわがままで、彼の人生からアクセサリークリエイター以外の選択肢をすべて奪い取ったんだぞ？」

またもや正論。

……そうなのだ。あのとき悠宇《ゆう》のアクセが売れなければ、専門ショップ開店の夢は消えていた。でも逆を言えば、悠宇《ゆう》のご両親から課せられた『アクセ100個完売』を達成すれば、悠宇《ゆう》の人生はそれ以外の逃げ道が塞がれるということでもあった。

途中《とちゅう》で嫌《いや》になっても、時間は戻《もど》らない。そこから学歴重視の公務員なんて無理だし、あのコミュ障の悠宇《ゆう》が一般企業《いっぱんきぎょう》でうまく出世していけるとも思えない。

もしショップが開店できても、売り上げが伸《の》びずに潰《つぶ》れる可能性だってある。残るのは夢の残骸《ざんがい》だけじゃなく、ちょっとやそっとでは返済できない借金の山。うちは土地持ちだから、アタシは子どもの頃《ころ》からそういう事例をいくつも見てきた。夢っていうのは、摑《つか》むよりも維持《いじ》するほうが大変なんだ。

だからお兄ちゃんは、アタシにそれを約束させた。

犬塚《いぬづか》家のお金には手をつけず、自分の力だけで悠宇《ゆう》のお店を死ぬまで維持《いじ》すること。あのときは「んふふー。可愛《かわい》いアタシには余裕《よゆう》でしょ？」とかぶっこいてたけど……まさか、こんな形で計画が綻《ほころ》ぶなんて思ってもみなかった。

お兄ちゃんが、ギラリと目を輝《かがや》かせた。テーブルに身体《からだ》を乗り出して、アタシの顔をじろりと睨《にら》み付《つ》ける。

「日葵《ひまり》ぃ。僕は、おまえのことを特別扱《とくべつあつか》いしていたわけじゃない。おまえに手を貸せば、結果的に悠宇《ゆう》くんのためになると踏《ふ》んでいたからだ。それをまさか『飽《あ》きたら捨てればいい』なんてクソ飼い主の気分でいたわけじゃないだろうなあああああああああ？」

「違《ちが》う違《ちが》う違《ちが》う……っ！　そんなことないし……っ！」

「じゃあ、この惨状《さんじょう》は何だ？　おまえは自分の気に入らないことがあっただけで、悠宇《ゆう》くんのサポートを投げ出してるじゃないか。僕がインスタをチェックしていないとでも思っているのか？　榎本《えのもと》の妹がモデルをしてるのはいいとしても、なぜ顧客《こきゃく》への返信をしていない？　それはおまえの仕事であり、その放棄《ほうき》は悠宇《ゆう》くんのアクセ制作の邪魔《じゃま》をすることになると気づかないのかああああああ？」

「ああうぅ……っ！」

最初っから、こっちに異変が起きていることはお見通しだったらしい。

むしろ、その答え合わせのために、こうやって会話の時間を設けたんだろう。ああ、うちのお兄ちゃんが悠宇《ゆう》のこと好きすぎてアタシがピンチ……っ！

「だ、だづでゆうがわるいんじゃん……づ！」

「悪くない！　おまえの恋愛《れんあい》感情とフラワーアクセへの責任は別問題だ！　ここでベソかいてる暇《ひま》があったら、さっさと謝りに行かないかっ!!」

アタシは唇《くちびる》を噛《か》んだ。スカートをくしゃっと握《にぎ》る。

お兄ちゃんはわかってない。アタシの気持ちなんて、全然わかってない。いつもそれらしい理論武装で、アタシを言いくるめるだけ。

そんな理論で、どうにもならないこともあるのに。

「じゃあ、アタシの気持ちはどうなんの……っ!?」

つい叫《さけ》んでいた。

みっともなく泣きながら……生まれて初めて、お兄ちゃんに反抗《はんこう》した。

「悠宇《ゆう》のこと好きになっちゃったんだもん！　今更《いまさら》、親友に戻《もど》れるわけないじゃん！　お兄ちゃんは、アタシに諦《あきら》めろって言うの!?　ずっと、えのっちとイチャイチャしてるの見とけって言うわけ⁉」

お兄ちゃんは、じっとアタシを見つめていた。いつもは頼《たよ》りになるはずのその冷静な瞳《ひとみ》が、今はすごく怖《こわ》かった。

それから一言、冷たく言った。

「そうだ。おまえは、その恋心《こいごころ》を諦《あきら》めろ」

「……っ⁉」

つい立ち上がろうとした。

その瞬間《しゅんかん》――ギンッと睨《にら》み付《つ》けられる。途端《とたん》、アタシの身体《からだ》の自由が奪《うば》われ、椅子《いす》にすとんと落ちる。……まさに蛇《へび》に睨《にら》まれた蛙《かえる》状態。お兄ちゃん、市役所に勤めるようになって明らかにスキルが人間離《にんげんばな》れしてきている。

「感情的になるな。話を最後まで聞け」

「い、イエス、ブラザー……っ！」

ちゃんと聞こう。……どうせ逃《に》げても、荒縄《あらなわ》で縛《しば》られて懇々《こんこん》と聞かされるだけだし。

「日葵《ひまり》が一番大事なのは、その恋心《こいごころ》か？　それとも……悠宇《ゆう》くんを手に入れることか？」

「…………？？？？？」

え？　どゆこと？

それって、何か違《ちが》うの？　一緒《いっしょ》のことじゃん……。

「日葵《ひまり》よ。人生というのは有限だ。どんなにお金があっても、どんなにおねだり上手でも、そのときに欲《ほ》しいものを全部手に入れるなんて不可能なんだよ」

そして唐突《とうとつ》に、身の上話を始めた。

アタシが混乱していると、お兄ちゃんは続ける。

「僕は高速道路を通した。でも、それと引《ひ》き換《か》えに、多くの人の大切なものを奪《うば》った。ある家族の、思い出のある家を潰《つぶ》した。高架《こうか》道路を通したせいで、日が当たらなくなった土地もある。たくさんの非難の声が届いた。今でも感謝の声よりも、そっちのほうが圧倒的《あっとうてき》に多いよ」

アタシは驚《おどろ》いて聞いていた。

……お兄ちゃんが仕事の話をするのは、初めてだったから。アタシが聞いても、ずっと「日葵《ひまり》には早い」と突《つ》っぱねられるだけだった。

「でも一〇〇年後のこの町のために、絶対に必要なものだった。僕は、僕の死んだ後、この町のためになることをしているんだ」

そして最後に一言、静かに付け加える。

「そういう人生を、おまえも歩んでいけ。99個を捨てて、最後に一番大事な1個を勝ち取れ。そうすれば、おまえの勝ちだ」

「…………」

そしてお兄ちゃんは、また夕刊に目を落として黙《だま》ってしまった。さっきの鬼《おに》の形相《ぎょうそう》も嘘《うそ》のように、静かな水面のような穏《おだ》やかな表情だった。

……正直なところ。

お兄ちゃんの言うことは、ピンとこなかった。

でも、それはきっと正しいんだろうなって思った。アタシなんかより、たくさんのことを経験してきたはずだ。だって、お兄ちゃんもアタシと同じ青春を過ごしてきたんだから。

お兄ちゃんは、アタシのためにならないことは言わない。

だから、今はよくわかんないけど……全部を諦《あきら》めるのは、いつか意味がわかって、それでも納得《なっとく》できなかったときにしようと思った。

◇◇◇

その翌日の放課後だった。

アタシは教室で、ずっとスマホと睨《にら》めっこしていた。

開いているのはラインのアプリ。悠宇《ゆう》とのチャット画面で、メッセージを書いては消し、書いては消しを繰《く》り返《かえ》している。

悠宇《ゆう》を呼び出す……のはいいとして、どうやって？　前回のチャットから、もう三週間も空いている。スクロール的には昨日みたいなもんだけど、この数㎝の間にはマリアナ海峡《かいきょう》レベルの溝《みぞ》が横たわっている……。

ま、まあ、いつもくらいの軽い感じでね。

『へーい、悠宇《ゆう》。元気ぃ～？（これって悠宇《ゆう》と〝you〟をかけてるの♡　気づいたカナ？？？）最近、全然話しかけてくれないじゃ～ん。アチキ、さ・み・し・い・ゾ（え～ん）』

いや誰《だれ》だよ。

定期的にテレビに現れてはすぐ消えていく愉快《ゆかい》系一発芸人みたいじゃん。「カナ？？？」じゃないんだよ。……悠宇《ゆう》と話したすぎて、アタシの脳みそバグってんなー。

これは消し、消し。

こんなん送られたら、絶対に既読《きどく》スルーだよ。アタシだったらそうする。

もうちょっと、真剣《しんけん》な感じでいかなきゃ。これから、大事な話をするんだから。

『悠宇《ゆう》、話ある。大事なやつ』

ヒュポッとチャットに送信される。

さて、返信があるまでは……うわっと、三秒で既読《きどく》がついた。早すぎ。

なんだなんだ。アタシのこと好きすぎか～？　いつもラインチェックしてて、つい食い気味に開けちゃったな？　んふふー、まったく恥《は》ずかしいやつめ～。

……なんかブーメラン飛んできた気がするけど、まあいっか！

どれ、悠宇《ゆう》の返信は……。

『俺も話ある。科学室いるから』

…………読めねぇー。

悠宇《ゆう》ってば平常運転すぎない？　もっと動揺《どうよう》しとけよ。最強に可愛《かわい》いアタシからのメッセージだぞ？

まあ、いいや。……行こう。

科学室までは、歩いて5分くらい。いつも通ってるから、目をつむってても到着《とうちゃく》できる自信がある。

その科学室のドアを見上げて、アタシは深呼吸していた。

やばい、緊張《きんちょう》してきた。

なんか唐突《とうとつ》にお腹《なか》も痛い。やっぱりやめとこうかな。別に今日じゃなくていいし。そもそも悠宇《ゆう》も話あるって、何の話？

……あ、もしかして「榎本《えのもと》さんと付き合うことになったわ」ってアレ？

全然ありそう。てか、それ以外に考えられない。だって、三週間も空いてるんだもん。その間に、何度も会ってたんでしょ？　……一緒《いっしょ》にサーティワンのアイス食べたんでしょ？

やばい。耐《た》えられない。具体的に言うと、悠宇《ゆう》が爽《さわ》やかな顔で「日葵《ひまり》は恋《こい》のキューピッドだな。感謝してるZE、俺様《さま》のベスト☆フレンド（歯がキラーン）」……って、だから誰《だれ》だよ。こんな悠宇《ゆう》、アタシのほうから熨斗《のし》つけてくれてやるよ！

とりあえず、ここは戦略的撤退《てったい》で作戦の練り直しを……。

「日葵《ひまり》、何してんの？」

「うわっとお⁉」

まさかの後ろからきた！

振《ふ》り返《かえ》ると、いつもの悠宇《ゆう》が立っている。さっき、6限の授業で見たまんまだ。

……えのっちは、いない。一人っぽい。

「日葵《ひまり》。突《つ》っ立《た》ってないで早く入れよ」

「う、うん……」

科学室に入った。

いつもと同じ。あ、いや、ちょっと違《ちが》うかも。

テーブルの上に、たくさんの段ボール箱が積んである。その中には、花壇《かだん》のお花を綺麗《きれい》に加工したアクセが収まっていた。もうこのまま、顧客《こきゃく》に発送できる形だ。

そして開け放たれたスチール棚《だな》。その中が空っぽになっていた。LEDプランターも、アクセの加工のための道具も全部、綺麗《きれい》に段ボールに収まっている。

……まるで引《ひ》っ越《こ》しの準備みたいだ。

「それで、日葵《ひまり》の話って？」

「……っ⁉」

いきなり本題に斬《き》り込まれて、アタシの身体《からだ》が萎縮《いしゅく》する。

悠宇《ゆう》は段ボール箱を整理しながら、こっちに視線を向けずにいた。その態度が、なんかもやっとする。

……そうですか。アタシの大事な話なんて、目を合わせる必要もないことですか。

なんか、途端《とたん》にイライラが戻《もど》ってきた。そのクソ冷静な態度を崩《くず》してやりたくて、アタシはにこーっと笑って……また嘘《うそ》をついた。

「んふふー。大したことじゃないんだけどさー。例の芸能事務所の話、進展あったから報告しとこうかなーって。うちに挨拶《あいさつ》にきてくれたんだけど、すごくいい条件だされてさー。マンションも用意してくれるし、送迎《そうげい》もばっちりだし。あと何より、担当の人がすっごい格好いいんだよ。やっぱり都会の男の人って、雰囲気《ふんいき》が違《ちが》うよねー」

ああ～～～も～～～～～～～～～っ!!

なんでだよ！　あのメールはとっくに断ったでしょ！　アタシ、ほんとにただの痛いやつじゃん！

……いや、まあ、完全に嘘《うそ》とも言い切れないんだけど。提示された条件のほうは、本当のことだし。

そして悠宇《ゆう》の返事は……たった一言だった。

「……そっか。よかったじゃん」

ぐさっ。

こっちを見ようともしない。一人で黙々《もくもく》と、段ボール箱の整理をしている。

……ほんとに、それだけ？　もっと何か、言うことないの？

ああ、ほんとバカみたい。そうだよね。だって、アタシのこと「めんどい」って言っちゃうくらいだもんね。勘違《かんちが》いしてたよ。

……アタシたち、とっくに引き返せないところにきてたんだね。

「ゆ、悠宇《ゆう》の話って、何なの？」

やけくそな気分で言った。

すると、とうとう悠宇《ゆう》が顔を上げた。こっちに振《ふ》り返《かえ》る。

「いや、ちょっと日葵《ひまり》に渡《わた》したいものがあって……」

「……アタシに？」

「ほら、おまえが東京行く前に、どうしてもやっとかなきゃっていうか……」

そう言って、悠宇《ゆう》は制服のポケットから一通の茶色の封筒《ふうとう》を取り出した。うちの学校の購買《こうばい》で売ってるやつだ。それを素っ気ない感じで、アタシに差し出してくる。

……受け取った感じ、手紙っぽい？

なんだろう。けっこうな厚みがある。まさか離縁状《りえんじょう》？

……ああ、そっか。悠宇《ゆう》って律儀《りちぎ》だし、そういうことか。これまでの収益とか、折半しようって意味かな。

なんかショック。アタシってそういう風に見られてたんだ。お金なんていらないのにな。そう思いながら、中身を確認《かくにん》した。


『退学届』


空気が凍《こお》り付《つ》いた。

アタシが完全に思考を失っていると、悠宇《ゆう》が「あっ」とつぶやいてそれを奪《うば》ってポケットに戻《もど》した。

「やっべ。これじゃなかった……」

「待って待って待って!! 今の何!? ねえ、悠宇《ゆう》! 今の不穏《ふおん》な書類は何なの!?」

「いや、ちゃんとした退学の仕方とかわかんないし、とりあえずの間に合わせ。封筒《ふうとう》はさっき購買《こうばい》で買ったんだけど、やっぱりちゃんとしたやつのほうがいいか……」

「封筒《ふうとう》の品質に疑問を呈《てい》しているわけじゃないんだけどなあーっ!!」

アタシの顔を見てる悠宇《ゆう》が、くっと噴《ふ》き出《だ》した。

「おまえがツッコむの、珍《めずら》しいな」

「悠宇《ゆう》がアホなこと言ってるからじゃん!」

アタシが本気で怒《おこ》ってるのを察してか、悠宇《ゆう》は気まずそうに視線を逸《そ》らした。

「俺も学校やめようかなって」

「…………」

あまりに……そう。あまりに予想外の展開に、アタシは呆《ほう》けた。

なんで？

なんで悠宇《ゆう》がやめるの？

アタシが東京行くって言っただけで、なんで悠宇《ゆう》まで学校をやめ……。

「俺も東京行くわ。日葵《ひまり》についてく」

「あ、アタシに……？」

それって、つまり……え？

どういうこと？　さっぱりわからん。

あ、元相棒のよしみで、アタシがお世話になる芸能事務所、一度、見ておこうってこと？

それとも、アタシと東京観光に洒落込《しゃれこ》もうって腹づもり？　いやいや、それなら学校を辞《や》めるのおかしいじゃん。夏休みとかで遊びにくればいいだけじゃん。

……いや、ほんとはわかってるけど。新作アクセの販売《はんばい》もせずに引《ひ》っ越《こ》しの準備してたりとか、花壇《かだん》のお花を急いで収穫《しゅうかく》して加工してたりとか。

でも、嘘《うそ》でしょ？　そんなの、ありえない……。

「悠宇《ゆう》。それ、本気なの……？」

悠宇《ゆう》は、はっきりうなずいた。

「真木島《まきしま》から、何が一番大事なのか決めろって言われてさ。……やっぱ、日葵かなって」

その言葉は、ズンッとアタシのお腹《なか》に沈《しず》んだ。

アタシが言葉を失っていると、悠宇《ゆう》が気にせず続ける。

「そもそも高校に進学したのは両親の希望でもあったけど、一番でかい理由は、日葵《ひまり》と一緒《いっしょ》にいることだったし。ただ、許しちゃもらえないよな。母さんたちからは縁《えん》切られるだろうし、どうにか身を立てる方法も探さなきゃ」

「え、えのっちは、どうすんの？　せっかく再会できたのに……」

すると悠宇《ゆう》が、むっとした。

いつも仏頂面《ぶっちょうづら》でわかりづらいのに、その表情はやけに子どもっぽかった。間違《まちが》って伝わらないように、一言ずつ噛《か》みしめるように言う。

「だから日葵《ひまり》、なんか誤解してるだろ。そりゃ初恋《はつこい》の子だし、実際めっちゃ可愛《かわい》いけど。だからって……今の親友より大事だってことはないよ」

最後にそう付け加えて、悠宇《ゆう》は顔を赤くした。

手のひらで口元を覆《おお》って隠《かく》そうとしてるけど、全然隠《かく》れてなかった。

……本気で言ってる。

それがわかった瞬間《しゅんかん》、アタシの顔にもボッと熱がこもる。

「アタシについてくるために、全部捨てるつもり……？」

「まあ、しょうがねえだろ。自分でまいた種だし。……あ、花だけに？」

「それ全然面白《おもしろ》くない。笑えない。二度と言わないで」

「……ごめん」

本気でしょんぼりする悠宇《ゆう》だった。

……こういう空気読めないところ、ほんとに嫌《きら》い。

「悠宇《ゆう》は仕事するって簡単に言うけどさ。……お花アクセ、できなくなっちゃうかもよ？」

「でも、それにこだわってたら、日葵《ひまり》がいなくなっちゃうし。どんな最高のフラワーアクセができても……おまえがいなきゃつまんねえよ」

そう言って、アタシをまっすぐ見つめる。

「日葵《ひまり》は？　フラワーアクセ作れなかったら、俺はいる意味ない？」

「……っ！」

ずるいと思った。

そんな言い方をされれば、アタシは悠宇《ゆう》を止められなくなる。

お花アクセ以外で、悠宇《ゆう》といる意味があるか？

……そりゃ、あるよ。たくさんある。

悠宇《ゆう》と漫画《まんが》を借し合って過ごす放課後が好き。

悠宇《ゆう》と一つのスマホでYouTubeを眺《なが》める時間が好き。

悠宇《ゆう》と学校帰りにモスに寄って、オニオンリングを奪《うば》い合《あ》うのが好き。

悠宇《ゆう》と電車に乗って、隣《となり》町の大きなイオンモールに遊びに行くのが好き。

悠宇《ゆう》と休日に自転車で、インスタ撮影《さつえい》のお店を探しに行くのが好き。

その途中《とちゅう》で裏道に入って一時間くらい彷徨《さまよ》った後に「やべえ、ここどこ⁉」って笑い合う瞬間《しゅんかん》が——最高に好き。

一緒《いっしょ》にいる意味なんて、最初からわかってたのに。

「そ、そんなことない……」

それだけを返すのが精一杯《せいいっぱい》だった。

……てか、無理なんですけど。悠宇《ゆう》の顔を見たら、もうほんと、うっかり告白してしまいそうで。また同じ過《あやま》ちを繰《く》り返《かえ》してしまいそうで。……ほんと、恋《こい》は身体《からだ》に悪い。

「……悠宇《ゆう》。その退学届、貸して」

アタシが言うと、悠宇《ゆう》が不思議そうにする。

でも言うとおりに、茶色の封筒《ふうとう》を渡《わた》してきた。

それをアタシは——ビリビリに破いた。

「ああーっ！　何すんだ⁉」

「何すんだ、はこっちの台詞《せりふ》でしょーっ！　なんか格好いいこと言ってるけど、アタシに責任を押しつけんなーっ！」

「だって、元はといえば、おまえが運命共同体《しんゆう》だって言うから……」

「そうだけど！　そうだけど、それはあくまで経営スタンスっていうか！　そのせいで悠宇《ゆう》が自殺行為《こうい》に及《およ》ぶのをよしとするわけないじゃん！」

「いや、さすがに自殺行為《こうい》は言いすぎだろ」

「じゃあ、保証人とかは？　部屋借りるときとか、どうするつもり？」

「え……やっぱ必要かな？」

「必要に決まってんじゃん！　イマドキ身一つで上京とか、ほんとに自殺行為《こうい》だよ⁉」

「いや、おまえと観に行った『天気の子』では、どうにかやってたじゃん」

「あれ全然うまくやれてなかったけどね‼　面白《おもしろ》かったけど、参考にはしちゃダメだよ⁉」

まったく、悠宇《ゆう》はこういうところあるから。

ほんと……アタシがいなきゃダメだよね。

ちゃんと紙くずは丸めて、アタシの鞄《かばん》のポケットにしまった。

ついでに、そこに入っていたヨーグルッペの紙パックを取り出した。ストローを刺《さ》して、いつもみたいにちゅーっと飲んでクールダウンする。

ハアッとため息が漏《も》れた。

……なんか、もっとロマンチックな感じになると思ってたんだけどなー。まあ、悠宇だしな。しょうがないか。

「いいよ。もう行かないから」

「……えっ⁉」

悠宇《ゆう》が反応した。

アタシの両肩《りょうかた》を摑《つか》むと、思い切り顔を接近してくる。それにびっくりしすぎたアタシの鼻から、ヨーグルッペが逆流した！

「ま、マジで⁉　もう挨拶《あいさつ》したんだろ！」

「ゴホッ、ゴフッ。いや、さっきのは嘘《うそ》……でもないんだけど、あ、そうだ。お、お兄ちゃんが反対でさ。どうせ止められそうだしなーって……」

「おまえ、ファンから必要とされる人になりたいって言ったじゃん⁉」

「そんなことは一度も言ってませんーっ！　悠宇《ゆう》って、ほんとアタシのことわかってないよなーっ！　てか、その顔を離《はな》せってば！」

悠宇《ゆう》の顔を、両手で押さえてぐいーっと遠ざける。

もうやめてやめて。今、その顔を近づけられたら、ほんと正気じゃいられなくなる。ぶっちゃけキスしたくなる。悠宇《ゆう》との初キスが鼻からヨーグルッペとか絶対に嫌《いや》！

悠宇《ゆう》を机にステイさせて、アタシはため息をこぼした。

「アタシと悠宇《ゆう》は、これまで通り。……えのっちもモデルしていいけど、できればアタシを優先してくれると、その、嬉《うれ》しい」

「ああ、わかった……」

なんとも照れくさい雰囲気《ふんいき》だった。……切《き》り替《か》え、切《き》り替《か》えが大事。

ヨーグルッペの紙パックが、ずずっと音を立てる。

「で？」

「な、何だよ？」

「アタシに渡《わた》したいものって？」

さっき言ってたよね？

退学届が違《ちが》うんなら、もう一個あるはず。アタシ、雰囲気《ふんいき》で忘れたりしないよ？

「日葵《ひまり》が東京行かないなら、別に……」

「早く。ハリーハリーアップ」

「……渡《わた》さなきゃダメ？」

「ダメ。はい、出して」

手のひらを上にして、ちょいちょいと催促《さいそく》する。

悠宇《ゆう》は観念したように、ポケットに手を入れた。

「日葵《ひまり》。なんか順番、逆になったんだけど……」

ヨーグルッピ

そしてアタシの手のひらに、茶色の封筒《ふうとう》を置いた。

「さっきの退学届と同じ……もう、だから間違《まちが》うんでしょーっ！」

「いや、マジで準備する時間なくてさ。さっき退学届の封筒《ふうとう》を買いに行くとき、とりあえずこれでいいやって……それもすげえ難しくて、やっと昨日、思った通りのができた」

書類じゃなかった。

逆さにして手のひらに向けて振《ふ》ると、コロンッと指輪が落ちる。

「な、何これ……？」

つい、見とれてしまった。

透明《とうめい》のレジンのリング。いつも装飾《そうしょく》部だけにレジンを固定するけど、これはリング全体がクリアなレジンで構成されていた。

そしてレジンの中には、極《きわ》めて小さなニリンソウのプリザーブドフラワーが浮《う》いている。まるで妖精《ようせい》の遊び場のようなイメージだ。

それを覗《のぞ》きながら、アタシは呆然《ぼうぜん》と呟《つぶや》いた。

「これ、ほんとにニリンソウ……？　ちゃんとした花だけど、小さすぎない？」

確かにニリンソウは小さいお花だけど、さすがに指輪に丸ごと入れることはできない。それがいくつも浮《う》いていた。

悠宇《ゆう》がへらっと笑った。

「ニリンソウのプリザーブドフラワーで作った、ニリンソウのミニチュア……」

「はあっ⁉」

改めて目を凝《こ》らした。

……これ、全部、ミニチュア？

「顕微鏡《けんびきょう》でやったんだけど、何度も失敗したし、すげえ疲《つか》れた。たぶん、同じのは絶対に作れない……」

悠宇《ゆう》はポケットから、あの壊《こわ》れたニリンソウのチョーカーを取り出した。

それを申し訳なさそうに……でも、大事そうに握《にぎ》りしめる。

「このチョーカー、壊《こわ》しちゃったし。だから代わりっていうか、新しい生活に向けた俺の意思表明っていうか。……世界で日葵《ひまり》だけの、『親友』のリング」

そう言って、照れた感じで顔を背《そむ》けた。

そのくせ、こっちのリアクションに対して緊張《きんちょう》している。そんなぎこちなさを感じさせながら、でも、悠宇《ゆう》はちゃんと言った。

「俺にとっては、やっぱり日葵《ひまり》は親友だ。それだけに、今回みたいに油断して怒《おこ》らせることもあると思うし。でも、他の人のほうが大事ってわけじゃない。それは絶対に本当だから」

「………………」

その言い方が、なんとも不器用で、素直《すなお》で、悠宇《ゆう》っぽくて。……そして、やけに恥《は》ずかしくてむずがゆい。

「……日葵《ひまり》。これじゃ、ダメかな？」

「………………」

アタシはつい「ぷはっ」と笑ってしまった。

「アハハハハッ！　悠宇《ゆう》、最高！　こんなの見せられて、ダメなわけないじゃん！」

これまで怒《おこ》ってたのとか、悠宇《ゆう》にイラッとしてたのとか……もうほんとに、どうでもよくなってた。これは、やばい。ほんとにやばいやつ。変態にしか作れないやつだ。

「悠宇《ゆう》。ちょっと後ろ向いて」

「え、なんで？」

「いいから」

「……わかった」

悠宇《ゆう》が不審《ふしん》げに振《ふ》り返《かえ》る。

その背中に、アタシは思い切り抱《だ》きついた。

「たあっ！」

「うわっと、危ねえ!?」

その首に両腕《りょううで》を回して、『親友』のリングを掲《かか》げる。そして耳元に、いつものように可愛《かわい》くおねだりした。

「はめて♡」

「いや、自分ではめろよ」

「やーだ。悠宇《ゆう》がやって?」

「……………」

悠宇《ゆう》は躊躇《ためら》いがちに、アタシの手を取った。

そして……左手の中指にリングをはめた。チッ。

悠宇《ゆう》の耳元にささやく。

「ヘタレ」

「『親友』のリングだって言ってんだろ」

「ぷはっ。……そういえば、この小さくて茶色いのは?」

一粒《つぶ》だけ、花の種のようなものが浮《う》いていた。それがアクセントになっていて、とても印象的だった。

「…………に、ニリンソウの種」

やけに間があったけど、まあいっか。へぇー。そういえば、種までは見たことなかったな。茶色い三日月みたいな形だった。……いいじゃん。

そのレジンのリングは、表面がなんとも言えない滑《なめ》らかさで……肌《はだ》に吸い付くようにすごく綺麗《きれい》にフィットした。

蛍光灯《けいこう》にかざすと、レジンが光を透過《とうか》して……この世のものとは思えないくらいに幻想的《げんそう》だった。

まるで、アタシと悠宇《ゆう》の関係みたいだ。

実体のない口約束が、アタシたちを確かに繋《つな》ぐ架《か》け橋《はし》となる。

「悠宇《ゆう》、もうアタシにしときなよ」

ついそんな言葉が漏《も》れた。

それはいつも言ってる冗談《じょうだん》とは違《ちが》って、アタシの中に消えない熱を生み出した。

「……は？」

悠宇《ゆう》は戸惑《とまど》うように、ぽかんと呆《ほう》けた。

それがなんとも愉快《ゆかい》であり、腹立たしくもあり……まあ、今回はこれくらいで勘弁《かんべん》してやろうと思った。

（まだ早い……）

アタシの恋《こい》の炎《ほのお》を悠宇《ゆう》に燃え移すのは、まだ早い。

人生は長い。夢は摑《つか》むよりも、維持《いじ》するほうが大変だ。アタシたちは、これから何度も同じような危機を乗《の》り越《こ》えなきゃいけない。そしてこの『親友』のリングのような、揺《ゆ》るがない絆《きずな》を積み上げなきゃいけない。

そしてアタシが勝つのは——その最後の一回だけでいい。

アタシは悠宇《ゆう》に、にこーっと微笑《ほほえ》みかける。もう一回、ちゃんと言い直した。

「30までお互《たが》い独身《ひとり》だったら、アタシにしときなよ？」

「……まあ、そのとき独身だったらな」

ポケットからスマホを取り出して、アタシたちにカメラを向ける。ピピッと小さな電子音が響《ひび》いて——アタシたちはまた、一つ約束を重ねた。

♣♣♣

二人で撮《と》った写真を見た瞬間《しゅんかん》、日葵《ひまり》が「ちょっとお手洗いで鼻洗ってくる！」と言って科学室を出ていった。

……鼻？　なんで鼻なのかよくわからないけど、日葵《ひまり》の機嫌《きげん》は戻《もど》ったようだった。いや、むしろ以前よりいいくらいだ。

それはそれとして、俺は頭を抱《かか》えて唸《うな》り声を上げた。

「ああ〜〜。よかったああ〜〜〜〜……」

なんかよくわかんないけど、日葵《ひまり》が転校を思い留まってくれてよかった。

いや、日葵《ひまり》が一番大事なのは本当だ。学校をやめる決意も本当だったし、ついていくつもりだったのも本当だ。

でも、それでも無謀《むぼう》すぎてビビってたのも本当なんだ……。

だって、俺、まだ高校生だし。部屋借りるのに保証人が必要とか言われたときは、マジで目の前が真っ白になるところだった。……せめて早いうちに、免許《めんきょ》だけでも取っておこう。

科学室のドアが開いた。

日葵《ひまり》が戻《もど》ってきたのかと思ったら……真木島《まきしま》だった。

ものすごくえぐい笑顔《えがお》だった。人って、ここまで残酷《ざんこく》な笑顔《えがお》を作れるものなんだな。

「ナハハハハハ！　ナツ、見せつけてくれるではないか！」

「…………」

やっぱり見てたのか。

いや、まあ、昨日アクセが完成したわけだし、それも榎本《えのもと》さんから聞いてるよな。

「てか、日葵《ひまり》が戻《もど》ってきたら気まずいから帰ってくれない？」

「気まずいのはこっちのほうだ。これから、リンちゃんの慰《なぐさ》めケーキパーティに付き合わされる。まったく、オレは甘いもの苦手なのになァ！」

榎本《えのもと》さんも見てたのか。

……明日から、どんな顔で挨拶《あいさつ》すればいいんだよ。

「しかし、ナツよ。最後の最後で、日和《ひよ》ったな？」

「ひ、日和《ひよ》ってねえし。全部、伝えた」

「ナハハ。じゃあ、なぜあれをニリンソウの種だと嘘をついた？」

……うっ。

いや、まあ、あの花を注文しに行ったとき、新作スイーツのチェックにきたこいつらと出くわしちゃったんだよ。

基本的に、みんな休日はイオンに行く。……田舎《いなか》の弊害《へいがい》なんだよなあ。

真木島《まきしま》はにやにやと笑いながら言った。

「あれはチューリップの種だったろう？　それも、紫のチューリップから採取した種だ」

「……そうだよ。ニリンソウの種は、もっと小さくて、菱形《ひしがた》の緑っぽいやつ」

チューリップの種は、あまり馴染《なじ》みがない。

普通《ふつう》は球根で売られてるし、小学校のときもその形で植えるはずだ。でも、球根になる前には種として採取できるし、実際に存在するのだ。

理由は、種から育てると時間がかかりすぎるから。花が咲《さ》くまで5年くらいかかるし、それでも咲《さ》かない場合が多い。

ということで、普通《ふつう》はフラワーショップやホームセンターにも出回らない。それを花から採取するために、あの日はイオンに行った。

「それで？　なぜ日和《ひよ》った？」

「………………」

紫《むらさき》のチューリップ。

花言葉は——『不滅《ふめつ》の愛』。

決して色褪《いろあ》せぬ、決して滅《ほろ》びぬ愛を誓《ちか》う花。

幻想《げんそう》的で揺《ゆ》るがない友情の中に、微《かす》かに紛《まぎ》れ込む恋心《こいごころ》。それが、俺にとっての『日葵《ひまり》』そのものだった。

本当はそれも伝えるはずだったんだけど……。

「だって、あのタイミングでフラれたら死にたくなる……っ」

「…………」

そして真木島《まきしま》は爆笑《ばくしょう》して帰っていった。

……いつか。

二人で店を出せたら、そのときはちゃんと俺の言葉で伝えるから。

でも、今はちょっと心の準備が足りない。

俺の親友が可愛《かわい》すぎて、最近マジで困るんだよ……っ！

◇◇◇

トイレで、じゃーっと手を洗いながら考える。

鏡に映ったアタシの顔は、ほんとにヒドいものだった。……ちょっとしばらく悠宇《ゆう》のところへは戻《もど》れない。

でも、冷静になればなるほど、悠宇《ゆう》の言葉の本質は詭弁《きべん》でしかない気もする。いいように飾《かざ》った言葉で、アタシはくるりと言いくるめられただけ。結局のところ、ただの現状維持《いじ》というだけなのだから。

でも、それでもいいと思ってしまえるのが、惚《ほ》れた弱みというやつだった。

少なくとも、あの一瞬《いっしゅん》は――あの情熱を全部くべて燃えるビー玉みたいな瞳《ひとみ》は、世界でアタシだけのものだった。


まるで月下美人のようだな。

一夜しか咲《さ》かない美しい花。えのっちの花。

その花は開花直前になるとつぼみが上を向き、芳香《ほうこう》を漂《ただよ》わせながら花びらを開く。

艶《あで》やかな見た目に反し、その香りはあまりに強烈《きょうれつ》。独特すぎて好きではないという人も多いらしい。

でも、その香りが癖《くせ》になるとお終《しま》いなんだ。たった一夜、それも数時間しか咲《さ》かない出会いのために、心血を注いで花の世話をすることになる。

その芳香《ほうこう》は、初恋《はつこい》に似てる。

それをようやく、アタシは理解してしまった。


……いいよ。

悠宇《ゆう》がそう言うなら、『親友』でもいいよ。

この恋《こい》は、ニリンソウのリングの中に隠《かく》しておくからさ。

その代わりに、アタシに『恋《こい》』じゃ経験できないような幸せを頂戴《ちょうだい》。

アタシは、アタシのやり方で勝つ。

友情という鎖《くさり》で、きみを一生離《はな》さない。

あとがき

悠宇《ゆう》と日葵《ひまり》が最初に感情のボタンを掛《か》け違《ちが》えなければ、きっとこの物語は10Ｐで終わっていたし、もっと楽に印税を頂戴《ちょうだい》できていたんじゃないかなあと思いながらも、そういう面倒《めんどう》くささにこそ感じ入って頂けるものがあるはずだと考える七菜《ななな》であった。

……とかエモく言ってみたんですけどね。嘘《うそ》ですよ。嘘《うそ》です。冗談《じょうだん》です。10Ｐで印税ほしいとか言ってたら担当さんに「アホかこいつ」って見切りをつけられちゃいますからね。七菜、たくさん書くの大好きです。いやまあ、今回はちょっとたくさん書きすぎて担当さんにえらく気を揉《も》ませてしまったのですけど。諸々《もろもろ》、ありがとうございました。

ということで、七菜です。電撃《でんげき》文庫では初めまして。
電撃《でんげき》の新文芸でも書かせて頂きましたので、そちらもよろしくお願いいたします。

本作について語るなら……サブタイトルがすべてですね。
もし読者の皆様《みなさま》に、「30になってお互《たが》い独身だったら一緒《いっしょ》に暮らす？」と冗談《じょうだん》を言い合いっている異性の友人がいた場合……そして実はその子に片思いしている場合……この本をそっと渡《わた》してみてください。きっと思いは通じます。まあOKもらえるかどうかは個々の好感度によるので保証できかねるんですけど。関係壊《こわ》れてもクレームとかは勘弁《かんべん》してくださいね。


本作、また春頃に2巻も出させて頂きます。是非ご期待ください。

内容に関しては、担当さんから「イチャイチャしてエモくてエグい話を書いて」ってオーダーがあったので「じゃあ雲雀お兄ちゃんと真木島（他人）が悠宇くんを奪い合う義兄戦争がいいです！」って言ったら秒で却下されました。なので義兄戦争ではないです。チッ。


最後に謝辞を。

イラスト担当のParum先生、担当編集K様、制作に携《たずさ》わって頂きました方々。

七菜の持ち得ない技術などにより、この作品を最高の形で世に出すご協力を頂きまして誠《まこと》にありがとうございました。この作品に関わる時間が、少しでも有意義なものだと思って頂けましたら幸いです。

そして読者の皆様《みなさま》。またお目にかかれる日を願っております。

２０２０年12月　　七菜なな

あとがき
イラストを担当させて
いただきました!
今後の2人の関係が
どうなっていくのか
とても気になります…

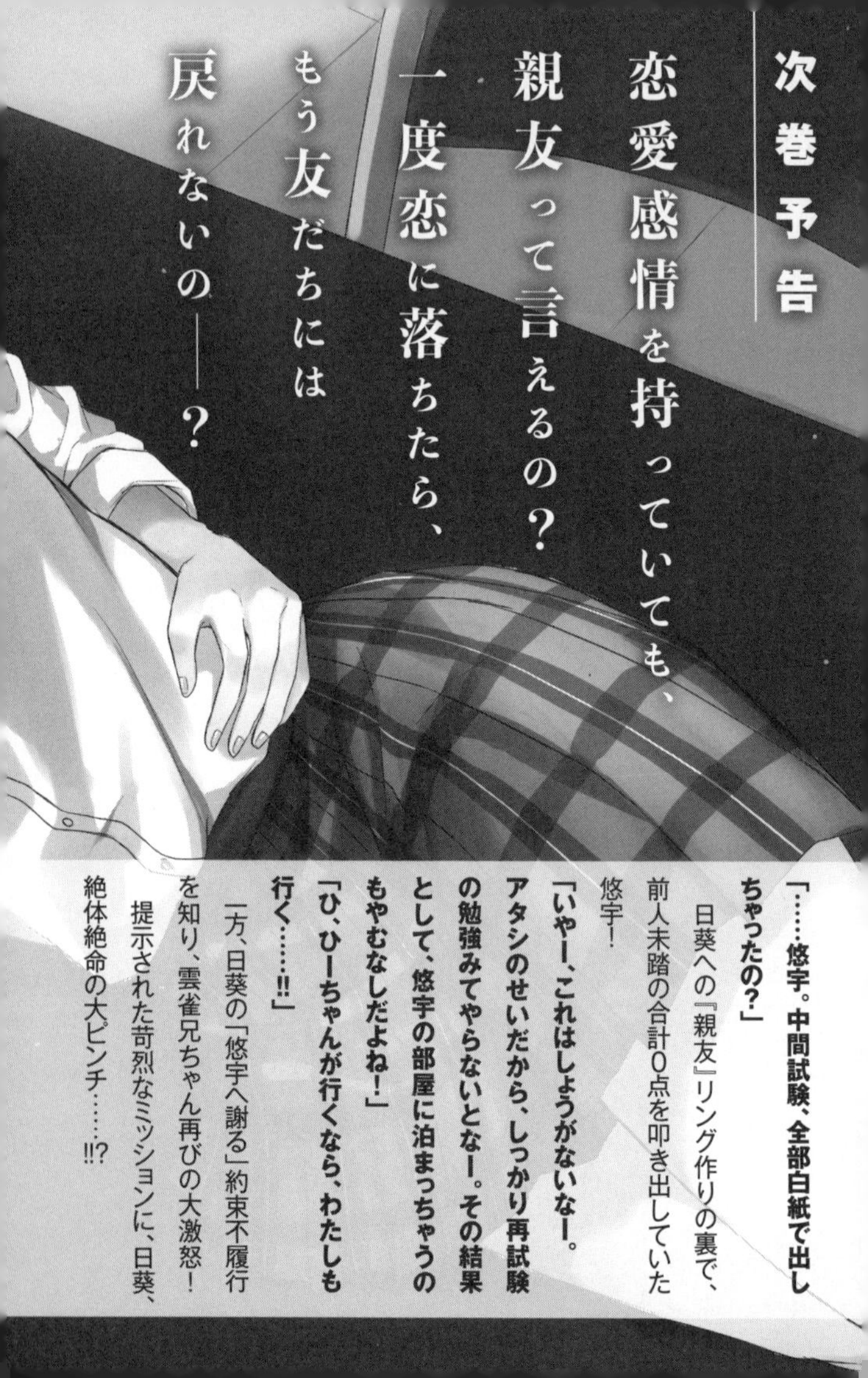

次巻予告

恋愛感情を持っていても、
親友って言えるの？
一度恋に落ちたら、
もう友だちには
戻れないの――？

「……悠宇。中間試験、全部白紙で出しちゃったの？」

日葵への『親友』リング作りの裏で、前人未踏の合計0点を叩き出していた悠宇！

「いやー、これはしょうがないなー。アタシのせいだから、しっかり再試験の勉強みてやらないとなー。その結果として、悠宇の部屋に泊まっちゃうのもやむなしだよね！」

「ひ、ひーちゃんが行くなら、わたしも行く……!!」

一方、日葵の「悠宇へ謝る」約束不履行を知り、雲雀兄ちゃん再びの大激怒！

提示された苛烈なミッションに、日葵、絶体絶命の大ピンチ……!!?

自覚してしまった恋はもうリセットなんかできない。
さらにこじれる、親友ふたりの夢と青春の行く先とは――
男女の友情は成立する?
「いや、しないっ!!」
Flag 2.
七菜なな
イラスト/Parum
電撃文庫
近日発売予定!

◉七菜なな著作リスト

「男女の友情は成立する？（いや、しないっ!!）
Flag 1. じゃあ、30になっても独身だったらアタシにしときなよ？」（電撃文庫）
「四畳半開拓日記01～04」（単行本　電撃の新文芸）

本書に対するご意見、ご感想をお寄せください。

ファンレターあて先
〒102-8177　東京都千代田区富士見 2-13-3
電撃文庫編集部
「七菜なな先生」係
「Parum 先生」係

本書は書き下ろしです。

電撃文庫

男女《だんじょ》の友情《ゆうじょう》は成立《せいりつ》する?(いや、しないっ!!)

Flag 1. じゃあ、30になっても独身《ひとり》だったらアタシにしときなよ?

七菜《なな》なな

2021年1月10日　初版発行
2024年8月5日　12版発行

発行者　山下直久
発行　株式会社KADOKAWA
〒102-8177　東京都千代田区富士見2-13-3
0570-002-301(ナビダイヤル)
装丁者　荻窪裕司(META+MANIERA)
印刷　株式会社暁印刷
製本　株式会社暁印刷

ISBN978-4-04-913372-1　C0193　Printed in Japan

電撃文庫　https://dengekibunko.jp/

電撃文庫創刊に際して

文庫は、我が国にとどまらず、世界の書籍の流れのなかで〝小さな巨人〟としての地位を築いてきた。古今東西の名著を、廉価で手に入りやすい形で提供してきたからこそ、人は文庫を自分の師として、また青春の想い出として、語りついできたのである。

その源を、文化的にはドイツのレクラム文庫に求めるにせよ、規模の上でイギリスのペンギンブックスに求めるにせよ、いま文庫は知識人の層の多様化に従って、ますますその意義を大きくしていると言ってよい。

文庫出版の意味するものは、激動の現代のみならず将来にわたって、大きくなることはあっても、小さくなることはないだろう。

「電撃文庫」は、そのように多様化した対象に応え、歴史に耐えうる作品を収録するのはもちろん、新しい世紀を迎えるにあたって、既成の枠をこえる新鮮で強烈なアイ・オープナーたりたい。

その特異さ故に、この存在は、かつて文庫がはじめて出版世界に登場したときと、同じ戸惑いを読書人に与えるかもしれない。

しかし、〈Changing Times,Changing Publishing〉時代は変わって、出版も変わる。時を重ねるなかで、精神の糧として、心の一隅を占めるものとして、次なる文化の担い手の若者たちに確かな評価を得られると信じて、ここに「電撃文庫」を出版する。

1993年6月10日
角川歴彦